U0905591

大魚讀品
BIG FISH BOOKS

让日常阅读成为砍向我们内心冰封大海的斧头。

Kristin Kimball
（美）克里斯汀·金博尔 著
姜佳颖 译

耕种 食物 爱情

The Dirty Life

A Memoir of Farming Food and Love

北京联合出版公司
Beijing United Publishing Co.,Ltd.

目 录 · *Contents*

序言

隆冬，周六晚上。几个小时前天就黑了，夜幕笼罩着农舍，工人也都回家了。我们生了火，打开两瓶朋友布莱恩自制的啤酒。在我清洗挤牛奶的用具的时候，马克为我煮饭，这是一个农夫表达爱意的方式。他在厨房里游刃有余，干脆利落，没有多余动作。我看着他，眼里满是崇拜和柔情蜜意，就像摇滚明星的粉丝一样。他从我们这周屠宰的牛肉里选了一块上等的肩肉排，又从地窖里拿来了一堆蔬菜。他哼着歌，从冰箱里翻出一品脱[①]凝胶状的鸡汤和一个石榴。这个石榴是我的朋友阿米莉亚送我的礼物，从纽约带过来的。

马克忙碌起来，双手上下翻飞，半个小时以后，五颜六色的两盘子就放在了桌子上。他将牛排烤到五分熟，沿着纹理切成薄片，淋上了红酒汁。韭葱、胡萝卜和羽衣甘蓝用黄油炒了，

---

① 品脱（pint），容量单位。主要在英国、美国及爱尔兰使用。英制1品脱约为0.568升，美制1品脱约为0.550升。

再用杜松调味。旁边是一小碟宝石红的泡菜，由今年的紫甘蓝腌制而成，色泽盈溢。我们没有面包了，但他在冰箱里找到了一小块油酥团，是上次做馅饼时剩下的。他把油酥团擀开，切成三角形，在平底锅里煎。瞧，饼干就做好了。出人意料的明星菜肴要数小萝卜。去年夏天，马克有些狂热地种植小萝卜，为此我无情地取笑了他。但这些小萝卜长势煞是喜人，也非常容易储存，我觉得我们其实可以在冬末之前减少其他供应了。这个品种叫“心里美”，表皮是透着绿色的奶油白，里面是嫩粉色，苹果一般大小，切小萝卜的时候感觉就像切小型西瓜一样。生萝卜撒些盐，这就是非常受欢迎的一道开胃小菜。这道菜看起来非常像水果冷盘，尝起来总会给人惊喜，视觉与味觉形成了强烈的反差。今晚的小萝卜是马克用汤炖的，保留着鲜亮的颜色，但味道更为柔和。他添上少许枫糖浆和葡萄醋，最后撒上一把味道浓烈的石榴籽。菜的热度让一些石榴籽爆裂开来，而另外一些仍然是完整的，吃起来口感非常有趣。这就是我爱我丈夫的原因：本土的根和外来的水果，本是相互排斥的食材，但他从中看到的是和谐，而不是冲突。我们享受着美食，我愉悦地眯上眼睛，啜一口酒花味的苦啤酒，然后我们甜蜜地亲吻。我们在城里的朋友还没为晚上外出梳妆打扮的时候，我们就已经收拾停当准备上床睡觉了。

我已经在这张床上睡了七个冬天。有时我会想，我怎么会来到这里，作为某人的妻子，来到北郡一个古老的农舍中。我有时仍然会觉得自己是剧中的一个演员，真实的我在外面流连到凌晨四点，穿着高跟鞋，拿着手包；而剧中的我凌晨四点就起床了，穿着牛仔裤，拿着多功能工具刀。前几天洗衣服的时候，几个枪弹壳从口袋里掉出来，剧中人也丝毫不感到诧异。包围我的不是城市的声色犬马，而是五百英亩[①]田地。今夜云雾缭绕。这个农场是一个更加黑暗、更加安静的世界，比我想象中的乡村更美丽，也更野性。

我在马克身边像小猫一样蜷缩着身体，盖着鹅绒被，听到了冷冷的春雨落下的声音。马克已经睡着了，我有一会儿还醒着，想着会不会有哪头母牛运气不好，在这么个倒霉天气生小牛；猪窝里有没有足够的稻草来御寒；马是在草地上舒服还是在马棚里更好。我还担心雨会将积雪层融化，将大蒜和多年生植物暴露在严寒之中；在霜冻的威胁结束之前，寒潮一定还会卷土重来的。在人类历史的大部分时间里，这些想法都盘踞在多数人，尤其是农民的头脑中。而现在我也是他们之中的一员了，这个事实就像小萝卜和石榴籽一样让我感到惊讶。

我和马克都是第一代农人。我们一起建造的这个农场可以说很古典，也可以说非常现代，这就看你问的是谁了。土壤因为有堆肥和覆盖植物而十分肥沃。我们不用杀虫剂，也不用除草剂。农场大部分工作由马来完成，而不是用拖拉机。种植的作物多种

① 1英亩约为4046.86平方米，约为6.07亩。

多样，一块一块的田地是由灌木篱墙和小林地隔开的。我们有一片糖枫林、一片果园、一大片草场和干草地，还有四季常青的花木园。我们亲自用手挤奶，奶牛的奶水非常充沛，用这样的牛奶做出的黄油十分鲜美。我们在草地上养猪、肉牛和鸡，到屠宰的季节我们会做生香肠和风干香肠、意大利烟肉、咸牛肉、肉酱，还有几夸脱[①]醇美的汤。

我们生产的食物可以养活一百个人。这些“会员”每周五都会来到农场，选取我们生产的食物。我们的目标是为他们全年丰盛而健康的饮食提供一切食材，包括牛肉、鸡肉、猪肉、鸡蛋、牛奶、枫糖浆、谷物、面粉、干豆、香草、水果，还有四十种蔬菜。我们的会员每人每年付给我们两千九百美元，每周过来取，能吃多少就拿多少，在生长期还可以多拿一些冷冻起来或做成罐头，为冬天做储备。一些会员仍会定期在杂货店买非应季的方便食品，还会买我们无法提供的东西，比如柑橘。但是，其他一些会员基本就靠农场的食物来生活了。

这些年，我的人生发生了翻天覆地的变化，在耕食生活中我学到了很多。我学会了开枪，杀鸡，躲开飞奔而来的公牛，驾驭受惊之后的脱缰之马。我学到的这些东西中，最艰难的就是，你如何通过农耕改变这片土地，农耕也会如何改变你。它渗透到你的血液中，一如尘土栖居在你粗厚手掌的褶皱和指甲里。它向

---

① 夸脱（quart），容量单位。主要于英国、美国及爱尔兰使用。英制1夸脱约为1.136升，美制1夸脱约为0.946升。

你的身体不断索取，让你耗尽心力，在你五十岁的时候摧毁你；当你醒来时，会发现自己膝盖劳损，肩膀失灵，耳朵因机器的长期轰鸣而失聪，而且一贫如洗。农耕扎根在你的生命里，排挤掉其他的活动，让它们看起来微不足道。你的土地成为你的整个世界。也许你意识到在这片土地之外，在你遥远的过去，在声光世界和钢筋水泥中，有外卖食物和中央空调，没有这样那样的不便；但在这样的世界中，你实际上是被剥夺了，被剥夺了渴望、努力、艰辛和有意义的成就。农场会向你索取，如果你不做出足够的努力，死亡和野性的原始力量会将你吞没。所以，你自然而然地给予，然后给予得更多，几乎接近极限。这时，也仅仅是在这时，它给你丰厚的回报，不仅填满你的地窖，也滋润了你干涸而杂草丛生的灵魂土地。

这本书记载了扰乱我人生轨迹的两段爱情：一段是与农耕这门脏乱而令人沉迷的艺术；另一段是与一个复杂而令人恼怒的农夫，在宾夕法尼亚州立大学，我与他邂逅。

Part 1
离别

“我知道马克在那一刻爱上了这片土地，就像当时他爱上我那样，迅速而又笃定。从那时开始，这就是他脑海中不容置疑的家园。”

我第一次见到马克是在一辆破旧的拖车里，这是他的农场办公室，也是他的家。我从曼哈顿开六个小时的车来到这里采访他，想要写一篇年轻农民的故事，他们种植当地的有机食物，越来越多地受到人们的青睐。我敲响他的门，后来才知道，那时他正在午睡。因为无人应答，我就自己走进了厨房叫他的名字，不一会儿卧室的门就“砰”的一声开了，马克大步流星地走到走廊里，边走边系扣子。他个子非常高，迈着长腿向我走来，行动果断，风度翩翩。他穿着一双破旧的皮靴，蓝色的牛仔裤腿部已经泛白，还有一件饱经风霜的礼服衬衫。他有一双生动的湖绿的眼睛，挺拔而完美的鼻子，胡子估计已经两天没有刮了，还有一头卷曲的金色长发。他的手很大，结满了老茧，胳膊上肌肉突起，青筋毕露。他向我微笑，露出迷人的牙齿。我闻到了温暖的皮肤、柴油和土地的味道。

他向我介绍了下自己，跟我握了握手，然后突然就走了，说要去处理农场的什么紧急问题。纱门在他身后“砰”的一下关上了，他边走边回过头来向我承诺，晚上回来的时候他会接受采访，这会儿我可以跟他的助理吉娜一起给花椰菜松土。后来我在笔记本上记下了对他的印象：第一，这是一个真正的男人。我认识的所有男人都很理智，生活在大脑里，而他生活在身体里。第二，我长途跋涉到这里来，只是帮这个家伙给花椰菜松土，真难以置信。

第一个晚上，我并没有采访马克，而是帮他杀猪。我吃素食十三年了，而且那天我穿了一件阿尼亚斯贝的崭新的白衬衫，但是他正好缺人手，而且身在他的农场却不帮忙，让我觉得好像跳进湖里不游泳一样不自然。我从来没有见过屠宰动物，根本不敢看。这是一只叫布奇的母猪，身上有黑白相间的斑点，就像儿童故事中的小猪主人公那样。直到这头猪一动不动了，我才重新镇定下来。

那天晚上我住在镇上的连锁酒店里，在浴室里用肥皂把猪油洗去，浴室出人意料地洁白干净。我感觉这像是到遥远的异国他乡的一场旅行。

第二天天不亮我就起床了，回到了农场。马克的员工正聚在一起吃早饭，麦片薄煎饼和自制的香肠，浇上枫糖浆。我吃了双人份的香肠，标志着我素食生活的结束。

刚吃完早饭，马克就又没影了，他把那头猪放进借来的

“探险者”后座上，去他的阿米什[1]朋友的肉店了。他说会在下午回来，那时候我们可以好好地进行采访了。同时，我可以跟他的另一个助手迈克尔一起用耙子耙番茄地里的石头。

迈克尔看起来对我的工作能力很是质疑。我把白衬衫换下来，穿上一件老式的Cheap Trick乐队的T恤，紧身牛仔裤，还有一双旧货店买来的粗跟鞋。这一身衣服很独特，在曼哈顿东村区[2]绝对出众，但在宾夕法尼亚的田地上就很奇怪了，而且有点小性感。尽管加上鞋跟我也就5.2英尺[3]，尽管我那时做的最剧烈的运动就是定期打弹球游戏，但我认为自己绝对健康，用我的话说是“小身量，大力气”。前几天的耽搁已经让我有些恼火了，但是我被一种不可理喻的争强好胜的心态驱使着。这个特点遗传自我的父亲，他在七十三岁的高龄滑水，想要从岸边直接下水，结果却拉伤了韧带。

迈克尔递给我一个硬齿耙子，我们开始在相邻的垄沟里耙地。宾夕法尼亚州立大学就在附近，迈克尔是电影专业的学生，是那年春天毕业的。之前他周末自愿来马克的农场工作，用他的话说，是想看看艰苦的工作能不能把他锻造成一个真正的男子汉。他毕业的时候，马克雇用他在农场做全职工作。迈克尔的父亲是会计，女朋友马上开始读法学院，他们对务农不

---

① 美国和加拿大的一群基督新教再洗礼派门诺会信徒（又称亚米胥派），拒绝现代设施，过着简朴的生活。

② 纽约东村，纽约曼哈顿岛的下东部，曾是嬉皮士、艺术家、音乐家云集之地，新潮时尚。

③ 约为1.59米。

怎么看好，希望迈克尔能够尽快“改邪归正”。

我累得气喘吁吁，为了掩饰，我问了好多问题，而且利用一切机会靠在耙子上，装作认真聆听的样子。七月的阳光刺痛了我的脸，我就像被打了耳光一样。番茄浓烈的树脂气味将我们包围。番茄秧像我一样高，果实累累，用橡木桩和麻绳支撑着。对于一个最多只在窗槛花箱种香草的人来说，这些番茄秧看起来有点吓人。垄沟里的土壤很干燥，并且已经结块了，里面还布满了石子。迈克尔告诉我忽略那些比鸡蛋小的石头，把大一点的石头耙成一堆，把这堆石头铲到手推车上，然后倒在栅篱里。每一铲都装满了石头，我没想到这么重，第一下我就把手推车弄翻了。耙、铲、倒，冗长的两个小时就这样过去了，我突然意识到，如果再这样下去，我就会彻底废掉，连离合器都踩不动，没法自己开车回家了。绝望中，我主动提出去为大家做午饭，并尽量让这个提议听起来非常自然，让他们看不出来我其实是为了逃避干活儿。我不敢相信这么短的时间就对自己的身体造成了这么大的伤害。我左手的拇指和食指之间磨出了水泡，我的腰也不能完全挺起来。还有我的胯，禁锢在紧身牛仔裤中，已经被擦破了，我觉得一时半会儿是好不了了。

我以前不怎么会做饭。我爱美食，但我与食物更像是一次性的约会，而不是稳定的恋爱关系。它有时在餐厅摆放在我面前，有时装在白色小纸盒里，由一个骑自行车的家伙送来给我。我不确定我公寓里的烤箱是不是能用，因为我在那儿住了七年之久，却从来没用过。冰箱是能用的，但在我的小公寓里，它作为储存空间比作为厨房用具更有价值。冰箱里放着狗粮、一壶比利家牌的过滤水；另外，由于书架空间宝贵，曼哈顿电话本也放在了冰箱里。在我的记忆中，冰箱永远是厚重而冰冷的。冷冻箱里有一个制冰盘，里面的冰块已经缩水了，还有一瓶波兰伏特加。

马克的厨房占据了半个拖车，不禁让我想起了第三世界国家的市场。里面装满了五颜六色未经包装的东西，牛奶、肉、泥和蔬菜的味道相互交融，散发出泥土的芳香，强烈但并不难闻。我把门打开，小心翼翼地窥视着这些高大的架子。橱柜里有装在加仑[①]罐子里的黑豆和苹果干、燕麦和黑麦，还有小粒的干燥玉米穗。烤箱上面的碗橱里，满是一捆捆香草和一瓶瓶没有贴标签的琥珀色带泡泡的液体。我打开冰箱，看到一个没有盖儿的罐子，里面满溢着绵软带血的东西，我认出这是布奇的内脏。冰箱里还有一个铁丝筐，装着表面有磨损的红皮蛋。保鲜储藏格里是一罐罐黄油和农家奶酪，一堆看起来像高尔夫球的东西，有可能是芜菁，还有一些尚未清洗的胡萝卜。

我迅速关上了冰箱门，抓起一只篮子和一把刀，回到了农田里。迈克尔已经耙完了石头，现在正忙着用一包包有些腐烂的稻草来覆盖成垄的番茄。我看到了所有现成可供挑选的食

① 加仑（gallon），液量单位，在英国、加拿大及其他一些国家，1加仑约等于5升，在美国约等于3.8升。

物：新鲜的马铃薯、花椰菜、莴苣、香草、豌豆、甜菜，还有黑莓。一头母牛带着小牛崽悠闲地吃草，一群母鸡在堆肥上啄食，一头猪在一堆扔掉的菜叶中翻拱。目之所及，皆为丰裕。我感觉一些想法在头脑中盘旋，巨大而缓慢，如同地壳板块的运动。这块地不过六英亩见方，只是一个大操场的面积，却能产出可供两百户食用的蔬菜。一切似乎都比我想象中简单得多。泥土加上水，加上阳光，加上汗水，就等于食物。这里不需要工厂，不需要很多机械，不需要毒物或者化学肥料。如此的丰裕始终存在，我却一直毫不知晓，为什么会这样呢？在这里我觉得非常安全。世界上任何事都有可能发生，飞机会撞上大楼，工作可能会丢，人们可能会被赶出公寓，油可能会用完。但是在这里，至少我们还有食物可以果腹。我在篮子中装满了番茄、羽衣甘蓝、洋葱和罗勒，心里盘算着这么一大堆蔬菜，在纽约的农夫市场中得花多大一笔钱。然后我回到了厨房，希望能做出一顿美食，这样对辛勤劳动的他们才公平一些。

我在厨房里找到了两个工具，对我来说，它们熟悉得就像老朋友一样。一个是十英寸[①]的软钢主厨刀，刀锋十分锐利；还有一个大号的铸铁煎锅，抱着它，我的双臂几乎难以合拢。我开始干活儿了，把羽衣甘蓝的叶脉切掉，把番茄和洋葱剁碎，心里其实并不清楚这顿饭会做成什么样子。我只知道，如果大

① 1英寸约为2.54厘米。

家都像我这么饿，我最好还是以保量为目标吧，保质就退而求其次了。我把煎锅放在两个炉灶上加热，用黄油嫩煎洋葱，加上切碎的胡萝卜、西红柿，加水蒸煮羽衣甘蓝。我用一个像井盖一样的东西盖在煎锅上，羽衣甘蓝变软之后，在上面挖了几个浅浅的窝，将一打鸡蛋打进窝里煮。然后我把大蒜和罗勒一起切碎，捣成泥和入一小块黄油，涂在我从碗橱里找到的面包片上。我把加蒜的面包放在烤箱里烤，在工人从田间回来的时候，我正好把装着香味四溢的吐司的托盘从烤箱中抽出来，把面包片放在各自的盘子里，上面铺上羽衣甘蓝和荷包蛋，最后放上一勺农夫奶酪和研磨的黑胡椒。

待到菜都上齐、我们都落座的时候，我正襟危坐，有些担心地咬了第一口，然后就放松下来。羽衣甘蓝鲜嫩多汁，大蒜和罗勒口感辛辣，两者搭配，我觉得味道出乎意料地好，而且能做出这样的菜，觉得自己很了不起。我环顾坐在桌边的人，期望能够得到恭维和赞美，但看到的只有刀叉的挥舞和嘴巴的开合。“麻烦把盐递给我。”迈克尔终于开口了。我现在明白，并不是我做的午饭不好吃，实际上我敢说他们都觉得非常好。但是“非常好”对于每日吃得像国王一样的农民来说并不算稀奇。一个法国人曾经告诉过我，食物是最大的财富。只要种植得当，无论你拥有什么，都会觉得无比地富裕。

在我想尽办法成功拦截马克之前，又是一个夜晚了。迈克尔、凯娜，还有一些义工，之前一直在田间忙碌，现在已经离开了，但是马克仍然在劳作。我开始怀疑这家伙究竟有没有停下来的时候。现在他甩开两条长腿，奔波于各种农活之间，似乎有无穷无尽的精力。他查看胡萝卜的灌溉，为第二天的工作做笔记；弯下腰从草莓边上拔出一棵看似无害的杂草，测试防鹿网的电流；然后用在苹果味溶液中浸泡的棉球做诱饵，这样小鹿的鼻子会受到强烈的一击。我跟在他身后快步走，手里拿着笔和笔记本，还有他心不在焉地递给我的螺丝刀和断掉的水管，就像玩杂耍一样。他一直在说话，滔滔不绝，妙语连珠，让我惊诧万分。我一直以为农民都是脚踏实地那种类型的人，不能说是木讷，但可能有点无趣。

他不喜欢“劳动”这个词，这是带有贬义的。他喜欢称之为“耕作”，就好像“我今天耕作了十四个小时”。他没有电视或者收音机，我觉得他有可能是这个国度最后一个知道“9·11”事件的人。他至今仍然不听新闻。新闻令人压抑，反正，对大部分的事件，你都无能为力。你只能想当地的事情，做当地的事情，而他对“当地”的定义不超过他耕作的十五英亩地的范围。正确的做法，是去了解你如何影响了周围的世界。一开始他只是对塑料有敌对情绪，但是他渐渐开始对任何不能自己开采熔炼的金属都有所怀疑。事实上，他要给自己盖房子的时候，压根儿不想用一根钉子、一块金属，这样当他死去之后，房子也可以归于尘土，化作春泥。他没有汽车，不论去哪儿都是骑自行车或者搭便车。他最近开始反对“应该”这个词，反对应该做的事让他感觉比较快乐。他觉得市场经济和那些不知名的交换什么的无聊至极。他更愿意想象一个农场，没有金钱交换，只有善意和帮助。他的理论是你得从赠予开始——最好是大一点的东西，价值一千美元左右。他说，一开始人们收到这么贵重的礼物会感到不安，他们就会想方设法弥补你，也回赠你一些大一点的东西。然后你把其他东西送给他们，他们又把其他东西送给你，很快就没有人斤斤计较了，只有东西的流通，从富余的地方流向需要的地方。这拉近了人与人之间的关系，让人心满意足，并且每个人都感到称心如意。我想，这家伙真是疯了。但是，如果他是对的呢？

最终我扔掉水管和螺丝刀，请求他停下来跟我坐在一起，让我能够集中精力。我明天早晨就得走了，而到目前为止，我拥有的全部，不过是一些潦草而令人迷惑的笔记，还有疼痛难忍的胯部。他停下来看着我，然后笑了。

夜幕降临前的最后一个小时，我们穿过地势较高的农田，路过一个池塘，进入一片茂密的树林，那里花栗鼠跳来跳去，在做谢幕的演出。我们一起坐在一棵倒下的橡木树干上，寂静突如其来，就像远航后走下船时那样。每当马克说起我们的爱情故事，他总是把这一刻算作故事的开头。他说，当他坐在木头上回答我的问题时，有一个讨厌的细小的声音坚持不懈地在头脑中盘旋，就像蚊子一般。这个声音说：“你将会把这个女人娶回家。”

他尽力去忽略这个声音，他没想找女朋友。他最近才结束一段很长时间的感情。另外，已经是盛夏了，他还有一个农场要经营，他必须集中精力。他最不需要听到的就是，他遇到了未来的妻子。但是这个声音仍然坚持着：“你将会把这个女人娶回家。如果你够勇敢，你应该现在就向她求婚。”

当马克考虑要不要求婚的时候，我正在想能不能写成一篇故事。马克会是一个有意思的主人公，他满腹经纶，能言善辩，而且看起来演技有夸张的成分，是个天生的表演者，享受听众关注的目光。他发起了很多对话，也有自己的思考。我喜欢看着他阳刚十足的面庞和修长的四肢。我突然想到，关于他，我不应该只是写一篇杂志文章，而是应该写一本书。当然我会在农场度过很长一段时间，但我可以把我的公寓转租出去，在这儿租个便宜的地方住下来。也许我可以在胡萝卜地里搭个帐篷。

农场被夜幕笼罩，他陪我走向我的汽车，再次说起他想要创造的家的样子。他说，如果他能够自己用木桶打水，穿自己鞣的鹿皮革衣服，将会非常开心。“那你的妻子会是什么样子呢？”我问道。我很难想象，什么样的女人能够与马克的未来相契合。对于我来说，木桶好像很沉的样子，而鹿皮革令人生厌。马克后来告诉我，他觉得这个问题就如调情一般。我们都不记得他是如何回答的了。

我驱车离去之前，马克往我的后座上装满了蔬菜、鸡蛋、牛奶、猪肉和黄油，就好像是要给我准备粮草，送我去一个寸草不生的荒原上远征一般。在回家的路上，我想起了他，想起了在田间给花椰菜锄草、耙石头的时光。那段经历犹如下地狱一般，但我想要更多这样的生活。我这是怎么了？我把它归因于创作能量。过去我曾经几次错将迷恋当作真爱，而这次恰恰相反，这是我第一次错将真爱当作迷恋。

我回到城里，已经过了午夜。我在公寓楼前停车，然后卸下马克送给我的一箱箱的食物。这是一个美妙的夏夜，附近的酒吧、餐厅和街道熙熙攘攘，都是盛装夜出的人们。马克装满食物的亲切温暖的木箱子摆在人行道上，就像来自另外一个时空。一个男人路过，是我在狗狗公园认识的。就像很多时候一样，我们知道对方的狗叫什么，却不知道对方的名字。“哇！”“小熊”的主人惊叹道。“去逛街了？”他问。“没有，”我回答说，“去乡下了。”我把一打鸡蛋塞给他，心里想着马克和他的慷慨理论。“小熊”在我装满蔬菜的箱子前不停地嗅，主人露出了疑惑的神情。“这都是有机食物。”我说道，顺便跟他解释一下。他小心翼翼地抱着鸡蛋走开了。我转了转眼珠，回到车上在大楼附近绕圈，找个停车的地方。

我住在东三街，就在“地狱天使”[①]总部的对面。我住的地方是一个小小的单身公寓，光线很好，周日的早晨我喜欢坐在公寓外面的逃生梯上喝咖啡，俯视下面被墙围起来的墓园。墓园中有十九世纪的墓碑，还有枝繁叶茂的槐树。我到这个城市不久就住在了这里。当时东村还没有完全成为中产阶级聚居区，周围仍然有很多瘾君子，房租还是一个月五百美元。“地狱天使”总是有一两个保镖，抱着双臂站在那里，守卫着一长排闪闪发亮的摩托车。有一次我深夜回家路过他们的大门，一个肌肉结实、留着小胡子的“地狱天使”上下打量我，冲我咆哮：“平安到家！”我觉得很安心，甚至觉得这样很性感。直到我看见一个瘦小的邮递员撞到了他的摩托车，正是这个人用球棒把邮递员打倒在地，冲着他的头高举球棒，然后狠狠地打下去。我跑过街角才敢给911打电话，因为我害怕他会看到我。

在我住的公寓大楼中有受益于租金管制[②]的租客，由于租价稳定，他们愿意永远居住下去，还有年轻的艺术家和嬉皮士，他们是东村变成中产阶级聚居区的先驱。这两种人各占一半。一个叫珍妮特的中年女人住在二楼，她戴着精美的假发，穿着华丽的服装，这都是她做夜店歌手的光辉岁月留下的东西。她邻窗而居，监视着来往的人，而她养的一群白色玩具贵宾犬就在她背后吠叫。大楼人来人往，没有谁能不被她评头论足。我

① 美国摩托党。

② 在特定时期和特定地区，政府为了控制租金过快提高而采取的措施。

发现她的警觉让我很安心，但是遇上电梯故障，需要从她家门口经过的时候，贵宾犬的气味，伴随着她让狗闭嘴的尖叫飘荡在走廊中，你会想起“肮脏”这个词。

我约会的方式用随意来形容再合适不过了，在与电影制片人、艺术品收藏家、政治评论家、前男友喝茶、共进晚餐、看电影的约会中周旋。我认为他们也都有自己的约会去周旋。我们都很忙，都把自己的感情埋藏在心里。如果有发展为爱情的机会，也没有人愿意谈论这种可能性，至少我是这样。我在那之前有过几次心碎的经历，明白了女人有情感上的需求是没有什么吸引力的，尤其是过了三十岁之后。我想，还是摆出一副很坚强、难以捉摸的样子比较安全。

同时我也在试图阻挡我心中逐渐出现的一种疼痛。最开始察觉到这种疼痛是在机场，我刚刚结束一次旅行。机场大厅的人群手里捧着花，小孩子打扮得娇俏可爱，高高兴兴地等待着他们爱的人回家。我讨厌从这群等待的人中穿过，因为其中并没有人在等我。我排队等待出租车的时候，浓重的孤独感压得我喘不过气来。我打开公寓的门，发现我走后唯一的变化，就是从早到晚在墙上移动的光线，还有一两只慌忙逃窜的蟑螂。空气中都能够感受到孤独的气息。第二天我从姐姐那儿接回了我的狗，这种疼痛减轻了一点，我又回到了城市的滚滚人流中。但是减轻的只是一点，很快这种疼痛就蔓延开来，直到“家”这个词让我泪流满面。我想要一个家，和一个男人有一个家。有一间房子，有青草的气味，有晾在绳子上的床单，有一个在喷洒的水中跑过的孩子。这个简单的梦想对我来说似乎是不可能实现的。这与我现在的生活风马牛不相及，在我生活的圈子中没有人拥有这些东西，也没有人想要，或者承认他们想要。我以为我能够了解这种疼痛，学会忍受这种疼痛，就像你学会忍受骨折之后久久不散的疼痛，那种能够预知天气变化的疼痛。

那个夏天其余的时间我都是在忙碌中度过的，写广告文案、教课、做几个兼职，也只是勉强能够糊口。我喝了太多的咖啡，身心疲惫，为钱的事情担心，就像纽约的每个人一样，我认为这种事情是正常的。唯一的例外就是我想起马克和他的农场的时候，那个地方让我感到平静。我想尽可能去了解他做的每一件事。我买了温德尔·贝利（Wendle Berry）的《良田的礼物》（*The Gift of Good Land*），每天在地铁上阅读，在空白处做笔记。“耙子长什么样子？”“南丘羊（southdown）是什么？”九月份的时候我已经决定把我的公寓转租出去，在马克的农场待上一年，把农场的生活写出来。后来他打电话给我，在答录机上留了言。

在我写到他、想到他的那些时间里，他对我来说更多的是一个角色，而不是现实生活中的人。他真实的声音让我很吃惊，这比我写作时头脑中回响的声音要高一些。我播放了两遍留言，才听懂了他的大意。他想要邀请我跟他一起去卡茨基尔

（Catskill）山区，在一个老牌的风雅的度假村共度周末。这与我写作中坚忍不拔的苦行农夫的形象相去甚远，真是罪过。我想到的第一件事就是要把稿子做一些修改。

然后我想到的是要不要接受他的邀请。他说他有一个双人免费度假的机会，所有费用全免，因为之前他在这个度假村教过一次冬季求生课。他们在举行一个厨师和农夫的研讨会，他认为这会对我的研究有所裨益。这听起来确实是一次做研究的良机，但是我并不是听不出他的弦外之音。我不是小孩子了，知道当一个男人邀请你在宾馆共度周末的时候，他很可能就会挑逗你。如果不这样做的话，就好像在舞台上掏出枪来又不射击一样。但是马克和我之前遇到的每个男人都不一样，所以我觉得他可能会是个例外。如果不是例外也没关系，我可是从纽约来的，不管怎样，对付一个农夫还是没问题的。我不想因为一时放纵而打乱我的全盘计划，而且我最不想要的就是跟某个不愿意用钉子的疯子发展一段异地恋。为了保险起见，我带上了老土的内衣，也没有刮腿毛。

我出城的路上遇上了堵车，晚了四个小时才到，精神烦乱，发现马克靠在接待处附近的椅子上打盹，一顶硕大的草帽盖在他的脸上，就是他在农田里戴的那一顶帽子。帽子上插着火鸡的羽毛，真是非常壮观。这个形象跟我写作中的角色非常相符，我松了一口气，但很快就丢面子了。回想起来，我们第一次共进晚餐时，正是这顶大帽子让我放心大胆地点了第二杯马丁尼，导致我成了挑逗他的那个人，尽管我本意并非如此。这已经成为准确的历史事实了。

关于生活方式选择的深刻而美好的教育，就从这一晚开始了。我发现马克从来没抽过烟、喝过酒，也从来没试着嗑药，或者跟别人鬼混。他一直吃健康的食物，大多数是有机食品，他成年生活大部分时间都在从事艰巨的体力劳动。他是我见过的生活方式最健康的生物了。有些人的愿望是世界和平或者人人安居乐业，而我的愿望是每一个女人都会在人生的某一节点遇见这样一个爱人，从不抽烟酗酒，从不因为滥交或看情色作品而精神不振，他健美的肌肉来源于脚踏实地的劳作而不是健身房中的锻炼，他不为人性中动物的一面感到羞耻。

从那之后我不再假装要做研究，我意识到人生中的重大转折正在发生。我打消了写书的念头，决定在马克的农场度过长长的周末。我不穿高跟鞋，不带笔记本。两个崭新的世界在我的面前拉开帷幕。一个就是劳作。我捡鸡蛋、喂鸡，在农田上的劳作让我筋疲力尽。我之前是个环游世界的旅行作家，做过人们花费金钱和时间做过的所有事情，我无法想到除了把温热的鸡蛋从鸡窝里拿出来，还有哪个地方我更愿意去，还有哪件事情我更愿意做。

另外一个崭新的世界是食物。马克做得一手好菜。拜托，有他手中的原料，任何人都能做出一手好菜：仍然带着泥土的蔬菜，触手可及的香草，优质的鸡蛋、牛奶和肉，你在任何商店里都买不到。但是马克确实很会烧饭。他十一岁的时候，他的妈妈罢工了，因为无论她晚餐做些什么，都会听到家里的抱怨，这令她十分厌烦。马克和他的妹妹就开始为家里做饭。最开始他们经常搞砸，每个夜晚都填满了一块块番茄酱通心粉和一堆堆讨厌的残羹剩饭。但是那年马克非常瘦弱，极度活跃，每个月都以数以寸计的速度生长。他总是处于饥饿当中。饥饿是伟大的老师，于是马克开始自学成才。他阅读《掌握法式烹调的艺术》，越是成功就越是雄心勃勃。他开始沉醉于卷出完美的寿司，当他在中学喜欢上一个女孩时，他为她做出有七道菜的晚餐。最后他抛弃了烹调书，开始自由发挥，坚持几项简单的原则：让你的刀保持锋利，每道菜都要亲自品尝，不要不舍得放盐。他对于食物的热爱也是最终吸引他去农场的部分原因。他说，唯一能够保证吃得起他渴求的优质食物的办法，就是成为一个银行家或者自己耕种，而他又耐不住在椅子上正襟危坐，所以做银行家是没戏了。

于是我在这里，在一个移动的家中享受高级菜肴。他为我烹调，这是一种追求的手段。这样一来，如果其他男人仅仅带我出去吃饭，是打动不了我的。我在享用鹿肝的时候爱上了他。

那是秋末时分，第一次霜冻还没有到来，但已经寒气逼人，晴朗的夜空往往伴随着刺骨的寒冷。月亮升起来了，虽然只是月牙，但深蓝的夜空衬托得星星越发明亮，对于我这样一个刚刚从城里来到乡下的人来说，仍然感到十分新奇。马克把狗锁在拖车里，从高架子上取下了他的来复枪。我从来没有把来复枪拿在手中过，它的重量让我大吃一惊。我的手抚过这把枪平滑的黑色木头，不禁打了个寒战。

夜晚出去散步与夜晚出去持枪散步有着天壤之别。我们沿着草莓旁边的小路缓慢行进，脚步轻缓，屏息凝神。周围的空气充满了危险与期待。草莓被鹿群啃食过，那年鹿群的数量很多，尽管有严密的电网阻挡，还有两条狗把守，但它们还是踏足了他的农田。他持有公害许可证，可以在禁猎季节和夜间打猎。马克打猎不是为了娱乐，而是为了保护作物，也是为了鹿肉。

我拿着灯，马克持枪。我不知道我们在那儿待了多久，在紧张而恍惚的状态下移动，直到他默默地把枪递给了我。我从他的手里接过枪，把眼睛放在瞄准器上，它就像一个带着准星的望远镜一样。我把它对准那边的树篱，在微弱的月光下看到三只鹿，两只雄鹿和一只雌鹿，雄鹿头上的角就如树枝一般。我突然被一种复杂的情绪击中，那是你看到庞大、美丽、自由、野性的动物时感受到的敬畏之情，一种兴奋激动之情，还有一种强烈的渴望。我惊讶地发觉，这种渴望一定是某种嗜血的欲望。我的手立刻开始颤抖，颤抖得很厉害，我甚至能听见手镯跟枪碰撞的声音。我放下枪，把它递给马克，他举起枪，扣动了扳机。在黑暗中，我依稀看到两只动物的身影朝着树林飞奔而去。

鹿肝比看起来的样子要更重、更坚硬一些，我拿着它在冷水底下冲洗的时候，仍然能够感受到生命的余温。我看着马克把鹿肝切片，撒上一些面粉、盐和胡椒，把切片的鹿肝放在装有热奶油的煎锅里，里面有一些切碎了的红葱，已经呈半透明状态了。他跑到农田里，回来的时候手里多了一把混合香草，他把它们切成细丝，然后扔到锅里。他把鹿肝从锅里取出来，放在盘子里，这时的鹿肝仍然隐隐透出粉红色。他往锅里倒了很多我带来的白酒，又加上一杯从一加仑牛奶上撇去的奶油。煮了一会儿，锅里冒出了气泡，里面的汤变得浓稠，这时马克把肝片放到锅里，翻炒了一次。然后他把这些肝片小心翼翼地摆放在两个温热的盘子中，用勺子把奶油酱淋在鹿肝上。他已经在桌上摆了两根蜡烛，还有一瓶采来插好的野花。桌上有一条自制的面包、绿叶菜做成的沙拉，还有一个木盆，里面盛放着水灵灵的苹果。

我的母亲是那种极度厌恶肝脏的人。我从她那儿得到的理念是，肝脏是一种无论如何也不能碰的东西，因此从那时起我其实从未尝过肝脏。这也许是一大幸事，因为这使我完美避开了超市售卖的肝脏，那些都不怎么新鲜，煮得黏糊糊的，玷污了肝脏的名声。另外，这增加了我咬第一口肝脏时的惊讶和喜悦。鹿肝的口感让我想起了野生的蘑菇，坚韧却不失柔软，风味独特又不会口味过重，野味与奶油和红酒熟悉而风雅的风味搭配，达到了一种平衡之美。还有一种东西，那是一种原始的力量、一种渴求，在体内升腾着，喊叫着：“吃了它！我需要它！”这是我第一次察觉到，食欲也是有智慧的。如果你清除加工食物的白噪声，用心聆听，你会发现健康和美味才是真正的盟友。我们毕竟是动物，本能地喜欢对我们有益的东西。也许我们体内残留的一部分仍然蹲在某个地方的火堆旁，咂嘴品尝着某种营养丰富的内脏。在我的内心深处，有一种声音第一次告诉我，我爱马克，这或许同样来自那个残留的部分。它说，别犯傻。这个男人会打猎，会耕作，高大魁梧，体魄强健。他可以让你衣食无忧，他的基因也许可以改善你矮小的血统。爱他吧。

这个声音在宾夕法尼亚更为清晰，而当马克第一次来曼哈顿看我的时候，就不是如此了。他是坐公交车来的，我到公交站去接他。他穿着一件褪色的红色高领衫，一件破旧的棕色工装夹克，戴着那顶无处不在的硕大草帽。想让一个纽约人感到震惊并不是件容易的事，但是那顶帽子就像鲨鱼鳍一般穿过闹市的人群，行人纷纷驻足侧目。我发现马克在我生活的城市，至少跟我在他的农场里一样，看起来异军突起，格格不入。这一点让我找到了心理平衡。

我一直盼着他来探望我，但他一来我就意识到，我不知道该带他在城里做些什么。他讨厌酒吧，也感受不到咖啡馆的乐趣，这把我白天和晚上经常活动的地点都排除了。我试图告诉他周日早晨喝咖啡看报纸的概念，但他一点也不明白，而且他总是来回大步走，更显得我的公寓狭小又压抑。我带他去的餐馆他并不感兴趣，因为菜价贵得离谱，而且比他拖车里的蔬菜差远了。他的腿太长，在剧院的椅子上坐不下。他对我周围寒酸的街区和居民、我朋友的工作和他们了不起的成就，都视而不见。我无法带这样一个穿高领衫、戴大草帽的人应邀参加聚会。现在就剩下书店了，这对他来说极其有吸引力，还有弹球游戏，激起了他好胜的本性。

他喜欢搭乘出租车，因为多数司机都来自农村，世界上某个时光缓慢流淌的角落。这时候马克就可以跟司机进行一番热烈的讨论，或是马具之间的细微差别，或是某个村子防鼠害的方法。一个希腊的司机把车停在一边，关掉计价器，详细描述他的村子里剥羊皮的方法：在其中一条腿上切下一块皮，然后把它吹起来，就像吹气球一样。几个星期后马克试验了这个方法，果然有用。我从这样的经历中得到的结论是，从发展中国家随便挑出一个司机来，他与马克之间的文化差异都比我和马克的要小得多。

但食物倒是时时都有的。他的农场随着季节而放慢脚步后，他每个周末都到纽约来看我。他来我公寓的时候总是带着熟悉的板条箱，里面装满了祖传品种的笋瓜、秋季的绿叶菜、一捆捆的干燥香草和块根食物。电话本从冰箱中被驱逐出来，回到了书架上。马克从我的烤箱中清理出一个老鼠窝来，发现烤箱竟然还能用。他不知从哪里翻出了盘子和杯子，我都忘记了它们的存在。他把我姐姐从印度带回来的一块布铺在书桌上，就成了一个很好的餐桌。

十一月的一天晚上，我教课回来，发现马克已经重新布置了家具。我的床摆在了公寓的中间位置，铺上了干净清爽的白色床单，书桌兼餐桌摆放在窗子旁边，俯视着公寓下面的墓园。桌子中间放着一锅热气腾腾的汤，这是芜菁浓汤，听起来像是世界上最不浪漫的晚餐，但是这道汤是如此完美，加上一种叫作“白丽”（Hakurei）的日本植物，吃起来有甘甜淡雅的味道，就像脆生生的白苹果一样，还配入了马克自制的美味鸡汤和从农场带来的新鲜奶油。我自己贡献了甜点：一瓶上好的波特酒，一条我能找到的最好的黑巧克力。从桌子转移到床上非常容易，我记得当时在想，如果能把我们恋情中在城市度过的那一半装进由烤箱、桌子和床组成的小小的亲密的三角形中，一切都会更容易一些。我这里还有当时我们在床上拍的照片，我伸出胳膊举着照相机，我们在相片的一角，背景是我的公寓露出的砖墙。我现在看到这张照片时仍然不由得屏住呼吸，马克的身体修长，犹如一尊雕像，长满茧子的大手放在我的胸前。

那一晚他告诉我他想离开在宾夕法尼亚的农场。地不是归他所有，也不能在那里盖房子，既然我们已经认识了，他就没有再留在那里的必要。他希望我离开这座城市，放弃租约，跟他一起寻找一片土地，一个能够让我们共同建造一个农场、一个家的地方。

我们夏天相识，秋天开始约会，还没有到冬天。我知道我爱他，但我还不了解他。他让我抛开所有培养起来的人际关系，所有我认识的有相同背景、教育经历和兴趣的人。离开我姐姐更是令我心碎，我的公寓到她的苏豪公寓步行仅需十分钟，这段短短的距离是我的城市生活最美好的部分。要是距离不够近，不能让我随时过去喝酒、喝咖啡，不能周日聚在一起谈论各自最新的关系进展情况，这怎么能行呢？这里还有我的专业领域，我教课的临时工作，虽然看似微不足道，却是我必须坚守的东西。如果我们两个未能修成正果，唯一能够让我回到曼哈顿的就是我能够租得起的这间公寓，而他却让我烧毁重返曼哈顿的唯一桥梁。

他也放弃了很多。他已经在宾夕法尼亚积累了声誉、客户群和关系链，也在农场的基础设施上投入了很多。但他是如此地坚定不移，看上去十分笃定。

他要给我的东西——家，对我来说弥足珍贵，在我的心中激起了深深的波澜。他一直在向我描述，五十英亩的良田，一间农舍，大大的厨房里有擦得发亮的木头餐桌，一个漂亮的果园，牛和马在牧场里吃草，小鸡在院子里跑来跑去……直到我能够清晰地看到，甚至能够触摸到它。我怅惘地告诉他，我曾经和以前的男朋友住在一起，这就像一种糟糕的妥协，只有婚姻的缺陷，而没有任何优点可言。“可是我不想当你的男朋友，”他说，就好像这是世界上再明显不过的事情，“我想做你的丈夫。”

我又想了想，他要么是疯了，要么就是对的，可能性各占一半。

马克回到农场之后，我跟朋友詹姆斯一起去第五大道的A酒吧玩弹球游戏。那是下午四点，酒吧里几乎没什么人，只有詹姆斯迷上的那个皮包骨头的刺青女酒保，还有几个在对面吧台凳上邋邋遢遢、东倒西歪的酒鬼。詹姆斯和我下午经常来这儿，没有人介意我带来了我的大牧羊犬妮可。她在房间里穿梭，伸着舌头跟每个人打招呼，拖着狗链从淤积着黏稠的陈年啤酒的地面上跑过。我们玩弹球游戏的背景是我最喜欢的《辛普森一家》的卡通片，我跟詹姆斯谈及周末的时候正好打到了很多球，所以我将要离开城市与一个农夫在一起的消息，被叮当作响的弹球和挡板的拍打声打断。詹姆斯和我是同道中人，我们都来自中产阶级家庭，都把它的习俗、规则和品位抛之脑后。我们自己创造的生活究竟是我们眼中的探险，还是他们眼中的灾难，我觉得我们都在这两种看法之间徘徊，为之困扰，并且在对方的存在中找到安慰。当我告诉他我要走了的时候，他并不相信我。

当我告诉我的朋友布莱德时，也发生了同样的事情。他正要和他女朋友结婚，沉浸在对爱情的信仰中，但是我的爱情更像是要去服刑。这也不能怪他，我自己也是说了四五遍以后，听起来才像是真的，而我的姐姐几乎就是疯了。“你把我抛弃了。”她说。听到我月末就要离开的消息，我觉得唯一欣喜若狂的人就是我的房东了。东村蓬勃发展，他要把这个地方整修一下，很快租金就会疯涨。

我和马克与我的家庭共度了感恩节。我把我的消息改编了一下，告诉他们我想放弃租约，离开城市，和马克一起寻找农场，但没有提及结婚的事情。我的姐姐在纽约见过马克，对他的评价毁誉参半，我猜她的观点已经传到家里来了。我会把他介绍给我的父母和我的哥哥杰夫以及他的妻子丹妮，他们住在弗吉尼亚。杰夫是一位海军军官，是个飞行员，比我大不了两岁。他职业生涯的早期是站在航空母舰的甲板上指导飞机降落，对飞行员的着陆做出生死攸关的判断。换句话说，他是一个严肃、有逻辑、十分可靠的人，没有一些令人困扰的怪毛病。

我们满载着食物到达我家。作为一个最近人生观发生巨大改变的人，我满腔热情，急切地炫耀我男朋友种植的绚丽的蔬菜——还带着梗的抱子甘蓝、甘薯、甜菜，还有瓜肉呈熟杧果色的笋瓜。马克那个星期帮助他的阿米什朋友屠宰火鸡，他也给我们带来了一只，还有一罐他自制的黄油。我们带着这些箱子走进家门，箱子上沾着农田里的土，还有几片叶子挂在箱子底下。我差点忘了妈妈的世界有多么干净，估计无论把箱子放在哪儿都会造成污染。所以，父亲带着马克去车库的时候，妈妈悄声问我，吃这只火鸡安不安全。火鸡包在一个潮湿的白色购物袋中，没有头的脖子从里面伸出来，令人生厌。我也忘了妈妈更喜欢豪华包装的食物，能够尽量少地联想起食物的来源。当我们还是孩子的时候，妈妈从来不买棕色鸡蛋，因为它们看起来太有“农场”味了。

看起来妈妈对马克的看法并不比火鸡好多少。他是直接从农田里过来的，来之前的最后一件事就是收获我们带过来的食物。他本来可以理理发，刮刮胡子。他穿着一件磨破的T恤衫，还穿反了。（他认为衣服从洗衣机里拿出来是什么样子，就应该怎么穿，无论是正着还是反着。“这样时不时还是能穿对的，而且能让衣服磨损得更平均一些。”）“他笑起来还是很好看的。”我们独处的时候妈妈告诉我。马克在客房睡，我睡少女时代的床，周围是我的旧书，还有放在镜框里的大学文凭。它好像从墙上责备地盯着我，说道：“我教育你可不是让你干这个的。”

感恩节的早晨，妈妈把厨房交给了这个身材高大、野性十足的陌生人，他开始恣意地发挥他的厨艺。他从六点就开始做饭，屋子里的其他人还没有起床。他翻箱倒柜地找出烹调的用具，就像在自己家里一样。七点的时候，大家从卧室里走出来找咖啡喝，这时他正忙得热火朝天，六道菜一起做，食物在他身边翻飞，就像木屑随着链锯漫天飞舞。他热情四射，已经摧毁了妈妈一尘不染的厨房，把奶油溅到墙上，马铃薯的碎屑被踩在脚下。我赶紧跑过去，在甜菜落在附近雪白的地毯上之前接住了它。中午的时候我打开酒，给妈妈倒了一大杯。

三点的时候火鸡出炉，光芒四射，皮肉酥脆，颜色鲜亮，堪做食谱的插页图片。马克提早做好饭，跟爸爸和杰夫一起在后院劈柴。我向窗外望去，注视着他强壮的身躯，斧头落下劈在木头上，就像自然的力量，不慌不忙，不知停歇。他从一整棵树上砍下柴来，然后回到厨房做肉汁，把面粉和锅里的汤汁拌在一起，然后加上高汤、酒和香草。丹妮来到炉灶前品尝，然后瞪大了眼睛。“这肉汁让我的小心脏都飞出来了。”她小声对我说。然后我们都坐下来，食物开始向全家人展示它的无穷魔力。

这是简单的一顿饭，没有多余的花样，这样的烹调让食物为自己代言。我妈妈宣称这是她吃过的最好吃的火鸡，说她从今以后都要买有机马铃薯。对于马克来说，食物是表达爱的方式——爱生活，爱周围的人——从种子一直到餐桌上。我想我的家人能够感受到他深刻的爱。在南瓜馅饼和觥筹交错之间，尽管马克一直在恣意谈论他想要的生活，没有金钱的世界，没有钉子的房子，但他们确定有可能，仅仅是有可能，我并没有完全精神错乱。“他是目前为止她带回家来的最好的客人。”我听见哥哥在喝咖啡时对姐姐低语。这并不算是一个完美的开始，但是他们已经决定给他一个机会。

马克开车送我回城，帮我打包搬家。我深刻地感觉到头晕眼花，就像飞机即将远赴异国他乡，轮子离开机场跑道之前的感觉。我们对我的东西进行分类，一大堆是马克认为我以后的新生活中不需要的东西，一小堆是我要带走的东西。我不想把我心爱的床留下，这是我当初花了大笔银子买下的。马克安慰我说："别担心，我会给你打一张新床，一定会比这张床漂亮得多，也特别得多，因为那是纯手工打造的。"于是我们把床拖到楼下珍妮特那里，帮她扔掉了原来那张带有狗味的床，然后把我的钥匙扔到了公寓里，关上门，向原来的一切说再见。

我们搬到了距哈德孙河上游一个半小时车程的纽帕兹（New Paltz）。马克就在那里长大，他的父母和妹妹仍然住在那儿。我们从他的父母那里租了半间房子，他的祖母就是在这间房子里生活的，直到去世。房子坐落在一条蜿蜒的山间小路的拐弯处，房子后面有一个老谷仓，里面装满了家庭物品：马克的祖父设计的曼哈顿摩天大厦的蓝图，成箱的文件，还有沉重的家具。一片树林高耸在谷仓后面，树林后面是沙瓦岗克山脊（Shawangunk Ridge），山上有个布满突起的鼻状岩石，被称为波提岩（Bonticou Crag）。我们搬进去几天以后，马克带着我攀登房子后面的峭壁。那是寒冬一月，岩石结冰，我的狗妮可平时习惯了走人行道，步履蹒跚地跟在后面。我们到达了山顶，马克紧张得几乎不会说话了，他正式向我求婚。我看到一只鹰在寒冷澄净的天空中盘旋，风猛烈地吹着，景色壮观，令人惊叹。我答应了他的求婚。当我给家人打电话告诉他们的时候，我的父母称之为“草率的决定”，并难以掩盖对此事的震惊。我的哥哥竟然问道：“跟谁结婚？”我的嫂子指出，订婚到结婚的时间长一些是件好事，能够让一对情侣对彼此进行真正的考验。我的姐姐凯利则直言不讳，说如果这是我想要做的事情，那么就去做吧，反正离婚总是可以的。

我们把纽帕兹的房子当作一个中转站、一个大本营，能让我们从容地寻找一个地方，实现马克为我描述的构想——土地、农田、果园。在我起飞前的眩晕中，我曾经以为这次中转会非常短暂。但事实证明我们寻找的时机非常糟糕。纽帕兹当时正在接纳“9·11”事件后从纽约而来的移民大潮，房市日渐繁荣，地价突飞猛涨。我们看的农场一英亩地要价两万五千美元，而农场的土地却没什么可圈可点之处。看起来这次中转要停留很长一段时间了。

这是马克自大学毕业以来第一次生活中没有农场，也没有持续的艰苦的体力劳动，他比没有羊群可赶的边境柯利牧羊犬更为紧张。他强迫性的那一面毫无束缚地蓬勃发展。他想要过没有电的生活。但是因为这是他父母的房子，他不能随意扯开电线，所以他决定我们干脆就不用它好了。他买了十几根蜡烛，如果我习惯性地打开了电灯开关，他就会大为光火。他用装满泥煤苔的水桶做了一个堆肥马桶、一个马桶座和一个板条箱，安装在客厅中央。在我的严正抗议下，他才勉为其难安上了帘子。他花大把的时间学习纺羊毛，最终能够纺出精细的毛线。我们的一个邻居有一台户外用木柴生火的炉灶，马克接手后，每个星期都烘焙出四十条紧实的面包，然后像扔砖头一样扔在每个邻居的门口。他骑自行车往返新泽西。

我们订婚一个月的时候，我邀请我的父母过来，跟马克的父母见见面。我的父亲是一个坚定的共和党，一个空军老兵，退休以后他的政治倾向越走越远，偏向右派。他不相信全球变暖，认为这不过是环保主义者的阴谋或者联合国的诡计，无论是哪种情况，都在自由派媒体的支持下才能长期大行其道。我的母亲比我的父亲小十几岁，跟马克这些人是同一辈的，但是她嫁给我父亲后，从猫王和喇叭裙直接过渡到马丁尼和轻音乐，完全跳过了披头士[①]。如果你抓到她没有铺床，没有擦家具，或者地板上有吸尘器刚刚吸完地的痕迹，她会视为自己的耻辱。你从来看不到她在公共场合不化妆或者不做头发的时候。

如果我的父母是马克父母所说的“中产阶级”，那么马克的父母则被我的父母称为“怪人”。他们为了卡茨基尔

① 猫王的音乐二十世纪五十年代开始风靡世界，影响了整个六十年代；披头士六十年代成立，影响了整个七十年代。

（Catskills）的一片页岩地，在二十世纪六十年代晚期离开了纽约，开始学会耕种自己的食物。他们一直生活在一个改装过的谷仓里，直到马克出生，也没有室内卫生间。马克的父亲接受的是工程师教育，但他成了一个木工、一个社区活动家，后来成为农夫。马克的母亲是自然主义者。打开她的冷冻箱，你会找到一只死掉的土拨鼠或者某只脑袋撞在窗户上的倒霉的鸟，都等待着一场消遣性质的解剖。在一场聚会中，我曾经看到她拿出吉他，开始一轮圣歌《康巴亚》的演奏，但一点儿都不觉得带有讽刺意味[①]。

在庆祝我们订婚的晚宴上，马克的母亲读了她为我们写的一首诗——《炸弹落在伊拉克》，我的父母在桌子的对面报以钢铁般的沉默。蔓延在我们六个人中的坏情绪就像我们正在吃的面包一样沉重。马克已经深入到“无光”阶段，晚宴后我的父亲摸索着走到车里找出一个手电筒递给母亲，这样她才能找到去盥洗室的路，在盥洗室她暴躁地打开了灯。

---

① 自然主义者崇尚用自然规律、科学方法解释自然与人类社会的现象，马克母亲要解剖土拨鼠或者鸟就是证明。而《康巴亚》（*Kum Ba Ya*）是黑人传统圣歌，祈求主的降临，与自然主义背道而驰。

一个个星期过去了，一个个月过去了，我们仍然睡在地板的床垫上，马克似乎一点儿也不急于为我做那张漂亮的床，每次我躺下时，都会涌起一阵心酸。

我试图用当初推动我离开城市的美好设想来鼓舞我低落的士气——农舍、果园、快乐动物云集的牧场——我后来决定，我不妨用这段时间学习一些新生活会用到的技能。我阅读养蜂的书，还弄到了蜂箱。马克帮我在后院做了一个鸡笼，我浏览了分类广告上家畜那一栏，发现了我要寻找的那条广告：八只斑纹岩母鸡（Barred Rock hen），免费赠送，希望找到好人家。

随着这群母鸡还来了一只公鸡，特别刻薄的那种。他有着老式的巨大鸡冠，天性非常狡猾。他本来是额外赠送的，却是主要的不安定因素。他喜欢从后面攻击我，有一次他把我困在了暖房的一角，用他的鸡冠狠狠地撞了我，我的皮肤都流血了。我开始变得紧张兮兮的，每次出去我都要随身带着扫帚。马克认为这太可笑了。“他只有五磅[①]，”他说，“我相信你能搞定他。”

我在养鸡聊天室里搜索信息，知道了如何对付刻薄公鸡的刻薄，唯一有效的方式就是把他变成红酒烩鸡。马克把公鸡头朝下提着，我拿着又大又锋利的刀对准他的脖子，但是一想到要把他的头砍下来，我就觉得身体虚弱。我最后还是给了他一

① 1磅约为0.4536千克。

刀，但并不够彻底，他死得不够干脆，后来我总是想起因为我的工作不到位，留下了扑腾尖叫的烂摊子。我下定决心，如果再来一次，我一定把技巧练好。我四处打听，得知镇上的两个女人要屠宰后院的鸡群。我问能不能加入她们，抱着一种研究的态度，她们同意了。

加纳和苏瑞已经五十多岁了，脚踏勃肯凉鞋，穿着扎染的衣服，很有个性，她们是公社时代的老朋友。她们不是农民，但一直自己饲养牲畜作为食物。她们不像马克那样把屠宰看成一件平常的事，而是相信这是一种神圣的行为，将整个过程升华为一次即兴的仪式。我到达的时候，她们点燃了一捆鼠尾草，烟雾在我身边飘荡。然后她们在“断头台”和鸡笼之间挂上床单，这样还活着的鸡就免于预见它们的死亡。

那天，我的杀鸡技术确实有进步，而且加纳和苏瑞对我非常好。她们把我杀的第一只鸡送给了我，让我带回家烤着吃。我把鸡做成了一道菜吃掉了，由于对整个事情的了解，我心中充满敬意。我认为，这种感激之情的表达方式可以是鼠尾草仪式，同样也可以是精心准备和享用独特的“鼠尾草填料”。

同时，我们在寻找农场方面并没有什么进展。马克说，我们需要的是一大片肥沃的土地，我们可以住在那里，能够以我们喜欢的方式耕种，可以在那儿建立一个永久的家园。他希望这是免费的。他说，这一天总会来的，因为他从孩提时代起，就有一种他称之为魔力圈的东西围绕着他，那是一种幸运光环，能够在适当的时间吸引适当的事物。一直有好事情来到他身边，农场也会来的。他认为只要我不用务实的想法和消极的情绪去冲淡他的魔力圈，不超过九个月，农场的事就会守得云开见月明。这真是一种令人恼怒的状况。

寻找农场拖的时间越长，我们对彼此就越恼火。恋爱伊始的激情已经冷却，我们渐渐发现我们之间有如此深刻的差异。在我波西米亚的外表下，他发现我是中产阶级教养的产物，言行、心性皆可预测。我相信修剪指甲和购买新鞋有振奋人心的功效。而一层一层地剥开马克变化多端的外表，我发现他的内心深处其实是一个顽固守旧的嬉皮。我得知他大二那年，包括整个冬天，都是赤脚的，那可是宾夕法尼亚东部的冬天。我还注意到他腋窝散发的强烈的刺鼻味道，让人不得不摇下车窗。我怀疑如果我们在生命中的其他时间相遇，一定会尽快从对方身边逃离。

两件事情拯救了我们。我接下了几份游记写作的活儿，这让我们有几个月的时间都待在不同的大洲。然后一个叫拉尔斯·库勒斯得（Lars Kulleseid）的慷慨热情的人走进了马克的魔法圈。他是马克妹妹的一个朋友的父亲，我们初次会面后，他就允许我们免费租种他的一大片良田，位于北面的尚普兰湖（Lake Champlain）。他欢迎我们在合适的时间到农场去看看，他也不会反对我们在那里建造永久的房屋，耕种土地。这时与我们开始寻找农场的时间，正好相距九个月。

我们第一次看到爱瑟农场（Essex），是在九月一个狂风大作的日子里。我们从波基普西（Poughkeepsie）乘慢车北上，我们的自行车和露营装置都放在行李车厢。我们沿着哈德孙河一路颠簸，进入阿迪朗达克（Adirondack）公园，路过乔治湖（George Lake），到达韦斯特波特（Westport）荒凉的车站，就在尚普兰湖湖畔。阿迪朗达克山以西，树叶已经开始变黄，纽约和波士顿过来避暑的人们也已经离开湖畔的度假别墅返城了。我们沿着林荫小路骑车北上，沿湖而行，路过各个阶层的房子，有蓝领的农庄平房、简约的夏季小别墅，还有豪华的庄园。

拉尔斯是纽约的一名律师，八年前买下这五百英亩的农田作为投资，他说因为他喜欢土地，而且这触动了他内心深处的小男孩，他曾经在挪威祖母家的农场里度过了许多快乐的夏天。自从他买下这片农田，就一直交给代理人来照料。他来农场的时间并没有他想象中那么频繁，所以我们过来之前他一直想过要出售农场，但是我们对以后计划的粗略想法让他很感兴趣，如果我们觉得这块地可以接受，就免费租给我们一年的农舍、谷仓、土地和设备。

按照拉尔斯的地图，我们骑自行车穿过爱瑟小镇，经过看起来好像历史书上的十九世纪五十年代的房屋、古色古香的码头、年代久远的石头建造的图书馆，还有主街上短短的一排商店，都因季节停止营业了。农场从小镇的西边开始延伸，刚好路过消防站。透过苍茫的暮色，我们第一眼看到的便是杂草丛生的土地，还有亟待修整的绵延的铁丝网。一些人在热火朝天地收割牧草，两辆拖拉机也在拼命运转，想要赶在天黑之前收割完毕。

我们看到两个曲折的山形石头墙中间是一条土路，东边那面墙上有一个褪色的绿色招牌，上面写着“爱瑟农场”。道路两旁种着枫树树苗，叶子已经变得火红，草地也修剪得很好，但几百米之内的农舍，却是白漆剥落，屋顶塌陷。前面的窗子已经破裂了，使得房子看起来就像瞎了一只眼。我们在房前停下来辨别方位，突然一只健壮的黑色斗牛犬从车库里冲出来，后面跟着一对白色牧羊犬。斗牛犬被链子勒住，弹了回去。

白色牧羊犬看起来没那么凶恶，谄媚地围着我们的腿转圈。从楼上开着的窗子中，传来看电视橄榄球赛的声音，但并没有人应门。我们继续沿着长长的道路前进，两边都是摇摇欲坠的建筑物。就在道路旁边，一辆塞满旧塑料面包箱的校车陷在了泥土里。

我们推着自行车走进了谷仓。地板上铺满了两英尺厚的陈年谷子，当我们打开仓门时，光线映出了灰尘，一群老鼠仓皇逃窜。我们把自行车放下向东步行，朝着湖的方向返回。我们在一处坡地上，可以看到农场上开阔的田地和一块块苗圃交错拼接，有云杉、针橡、椴树，还有枫树，整整齐齐地排列着。土地非常平坦，有些地方向沼泽倾斜。我们在一小片柏树林里搭起了帐篷。白色牧羊犬一直跟在我们身后，乞求着我们的注意。

帐篷搭好之后，天就要黑了。我们取回自行车，沿着原路返回爱瑟镇。我已经筋疲力尽了，而且最近一次去亚洲回来后，仍然没有调整好时差。此时此刻，唯一比睡眠更能提起我兴趣的就是食物了。由于某种原因我们并未自带口粮，我的血糖急剧下降，并不足以维持我正常的神志。我像一头饥饿的狼一样渴望食物，这种渴望如此强烈，我竟然生起气来。我坐在爱瑟镇会堂外的长椅上，马克出去看看能在哪儿找到吃的。他回来以后，坐在椅子上，谨慎地抱住我，然后告诉我一个坏消息：唯一能吃东西的地方就是旅馆，但是他们不肯接受我们，因为我们没有预订，尽管透过窗户可以看到里面有一些空位。这里没有商店，下一个镇子距这里五英里[①]，多数是上坡路。天已经完全黑了，我觉得没有东西吃的话我们都没法返回农场，更不用说去下一个镇子了。我火冒三丈，恨死了这种又小又蠢、处处古怪的地方了，你真的能在这种地方饿死。这里就是一堆垃圾，还遍地沼泽，夏天你很可能会被蚊子活生生吞掉。

① 1英里约为1.61千米。

我在考虑如果我睡在长椅上会不会被逮捕，然后想要是被逮捕反而更好了，这样他们就会开车带我去监狱，然后给我吃的，很可能是一些完全可以接受的食物，比如花生、黄油、三明治什么的。镇上的唯一一个交通灯，冲着空荡荡的街道不停地闪烁。

一辆车停在长椅前面的停车位上，车灯的强光将我们定格在悲惨的画面中。一个银发男人从车里走出来，手里拿着一个有盖子的砂锅。他冲着我们亲切地笑着，看到我们的自行车，问我们从哪里来、到哪里去。马克告诉他我们从波基普西来，在爱瑟农场露营。他问道："那你们饿吗？"即使饿得如此绝望，我仍然感觉到"不用了，谢谢"就在我的嘴边，这是城市人的一种习惯，对任何主动的好意都抱有不信任感。但是马克已经代表我们接受了这番好意，那个男人带着我们穿过街区，到了一个石砌大教堂的地下室，打开门后，可以听到叮叮当当的银器声，一片欢声笑语从灰白头发的海洋中传来。

看起来我们闯入了某种老年人聚会，但我并不在意，因为看到墙边长长的桌子上摆满了食物。我可以看到一盘盘切片火腿、烤豆、土豆泥，还有颜色鲜亮镶嵌着各种水果的果冻沙拉，上面是一片片色彩柔和的清凉蛋奶。把我们带进来的那个男人请大家先停下来，于是五十张布满皱纹的脸转过来朝向我们。他将我们介绍为长途旅行的自行车手，希望能够吃个晚饭，然后屋子里响起了热烈的掌声。接下来我所知道的，就是有个人牵着我的胳膊，引导我穿过人群，走向摆满高卡路里食物的桌子，把一个盘子放在我的手上，给我倒了一杯冰茶。我一时间怀疑这是不是在梦中，或者是什么残酷的幻觉，但很快我就坐下来开始吃东西。这是祖母做出的那类食物，意图填饱掘沟工人或者农民的肚子。我吃了饼干和肉汁，带有小片杏仁的青豆，还有一只鸡腿。这里有一大壶热咖啡，还有满桌子的甜食。

当我对周围的视觉恢复正常、并能够开口说话时，我知道我们偶然遇到了爱瑟卫理公会的百年庆典。看来爱瑟镇上的年轻家庭并不多，而且都是圣公会的。地下室里的每个人都对彼此非常熟悉，而且多数都有某种亲缘关系。我那天晚上遇见的很多人，今后都会成为我们生活中重要的一部分。在长椅上看到我们的是韦恩·贝利，几年以后，他的妻子唐娜为我们的小女婴织了一件带白色绲边的粉红色毛衣，还有一顶与之搭配的小小的帽子。我们旁边坐着的身材矮小、布满皱纹的老妇叫作佩尔·凯利。她那天晚上告诉我们她十分喜爱骑自行车，她经常骑自行车从她家到码头去坐船游湖，直到她九十岁了，腿再也不能跨过自行车上的横梁。三年后，我正在挤奶的时候，她的儿媳来到我们的谷仓，告诉我们她去世的消息。她的一生都在跟农田打交道，就在离我们不远的地方。她的蔬菜摊位仍然在那儿，油漆一片片脱落，横梁不敌地心引力摇摇欲坠。

那天晚上我们回到农场，拿着用纸巾包好的蛋糕，吃饱喝足，倍感温暖。我以为在这个国家，科技、流动、工作将人与人孤立起来，像这样的社区已经不复存在。在这样的地方，邻居互相关照，幸福是共同目标，而且我再次感受到，当我第一次看到马克丰裕的土地时，那种令我热泪盈眶的安全感。这是一种多愁善感而真诚的情绪，我身上某个残留的部分本能地抗拒它，但很快就被这种情绪淹没了。

第二天早晨我们在寒风细雨中出发，带着一把我们在谷仓中找到的铲子。对于一个习惯于住在三百英尺见方的小公寓，视线仅限于一条大街的宽度，以街区为最大测量单位的人来说，五百英亩的土地是如此辽阔，实在难以想象。这不是一个农场，而是一片封地、一个国家。拉尔斯的地图上显示，这片地产是一个很大的正方形，四面都是道路，除了这些年卖掉的小块土地，每一边有一英里长。

走着走着，我陷入了一种黯淡的情绪。我试图把这种情绪归罪于糟糕的天气，我还没有喝咖啡应该也是个原因。但事实是，我本来对农场抱有很高的期望，但是在晨光熹微中，却发现农场令人失望。这一点也不符合我想象中的农场形象。在我的想象中，农场应该是适度的丘陵地，有一片片整齐的田地和保存完好的建筑物，不应该如此广阔、如此偏僻，当然更不应该有这么多的沼泽地。

我们先往北走，脚在泥泞的土地里留下了潮湿的印记。我们翻过一段摇摇晃晃的篱笆，发现自己置身于昨天傍晚收割的那片五十英亩的牧草地上。我能够感受到粗糙的根茬儿隔着靴子硌着我的脚掌。马克将铲子插到地里，泥块下面的土壤纯粹是黏土。我知道的不多，但也明白这不是什么好土。在雨季植物的根会被淹没，在旱季土壤则会龟裂，凝结硬化，成为像水泥一样的东西。这样难以耕种的土地在机器的重量下会变得紧实，把氧气挤出去。马克的情绪也像我一样，一落千丈。

我们回到两个主要的粮仓那儿，那是两幢笨重的红色建筑，里面堆着千疮百孔的干草垛。东边仓库的底楼天花板很低，马克不得不低下头来，以免撞到梁上。西边仓库更透气，空间更大，它沉重的梁木是从树上砍下来的。两个谷仓都配有乳制品的生产设备，西边谷仓是用来挤奶的，东边谷仓则设有为牛犊和小母牛提供的隔间。那里已经几十年不养牲畜了，但是乳牛记录仍然放在挤奶间的盒子里，卡片上用铅笔仔细地用印刷字体写着已经死去很久的奶牛的名字。在西边仓库，我们一路踢开布满灰尘的干草，看到了埋藏在下面的空啤酒瓶和褪色的旧烟盒。两座谷仓的房顶都很结实，但是西边仓库附加的大水泥砖和铁皮屋顶被风吹得松动了，发出砰砰的响声，有几个地方漏雨，形成可怜的小瀑布。

我们越过了另一段摇摇晃晃的篱笆，发现自己站在一片怪异的树林中，里面有上百行种在塑料花盆里的矮小的云杉树。奶牛场关闭之后，农场上曾经有一个苗圃，这些树就这样生长了二十年。它们通过花盆底部的小孔把主根伸入土壤，坚强地存活下来，但也濒临死亡。后面还有一间倒塌的暖房，培育的冷杉和柏树从经过加压处理的木材和腐朽的夹板中生长起来。这个地方有一种天启的感觉，树木的缓慢力量悄然磨平了人类努力的棱角。

农场整体来说地势平坦，而西边的土地打破了这种趋势，是一片被五十英亩树林覆盖的陡坡。我们找到了一条穿过树林的路，马克看出来这些树大多是健壮高大的糖枫树。他沿着树干找寻，发现了以前把树敲开的疤痕，我们意识到我们穿过的正是农场的糖枫树林。回去的路上我们经过了制糖厂，那是一个三面谷仓，墙壁已经下陷。有人曾经用它做牛棚，所以里面满是堆积多年的牛粪。屋顶的水漏进了蒸发器，而蒸发器早已生锈，成为废品。

我们最后去看了南面的土地。这片土地紧邻最繁忙的道路，大部分地方都被过度生长的培育树种所占据，有冷杉、针橡和椴树，一排排紧密地栽种在一起。马克再次将铲子插到土里，把手伸进铲进去的地方。铲子没有碰到岩石，土壤呈咖啡的颜色，质地一点也不像我们之前挖掘的黏土。他把土捏在手里，用大拇指揉搓，闻了闻味道，然后伸出舌头尝了尝。这是粉壤土，这种土壤丰厚肥沃，足以让一个农夫喜极而泣，而且这样的土沿着农场的南缘一直延伸几百米，然后才继续碰到黏土。

我知道马克在那一刻爱上了这片土地，就像当时他爱上我那样，迅速而又笃定。从那时开始，这就是他脑海中不容置疑的家园。他只能说服我去接受这里，尽管现在很难想象。让我烦扰的并不是与世隔绝或是劣质的黏土。“感觉这个农场没有灵魂。”我们乘火车回家的路上，我对他说。“那是因为这里还没有被利用起来，”马克说，“它只是在睡觉。你会看到的。”已经没有时间犹豫了，时近深秋，如果我们想要明年春天种些什么，冬天就一定要开始筹划和准备。我想过我们的其他选择，在纽帕兹再待上一年，寻找农场。想到这里，我决定放手一搏。

Part 2
冬天

“我觉得对于农场的感情，就像当初见面时我对马克的感觉一样，是一种复杂的情绪，着迷、沉醉、恼怒、热爱。”

我们离开了纽帕兹，驱车向正北方向行进。我小小的车里挤满了箱子和行李，中间还有我的狗妮可、那群母鸡，还有嗡嗡作响的蜂箱，开口用胶带粘住了。狗审视着蜂箱，鸡审视着狗，车厢里充满着紧张的气氛。如果蜜蜂们不紧张的话，它们就是唯一不紧张的群体了。当我们驶入阿迪朗达克公园时，车辆逐渐减少，连绵不绝的山脉高耸在我们面前，被松树覆盖着，已经结霜。光线渐渐暗淡，斜射过来，广告牌渐渐被甩在后面，田野愈加开阔，房屋离我们越来越远，直到从视线中消失，然后我们到达了目的地。

在远离农场的几个星期里，我们充满了要搬家的兴奋，农场在我们的想象中愈加美好。理论上来说，这是一场探险；而真正走近农场，则让人有些害怕。马克的朋友鲍勃帮助我们搬家，开着他的小型货车跟在我们后面。鲍勃是个菜农，非常勤劳，而且是个乐观主义者。当他看到农场的状况，还有这么大面积的土地时，他不说话了。

农舍的租期要春天才到，所以我们把东西都搬进了镇上一个自带家具的出租屋里。这间房子有着鲜明的十九世纪风格，只可惜保温功能很差。鲍勃发挥农人的慷慨精神，给我们带来了一袋袋笋瓜、马铃薯、胡萝卜、韭菜和洋葱，我们把这些东西储存在地下室中。那一晚初雪降落，鲍勃、马克和我用南瓜和马铃薯块炒洋葱，吃了一顿简单舒适的晚餐，让这个新的住处有了家的感觉。盘子和碗收拾清理好之后，我们打开一瓶酒，一边慢慢品尝，一边聊起我们的计划来。我们要白手起家，建造一个农场，这片土地足够大也足够肥沃，足以支撑我们的任何梦想。我们的积蓄有一万八千美元，这并不多，但是拉尔斯一年的免费租约已经包含了土地、设备和住所。如同农场的广袤无垠，我们的未来也具有无限的可能性，既令人兴奋，也让人害怕。

马克对于要创建什么样的农场已经思考了很长时间。他曾经接受蔬菜农场的训练，对于蔬菜种植他是最在行的。他在宾夕法尼亚的农场是按照CSA模式经营的，会员在季初购买农场的股份，每个星期农场将收获的作物分配给会员。CSA的意思是社区支持型农业（Community Supported Agriculture），这一概念始于日本，经由欧洲于二十世纪八十年代传到美国。CSA有很多令农夫喜爱之处。这能够有效地省去一切中间商和市场，产品直接面向顾客。另外，因为CSA的会员提前支付费用，收入可以预见，并且在农夫最需要的时候，也就是耕种季节之初，能够有充足的现金流。CSA同样符合了马克对交易匿名的商品经济的不满。在CSA模式中，他认识吃他种植的食物的人，他们也认识他，也认识其他会员，所以分配产品那天更像是社交聚会，而不是采购食品。马克喜爱这一模式，但是他开始感觉这还不够。CSA农场几乎将全部重心放在蔬菜上，而遗漏了真正为我们提供热量的食物，包括谷物、面粉、奶制品、肉和蛋。在宾夕法尼亚，他试图从相邻的农场带回这些东西提供给会员，但是这样的系统在运筹上是一个噩梦，持续不断的电话和奔波霸占了他务农的时间。自从离开宾夕法尼亚，他就一直在考虑如何能够对CSA模式做一些改动，这样一来，我们的农场不仅每周能提供一定数量的蔬菜，还会生产出饮食所需的一切，无限制地供给会员，就像供给我们自己一样。

马克性格中值得称赞同时也非常讨厌的一点是，一旦他咬住一个想法不松开，就会担心得要死，探索各种可能性，把事情夸大到荒谬的地步，然后慢慢退缩，按照不同的假设进行构想，必要时改变逻辑，以适应某种特定的环境。无论他在做什么、说什么、想什么，那个想法总是在他非凡的大脑中上蹿下跳，不断积累细节。这个想法的一部分可能在谈话中偶尔显露出来，就像冰山的一角，但是大部分仍然隐藏起来，直到一切浮出水面，完全成形，这时马克便会坚决捍卫它。

我们到达爱瑟镇的时候，他对于完整饮食的CSA的想法就已经成形。他想要创建一个生产多样化的农场，能够完全取代超市。这是我们的曾祖父母那一辈生长起来的那种农场，只不过这个农场要足够大，能够供养一个社区而不仅仅是一个家庭。我们将会生产我们的会员需要的任何东西，从可以食用的开始——各种肉、蛋、牛奶和乳制品、谷物和面粉、蔬菜、水果和至少一种甜作料——但最终会继续扩大，包含一个农场所能提供的一切，例如木柴、建材、健身和娱乐。农场本身便应该是一个自给自足的有机体，能够尽可能多地生产自己的能源、肥料和资源。他想确保农场的建立是基于我们喜欢做的事情。对于他来说，这就意味着体力劳动多多益善，例如选择用手挤奶而不是机器挤奶，不管对其余的人来说是否有意义。他仍然对无现金交易的想法情有独钟，但是他也意识到资本的重要性，至少是在启动阶段。会员先付一次钱，而对于低收入者会降低收费，甚至完全免费。

为了在春季之前建好这样一个多样化的农场，我们必须尽快行动，建造我们的基础设施，打算好如何饲养六种不同类型的牲畜，将它们与蔬菜和谷物的轮作、牧场和干草场整合在一起。我们得算出需要多少现金流和劳动力。他认为我们需要从一头奶牛开始，但是首先我们应该进行一次大扫除。马克停止说话以后，鲍勃只是摇了摇头。

我那时对务农的了解还不够，无法领会这个计划有多大胆。我当时仍然保留着城里人的傲慢，认为以我的教育背景和丰富阅历，务农这种简单的事不可能难倒我。抽象上来讲，这个想法以一种文学的方式吸引着我。它听起来非常浪漫，而且与我离开城市时对于家的构想相吻合。听起来我们即将建立一个模范家庭农场，只不过我们需要供养的是一个非常大的家庭。

事实上，只要这个想法里包含我最喜欢的部分，也就是马克让农场能源独立的方式——役马，我很可能什么都会答应。他从来没有使用役马耕田，但是他在其他的农场曾经赶过马群。他不喜欢拖拉机，讨厌柴油的味道、引擎的噪声。他不愿意坐在拖拉机上，也不愿意修理拖拉机。他青睐的理念是拖拉机能做的任何事情牲畜都可以做，而且它们的食物可以通过自己的劳作来收获。他曾经在一些富饶的阿米什农场见过用牲畜耕作，知道这绝不是一个稀奇古怪的想法。如果在合适的环境中、控制在合适的规模，役马也是一种合理的行为。

一想到马会再次出现在我的生命中，就好像想起你在青春年少、无忧无虑的时候去过的一个地方，这个地方让你如此快乐，以至于想起来就会觉得心痛。我生来爱马，我年少时的记忆一直与马密不可分。我七岁的时候乞求父母让我上了骑马课，十四岁时父母给我买了一头健壮的摩根（Morgen）小母马。我把她养在邻居家的谷仓里，离我家有一英里远，是她让我青春期中尴尬可怕的一切得到了补偿。我从未赶过一群马，也从未用马干过活儿，但是与马相处我是相当自信的，我知道它们在怎样的情况下会做出怎样的举动。来到这里，我已经放弃了我熟悉的一切，我的朋友、城市、城市的游戏规则，只是为了这一未知的新生活，为了这个对我有致命吸引力的男人。有时我会怀疑他的神志是否正常，然而至少与马共舞的希望，还可以让我依靠。

附属建筑物中塞满了零零碎碎的东西，一代代勤俭的农人认为留下这些东西是精明的做法：有挑选出来的引擎，拼接的金属块，四分之一块已经腐朽的三夹板。在机械修理店的一角，有一个油漆桶里装着弯曲的三寸钉子，等待着有一天人们有空把它们敲直。这里还有几代的挤奶器留下的一堆堆零件，橡皮奶头爪、挤奶桶、真空系统零件，还有塞满棚子的四加仑塑料花盆，在太阳的暴晒下已经褪色，而且已经变脆，无法使用，这是以前农场作为苗圃时期留下来的东西。在用倾斜的柱子支撑的谷仓中，柱子上有颗钉子，上面挂着一个马项圈，里面填充的稻草露出来，这是农场里最后一次使用牲畜进行农耕的遗留物。建筑物周围聚集的各种金属物品，好像暗礁上的沙子：小型卡车的后挡板，八英寸的铁环组成的卡通风格链条，用气割炬切割的几块路标。我们花了几天的时间来对这些东西进行分类，帮助收废品的把废弃校车装满金属，把大型垃圾箱装满了废弃的东西。我们把需要修理的有用的工具归成一堆，有斧子、锄铲、鹤嘴锄和耙子，手型白蜡树做的手把已经坏掉了。我学会了一些有意思的新词：U形钩环、锤头，还有加油嘴。

两个很小的建筑已经无法修复了，房顶已经彻底腐坏。一间以前是农场办公室，下面是一个储水的地下室，透过地板上的一个小孔就可以看到。另外一个是为雇工提供的宿舍，那时候农场还是一个奶牛场。我们把这两个建筑拆毁了，用铲土机把地基填平。

地面结满了冰，我们还没来得及分类的东西也被冻住了。我们在五十加仑的桶里生火，充当机械修理店的火炉，开始整理我们保存下来的东西，还有我们带过来的东西。马克在一个角落支起锻炉，各种形状和尺寸的钳子、锤子、型砧、钻孔器，放在旧铁砧和满满一桶煤屑旁边的架子上。他开始修理那些坏掉的工具，火花四溅，烧焦的气味从锻炉上飘来，伴随着锤子砸金属的沉闷的声音。他告诉我各种颜色的热——暗樱桃色、淡稻草色、孔雀色，我学会了用钳子夹住一块灼热的金属，放在铁砧上笨拙地敲打，金属变软呈糊状，就像黏土一样。我喜欢看着他干活儿，汗流浃背，锤子随着肩膀的挥动轻而易举地落下，注意力在火和铁砧之间摇摆。

我们在西边仓库清理出空间之后，就马上买了一头奶牛。她所在的奶牛场叫作希尔兹（Shields）农场，离我们的农场只有两英里远，由一对父子经营，由于一直保持小规模生产，安全度过了不景气的年头。我一直在阅读关于母牛的书，床头桌上有《家养母牛》（*The Family Cow*）和朱丽叶·白莱利·里维（Juliette de Bairacli Levy）的《农场草药完全手册》，急于想出各种极端的情况，来应用我新近学会的知识。我知道我们不会购买黑白相间的奶牛，这样的都是荷兰奶牛（Holstein），身量大，产量高。如今荷兰奶牛的基因相当强大，如果在广告上或者谈话中没有提及奶牛的品种，所说的就是荷兰奶牛。

其他所有的奶牛一起被称为“有色品种”，其中包括黄棕杂色、神经紧张的埃尔夏牛（Ayrshire），高大漂亮、智商低下的瑞士褐牛（Brown Swiss），吃苦耐劳、性情温顺的格恩西奶牛（Guernsey），还有身量矮小、相对低产、牛奶富含脂肪和乳固体的泽西奶牛（Jersey）。我们这个地区的多数农场都在牛群中饲养几头有色奶牛，来提高牛奶中脂肪和乳固体的含量，这样可以从牛奶厂获取更多的利润。希尔兹农场饲养了一些泽西奶牛，这是我们比较感兴趣的奶牛品种。

比利·希尔兹把我们带到开放式牛舍中。我们看到了一头老母牛，背上的骨头呈翅膀的形状，乳房长而萎缩；还有一头小母牛，巧克力色的皮毛，带着机警的神情。然后我们看到了迪莉娅。她是一头小骨架的泽西母牛，皮毛呈浅黄褐色，中间夹杂着白色的斑点，就像消失的大洲地图。她的脸优美光滑，耳朵柔软俊秀，她站在离牛群有一段距离的地方，蹄子深埋在淤泥中。当马克触摸她的乳房时，她低下头，用宽容慈爱的目光注视着他。她已经生了两头小牛，所以被称为二崽母牛，正怀着第三胎，处于哺乳期。根据记录，她是一个产奶能手，每天产出四十磅牛奶，接近五加仑。即使算不上优异，也算是一只产奶稳定的母牛。我按照书上学到的知识检查她身体的各个部分。她的乳头看起来很坚实，与身体连接得很流畅。她的腿挺拔健壮，附有血统证明，并且正值盛年。希尔兹父子要卖掉她，是因为她在牛群中过于柔弱。荷兰奶牛比她高大，比她重几百磅，她经常在食槽前被挤来挤去。

迪莉娅第二天就搭乘马拖车来到了我们的农场，脖子上缠绕着缰绳。我们带着她来到谷仓，解开绳子，让她住进我们为她准备的方形大隔栏，里面铺上了厚厚的干草。她缓慢地四下打量，闻了闻墙壁，然后抬起尾巴排出粪便。粪便的浓重气味混合着奶牛呼吸中青草发酵的气味，还有干草中的灰尘气味。沉睡已久的老谷仓，长时间没有牲畜居住，如今已经醒来，开始承担起自己的职责。

我第一次为她挤奶时，为这样的亲密感到难为情。我已经阅读了《家养母牛》上的说明，但是我真的要去触摸私密地藏在迪莉娅两腿之间，那长而柔韧的奶头吗？乳汁的分泌过程中伴随着荷尔蒙的产生，主要是催产素，也正是同一种东西让哺乳的母亲闪现出动人、陶醉的眼神。当我用温水为她清洗乳头时，迪莉娅就是那样的眼神，棕色的眼睛平静地看着我，下巴划着圈反刍。

在谷仓的一个黑暗角落，我找到了一个自制的挤奶四角凳，凳面已经磨得非常光滑，就像一块浮木一样。我坐在她旁边，把手搓热，就像一个妇科医生一样。从她的乳房传过来的温热就像过电一般，上面的白色毛发让我想起女士面颊上柔软的绒毛。我用手握住一只鼓胀的乳头，用大拇指和食指把乳头固定住，然后交替合上每一根手指，直到我手中的乳房被挤空了，乳汁不均匀地喷溅出来，顺着我的手腕流下，我的夹克袖子都湿透了，乳汁与我两腿间的牛奶桶好像磁铁同极一般拒斥。迪莉娅像一块大岩石般安静地站着，充满耐心，继续反刍。到了挤奶的第三天，我夹克的袖子闻起来就像在温暖的洞穴里蜷曲死亡的虫子一般。到第五天的时候，我的手指已经学会了挤奶的舞步，乳汁直接落在桶里，伴随着有韵律的嗞嗞声。但是我还没挤完前面的乳头，手就已经痉挛，就像罹患关节炎的鸟爪一样。迪莉娅下奶反射的效果已经逐渐减退，无论怎么挤她的乳头，只能挤出几滴奶，我只能把她送回隔栏，她的乳房仍然是鼓胀的，奶头因为我的拉扯而皲裂。一个月后，我能够很熟练地挤奶了，乳汁快速落在桶里，在表面形成了泡沫。到了那时，我的订婚戒指已经戴不上了，我的手臂就像海员一样强壮。

挤奶已经成为一种身体的冥想。这从来不是件容易的事，也不总是令人愉悦，但这件事有韵律，可预测，柔和而安静。马克晚上挤奶，我早上挤奶，在黑暗和第一缕阳光交接的神圣时刻来到谷仓。谷仓里的电不能用，所以我努力训练自己根据感觉来干活儿，直到有一天早晨，我摸黑把手伸进贮藏谷物的桶里时，一只老鼠从我的手上跑过。我找到一盏提灯，挂在横梁上，蝙蝠夜游归来，在柔和的灯光里飞进飞出。我给迪莉娅挤完奶，太阳已经完全升起来了，蝙蝠就会挤进屋梁之间休息，正在燕子窝的上面。春天时节，燕子时常在窝里哺育雏燕。

挤奶远远不及整个工作流程的一半。桶里的牛奶里面含有小灰粒、牛毛，还有乳房和乳头蜕去的干皮。我们没有合适的牛奶过滤器，所以我们把一件旧T恤用橡皮带系上，用来把牛奶过滤到不锈钢漏斗里。我们也没有奶油分离器，所以我们想要做奶油的时候，就把牛奶放在马克临时装配在谷仓里的一个水箱中。水箱的底部有一个阀门，是用切下来的水瓶嘴连接到一根透明塑料管中制作而成的，奶油浮到水箱上面之后，我们就让脱去油脂的牛奶流到一个桶里，当我们发现奶油开始顺着水管流下的时候，就换一只桶来接奶油。之后我们把那脏掉的设备堆在汽车的前座，开车回到城里的房子，放在一个狭小的水槽里清洗。这真是一套笨拙的办法。

不知怎的，我们在挤奶的前几周并没有让迪莉娅患上乳腺炎——也就是导乳管感染，这是所有哺乳母亲的灾难——也没让我们自己生病。我试着做出奶油，在一个加仑罐里摇晃奶油直到其结块，就像白色泡沫的海洋中明黄色的岛屿。我购买了乳酪制作的书籍，还有一瓶凝乳酵素。马克把晚上挤的牛奶带回家以后，我就会挑出一种有趣的方法来实验。我最先尝试的是简单的茅屋乳酪，仅仅需要把几滴凝乳酵素放进仍然温热的牛奶中搅拌。二十分钟以后，通过某种神奇的如炼金术一般的过程，牛奶已经凝结成固体，能够切成小块。淡黄色的乳清从凝乳块中渗透出来，我轻微进行加热，取出更多的乳清，直到乳酪慢慢收缩变硬。然后我把凝乳用汤匙舀出来放在一块专门的薄棉布上，加上盐，然后让它慢慢变干，我们就做出了足够吃一个星期的茅屋乳酪了。我对茅屋乳酪信心大增，之后便拓展我的才能。我做了一些菠萝伏洛干酪，把它们挂在地窖门后使其成熟，但是它们是如此美味，还未成熟时就都被我们吃光了。

农舍分成两间公寓，便宜地租给一些年轻租客。农舍里面有大麻和雷达杀虫水的味道。楼下住着一对安静的夫妇，脸色都很苍白，看上去非常相似，就像兄妹一样。他们看上去刚从中学毕业没多久。丽萨喜欢抽细长的雪茄，把公寓收拾得干净整洁。特洛伊有一套微型约翰·迪尔（John Deere）拖拉机和农具玩具，摆放在窗台、咖啡桌上，一张约翰·迪尔门毯铺在通往地窖的楼梯上。特洛伊来自一个不再拥有农场的务农家庭，他在一个建筑队工作，业余时间在不远的希尔兹奶牛场帮忙挤奶。他告诉我们，去年他在考虑回去务农，进行小规模经营，在业余时间饲养一些后备母牛。他甚至已经在西边谷仓清理出了饲养母牛的地方，但是在一个亲戚的劝说下放弃了。这位亲戚说服他相信这件事风险太大，本身就是一个失败的命题。

特洛伊的故事和那些小小的玩具拖拉机，让我想起了我们寻找土地的过程中看到的农村的场景，沃土无人耕种，空空的筒仓伸向天际。世世代代积累的技能，对当地的了解，对土地的归属感，在这一代都要画上句号。对农场的衰败最兴盛的解释，就是年轻人不再愿意下苦功夫干活儿，但我觉得这绝对是一个谎言，实际的压力要强大得多。几十年来荒谬的农业政策、农业学校和推广代表一直在告诉农民，要扩大规模，努力挤奶，在栅篱间种满作物，随之而来的是机械的过度扩张和债务的过度积累。债务庞大，而市场不断缩减，无论付出多长时间、多少努力，效益就是难以增长。最终一个收成不好的涝年终结了你的农场生涯，奶牛在拍卖会上被卖掉，土地收归银行，农场野草丛生，杨树先生长起来，雪松紧随其后。谷仓的房顶开始坍塌，没有人过去修理。你从小到大居住的房屋已经空空荡荡，吸引了无聊、饥渴的年轻人破窗而入，在废弃的沙发上缠绵，把名字的首字母和日期胡乱写在曾经刷洗过的墙上。如果你是一个年轻人，寻到一份收入低但比较稳定的工作，开车赴职途中路过这样的地方，你会很容易相信务农是一个失败的命题。你合法继承的唯一的东西，就是一排玩具拖拉机，只有它没有让你背上沉重的债务。

楼上的公寓租给了一个二十几岁的年轻人，叫作罗伊·雷诺德。他理着平头，胡子长而稀。他的脖子上肉很厚，挤得头皮上的皮肤往上移，在脑袋后面形成抽象画一般的褶皱。他的眼皮肥厚沉重，耷拉下来。跟你说话的时候，他习惯于把头往后仰，抱着双臂，让你看不出来他是在怒视你还是仅仅在看着你。在外面的时候，无论天气如何，他都会穿一件白色薄汗衫，露出皮带上方的一寸肚皮。气温跌破冰点的时候，他会加上一顶人造皮的高帽子，是桃红色的，但这并没有让他看起来更和善，而是看起来更具有威胁性。

罗伊一直经营着自己的农场，直到去年。他雄心勃勃，农场很快就有了相当大的规模，并且得到了一位富有的合伙人的资金支持。罗伊告诉我们，他曾经饲养了三百头荷兰乳牛，但后来与合伙人闹翻了，合伙人撤出资金后，他发现自己负债累累。“他们回购了我的农场。”他告诉我们。如果他有任何的哀伤，也都隐藏在坚毅与乐观背后。“我从来没有在黑夜中醒来想到，该死，真希望现在能有三百头母牛让我去挤奶。”他口是心非地说。自从破产之后，他做了一名卡车司机来谋生。

如果有哪个租客由于租约一到期就要被赶出去而怨恨我们，那么唯一表现出这种怨恨的就是斗牛犬公爵了。每当我们走在去谷仓的路上，他总会从狗舍里对我们怒目而视，偶尔会不动声色地向我们全速冲过来，却被锁链勒住。他是丽萨和特洛伊的狗，在他们面前这家伙温驯得像小猫一样，懒洋洋地躺着，乞求主人抓一抓他的肚子。罗伊养的狗是那两只谄媚的白狗，是他在卡车车站捡到的走失的狗，他把公狗叫作涡轮，母狗叫作炸串。他们整天在外面自由生活，在街上游荡，如果饿了就回到车库吃五十磅袋装狗粮，那是罗伊撕开袋子放在那里的，这种安排让老鼠和狗同样满意。

在一个寒冷的阴天，罗伊开车来到我们在镇上租的房子，告诉我们，我们需要一位兽医。“你家的奶牛出事了，”他沉重地说，“我的狗也与此有关。”

我们之前在迪莉娅的隔间外面造了一个畜栏。这样白天她想出去的话就可以出去，我们也就是在那里找到了她。她安静地站着，头几乎垂到了地上。她柔软的耳朵被撕碎了，鲜血淋漓的碎片从头的两边无力地悬挂着。她的眼睛肿得很厉害，几乎要合上了，鲜血从脸上的二十几处伤口滴下来，滴在冰冷的地面上。她的乳房被撕开了，腹部和每条腿上都有撕裂的伤口。我简直不敢相信，一个动物也能受如此严重的伤，并且仍然能够站立。看着她，我们心痛不已。

公爵挣开了绳索。没有人在大白天听见一条狗攻击一头健康的母牛的声音，但事情确实发生了。在我的想象中，我看到这样一幅画面：公爵发现迪莉娅独自在畜栏中，于是围着她转圈。迪莉娅低下了没有角、无法防御的头，公爵猛地咬住她的鼻子，血流了出来。然后白狗在血腥味、公爵的狂乱和受难母牛的哀嚎声的刺激下，也加入了。罗伊和特洛伊听到这场骚乱的时候，三条狗都已经浑身沾满了血。

兽医大卫·戈德瓦塞尔是一个清瘦而温和的人，从容淡定、风尘仆仆。我以为他会建议我们把迪莉娅杀死，但他说，在所有大型动物中，牛的生命力是最强的，他认为迪莉娅很可能会挺过这一关。寒冷的天气非常有利，因为感染的风险较低，而且不会被苍蝇所困扰。他剪掉了伤口旁边的毛发，清理伤口，并把受伤最严重的地方缝合起来。她的耳朵已经无法修补了，于是他拿出剪刀，把耳朵剪下来，只留下头部两侧突起的一对瘤状物，就好像某种奇怪的热带植物长出的硬硬的花骨朵。她平静地站立着接受救治，沉默地打量着自己的伤口。晚上我们不得不从她饱满的乳房上挤奶，我们对受伤的部位尽可能地温柔，而迪莉娅一直未曾冲我们发火。

他们把三条狗都用枪杀死了。第二年春天，冰雪融化的时候，我在车库附近的泥里发现了他们的项圈。这就是农村地区的人处理事情的方式，毫不手软。他们说，要是这种事发生在一个孩子身上可怎么办。对于罗伊·雷诺德来说，两条白狗已经给他惹了很多麻烦，这不过是最后一根稻草，没什么可伤感的。而特洛伊一定十分喜爱那条又大又凶的斗牛犬。他们三个都主动付给我们医药费，而当我们敲开他家门去收取支票的时候，发现他的眼圈红红的。

随着冬天的临近，昏昏欲睡的爱瑟镇发现了新居民的到来，于是唤醒自己来迎接我们。在一个星期里，两个人来到我们租住的房子敲门，带着装礼物的篮子欢迎我们入住，还有三个人来访，邀请我们参加圣公会教堂周二晚上的聚餐。我不知道该怎样对待这样友好的态度。在城市里，邻居敲开你门的唯一理由，就是抱怨你制造的噪声。这让我想到，在同一个国家、同一个州的农村和城市的距离，比两个大洲的城市之间的距离更加遥远。我在伊斯坦布尔、罗马或者仰光会像在自己家里一样，但是在这里，我就像一个外国人，一路走一路慢慢弥补这样的差距。

镇上有七百个居民，我们见到的每一个人都已经知道了我们的背景故事，只不过准确程度有所不同，而且他们比我们对农场更加了解。“你们的树铲怎么样了？”消防队长大卫·兰辛问我们。我们也不知道。“我听说它坏掉了。”他说。镇上的一位老前辈来探访我们，这是一位优雅的老妪，有着一个亲切的名字叫作“弗里斯基”，意思是活泼、欢乐。她邀请我们到她家共进晚餐，以雪利酒开场，以煮梨结束，如此正式的一顿晚餐，我们俩都穿得太随意了。下一个星期我们结识了一些年纪相仿的人，他们邀请我们去他们自己盖的小屋吃晚饭，就在离镇上几英里远的树林里。他们举办了一个派对，邀请了其他的年轻夫妇，饭后他们把婴儿放在床上哄睡，然后小提琴出场，小屋里回荡着美妙的音乐，就像《草原上的小屋》（*Little*

House on the Prairie）里面的情节一样，只不过我们还有啤酒喝。

每天都有人开车到农场里介绍自己，并满足他们的好奇心。他们已经听说了我们计划的大致轮廓，想要自己判断一下情况是不是像听起来那样无可救药。我们在新一点儿的一间房子里装了一个合适的壁炉，这间隔热良好的小屋是由拉尔斯建造的，用作代理人的办公室。几根木头就可以保持一整天的温暖，在寒冷的天气里我们在那里吃午餐、接待客人。一天我办事回来，看见马克和尼尔·欧文斯坐在一起，这是一个彪形大汉，让家具和房间看上去小了许多。他身形庞大，却羞怯内向，彬彬有礼。他听说我们对役马感兴趣，就带来了一些长期闲置的装备，有好看的颈圈和马具，他说可以借给我们。

他的家庭在这一片居住已久，我们南边的一条路甚至以他们的名字命名。他父亲和祖父就在山那边的农场长大，但是农场已经出售，不再归这个家庭所有。这个家庭的每一代都有人务农，尼尔和他的哥哥唐纳德曾经经营一个奶牛场，但是由于债务和厄运，他们破产了。那时候他们才二十几岁。现在他们已经有了自己的孩子，两个人总共有三个男孩。尼尔，唐纳德，尼尔的妻子泰蜜、孩子，还有祖父母，共同生活在一个租来的房子中。泰蜜做两份工作，尼尔照看孩子，业余时间干些别的活儿，在集市上做临时工，并充当镇上的捕狗人。他们租的房子带有一个谷仓和几片牧场，孩子们不断变换着自己饲养的家禽和牲畜：山羊、狗、小母牛、小马、兔子、鸡，还有鹅。听尼尔说，他们就像其他孩子交换棒球卡一样交换自己饲养的动物：一只比利山羊换五只兔子，或者把所有的鸡拍卖，为4-H教育项目[①]买一头小母牛。

那天尼尔离开之前，我们达成了一个临时协议，请他们家明年为我们晒干草。尼尔和唐纳德从孩提时代起就会晒干草，并对设备非常了解。他们的父亲是一位矍铄的老人，已年过古稀，也会帮忙晒干草。他们会用我们的拖拉机和土地，我们会降低价格，从他们手里回购干草。

谢恩·夏普和巴德·坎普贝尔也在一个下午过来拜访我们，他们正在附近进行周末巡视。谢恩的儿子卢克是一个结实的少年，患有唐氏综合征，他夹在驾驶座上的两个人中间。谢恩和巴德把啤酒冰桶放在谢恩的车后面，方便停下来聊天时取用。他们每一站停下来，都会靠在卡车边上站着，边喝啤酒边聊天。谢恩开了一家机械车间，为国防工业制造零件。他做得很好，因此四十岁的时候就从日常制造工作中退下来了。他在当地以机械天才著称。当他走进我们的车间时，马克已经嘟嘟囔囔地倒腾了几个小时，用的工具我甚至都不知道名字。而谢恩看了一眼当时的情况，提出了一个很小的但是作用很大的建议，就起到拨云见日的效果，一个简单方便的解决方法便展现

---

① 一种面向农村青少年的农民教育形式，4-H代表Head（头）、Heart（心）、Hands（手）、Health（健康）。

在眼前。他就是这样一种人。自从退休以来，他就在锯木厂里消磨时光，或者牵着役马出去闲逛，或者为需要修理东西的朋友帮忙。如果没别的事情，他就会在自己的车间里，耐心地修理一辆道奇拖车，计划把它刷成苹果红色。谢恩是我在文学作品以外遇见的第一个患痛风的人。他看过的医生都告诉他，如果戒酒的话，他的痛风会有很大好转，偶尔他会佯装向那个方向努力。而巴德是一个木匠，独自一人生活，压根儿就没想装作戒酒的样子。

谢恩是那个打破了在戴尔·兰杰农场流传的谣言的人，这个农场就在我们农场西面的山谷里。戴尔能够容忍在晚上挤奶时饮酒，因此从来不缺帮手。我认为谣言的兴起是因为当时我仍然穿着刚搬家时带来的标准的城市衣物，剪裁讲究的衬衫，裙子到膝盖上面，靴子有一点高跟，而在这个镇上，唇彩都被认为是作风大胆、特殊场合才会用到的东西。有人断定我以前是纽约城中高档的应召女郎，而这个消息被戴尔农场的帮工深信不疑并广为流传，直到谢恩开始了解我们，然后跟那些人说我根本不是一个应召女郎，而是从大学毕业的。而谢恩对我们说，巴德·坎普贝尔的回答是：“我不知道啊，我只是听说的。”

我们也认识了托马斯·拉方丹，这是一个高大健壮的男人，有着一双闪亮的蓝色眼睛，经营着当地的定制屠宰店，秋天猎人会把猎杀的鹿带来切块并包装。托马斯告诉我们他曾经酗酒，还是个在酒吧打架的危险分子，后来他的医生和妻子联合起来向他施压，告诉他要么戒酒，要么在孤独中死去。所以，他马上戒酒了，并且从此以后滴酒不沾。

在很长一段时间里，托马斯和谢恩是唯一直接跟我说话的人。其余的人会停下车，把车窗摇下来，问“马克在吗”或者“你家老板在吗”，然后沉默地坐着，直到马克回来，然后所有的问题、评论和交易都冲着他来，完全把我忽略了。当他们离开的时候，会说：“再见，马克。”可其实我一直就站在那儿，并试图插入我的意见。马克比我高出许多，甚至没有人跟我有眼神接触。但是托马斯和谢恩会在马克碰巧不在的时候来访，真心实意地认可我的存在。他们并不是直接离去，而是会摇下卡车的车窗，跟我聊一会儿。我突然意识到我根本不知道对他们说什么，好像没有什么共同感兴趣的话题可以聊。我会变得紧张，为了打破沉默的局面，无论脑袋里闪现什么古怪的想法，我都会脱口而出。他们两个都很有礼貌地对待我笨拙的表现。

我用了大半年的时间才明白，在这里，谈话不一定非要有意义。你可以谈论天气，或者再次谈论已经涵盖的话题，也不会不舒服。实际上，一句话也不说也是完全可以接受的。我是在托马斯的店里停留时明白这一点的。他正在把为我们屠宰的猪肉打包。这正好是猎鹿的季节，托马斯十分忙碌，一直工作到晚上，冷冻箱里装满了处理过内脏的动物尸体。鹿的肋骨在门外堆得很高。普波·亨德森进来了，他是一个五十多岁的男人，灰白的胡子长得足以塞进裤子，戴着黑框眼镜，镜片又厚又模糊。他与他的母亲生活在一起，很少离开山谷，在自己的房子、托马斯的屠宰店和戴尔的农场组成的三点一线中生活，两只啤酒罐塞在衬衣的口袋里。普波和托马斯互相简单地打了个招呼，然后普波从口袋里拿出一罐啤酒，坐在肉锯旁边。托马斯把鹿肩上的骨头剔下来，估量着给香肠加调味料——盐、胡椒和鼠尾草，把调过味的香肠放进绞肉机。地方的农村电台正在播放着轻柔的音乐，他们一直一言不发，直到一小时之后普波站起身来说："嗯，差不多了。"托马斯回答："好的。"然后普波离开。这就算作一次探访，是朋友和邻居之间经常做的事情。

我们见到的人都不停地告诉我们，我们会失败的，只不过说话的老练程度有所不同。他们说这一地区没有人对当地食物或者有机食物感兴趣，或者即使他们感兴趣也买不起。就算找到买我们食物的人，我们还是会失败，因为农场太过潮湿，种什么都不长。就算我们成功种植了某些作物，成功地把它们卖掉，失败仍然只是个时间问题，务农就是务农。一些人把这些事挑明了，而另一些人是在暗示我们，而无论哪种方式，我都会产生一种焦虑感，我尽力去平息这种焦虑感，直到马克和我单独相处，才有所减轻。我对我们正在做的事情并不擅长，也不知道我是该相信马克的乐观，还是相信大家的悲观。如果我们失败了，我没有别的路可走。失败了以后，我就再也回不到以前的生活了。我不会再有公寓可住，也没有钱交定金，因为我们把所有的积蓄都用来买奶牛这类的东西了。曾经有一个上了年纪的邻居叫特鲁迪，她从厨房里收拾了一箱子多余的锅碗瓢盆给我们带过来。这都是很好的珐琅铁锅，我们怀着感激之情收下了。后来，另外一个邻居过来串门，问我们特鲁迪是不是给我带过来一些锅碗瓢盆。“她以为你们很穷呢！”他爽朗地笑道，“她还以为你们，怎么说呢，生活贫困。我试着跟她解释，你们的贫困是你们自己的选择。”这番对话让我郁闷了好几天。我记得上小学时有些孩子被称为贫困生，他们垂头丧气的，脸上挂着干掉的鼻涕，衣服看起来脏兮兮的，我不禁对着镜子，拿自己跟他们做了一番比较。

我们私下里聊起我们的未来时，我会问马克，他是不是真的认为我们有机会成功。他说，我们当然有机会，而且无论如何，就算是失败了也没关系。在他看来，我们已经成功了，因为我们在做一件很艰难的事，对我们来说这才是最重要的。你不能用“成功”或“失败”这样的词来衡量这样的事情，他说。我们的满足感来源于尝试一件又一件艰难的事情，不计结果如何。最重要的是，你是否在向着你认为正确的方向前行。他的话听起来非常可疑。

这样的对话上演了很多次，我很焦虑，马克很镇定，直到又一次我们坐下来核对开支时，我几乎要哭了。我感觉我们在一个悬崖边摇摇欲坠。我不是想让他保证我们会大富大贵，我只是希望他能够向我保证我们能够有偿付能力，用我的话说，我们能够一切安好。马克笑了。“可能出现的最坏的情况是什么呢？”他问道，“我们都是聪明能干的人。我们生活在世界上最富足的国家，有多余的食物和住处，人们都很善良。世界上还有什么东西让你害怕呢？”

他的这种观点可以追溯到一个非常特殊的时刻。那年他二十一岁，刚刚从斯沃斯莫尔学院（Swarthmore College）毕业，获得农业科学学位。学校并未授予这一专业，但他自己把生物学、化学和经济学结合在一起。他想看一看美国的农业是什么样子，看看农村生活是什么样子，他想近距离进行观察。他从他父母在纽帕兹的家出发，自行车上载着帐篷和换洗衣物，然后向西骑行。那时正值夏季，他告诉他的祖母，他会跟她一起在加利福尼亚她的家里过圣诞节。

他没带多少钱，部分原因是他那时候本来也没多少钱，还有部分原因是他有一种想法，认为金钱会阻止他进行这次冒险。旅行的第一周，他用两天时间骑车路过新泽西的一块施工地带，被卡车的噪声和沥青马路上的热浪弄得身心疲惫。后来的一个下午，他看到一个骑车手迎面而来，满载着装备，就像他的自行车上的一样。

他的名字叫作卡尔，来自西雅图，骑行的路线跟马克的一样，不过是朝着相反的方向。卡尔告诉马克说，马克马上就要迎来一段糟糕的旅程，美国是一个糟糕的国家，遍地都是吝啬刻薄的人，还有恃强凌弱的警察，他们总是寻找借口来找你的麻烦。然后他们分道扬镳，卡尔朝东走，口袋里装着马克父母的地址，而马克继续向西骑行。

马克那天穿越了边界，进入了宾夕法尼亚州，晚上的时候到了特拉华河（Delaware River）畔的一个小镇上。他想找一个地方露营，却有些担心了，怕警察出现。他看到一个有一片篮球场的公园，两个年轻的父亲在打篮球，他们的孩子正蹒跚学步，在草地上玩耍。马克问他们自己是否能够在这里露营，他们说想不出什么不能在这里搭帐篷的理由。于是，马克在一片树林里搭起帐篷，在斑驳的树影的遮蔽下，他把衣服脱下来，用特意带来的一夸脱水清洗自己。他一抬头，发现一个男人在向他走来，手里拿着什么东西。马克是近视眼，他的第一反应是，警察来了。他在树林里赤身裸体，而两个学步的孩子在附近，他可能会被逮捕，以性侵犯的罪名被起诉。他把裤子穿上的时候，发现那并不是警察，而是刚才打篮球的一个年轻父亲，他拿着一个盘子，上面装满了炸鸡和甜玉米粒，还有一大杯冰茶。“我觉得你可能饿了。”那位父亲说。

其余的旅程也跟这次完全一样，遇到的都是心地善良的人，为他提供食物和住处，充满善意，真正的善意。在旅程结束之前，他想要寻找某种类型的农场，有一个花园，不要太大，不用太光鲜，但是要修缮良好，不要带有荒芜的气息。他敲开农舍的门，询问自己能否在这里露营。他从来没被拒绝过，一次也没有。十次有九次门会打开，接下来的事情就是他在主人的餐桌上与这一家人共同祷告，之后他就发现自己被安顿在客房的床上。他经常花一两天的时间在这个地方干活儿，以这种方式他看到了不同类型的各种农场，见到了各种各样的农夫家庭。他看到过饲养场和柑橘种植园，在一个小规模有机蔬菜农场给豆子锄草，坐在联合收割打谷机上穿过一千英亩的玉米田，玉米从机器里涌出来，就像一条平缓的金色河流。他在美国中部停下来，到一个商会去取地图，办公桌前的男人到他的车上去，回来的时候手里拿着一包新袜子。“拿着，”他说，“做这种旅行你总会需要好袜子的。”他在印第安纳跟一个种植玉米和豆子的家庭待了四五天，家里的女主人康妮开了一家美发店，马克吃饱喝足养精蓄锐，休息好之后康妮把他带到镇上，在美发店的椅子上为他洗了头发，洗了两遍，因为第一次洗过以后水仍然是混浊的，然后她为他剪了头发。康妮现在还给他寄圣诞贺卡，里面夹着她孙子、孙女的照片。我见过这些贺卡和照片，所以我知道，他说的这些事情是真实的。

这些故事安抚了我焦虑的情绪。除了这些故事以外，还有邻居中间不同的声音。谢普·希尔兹就住在山的那一边，一生都在务农。他身材矮小，长年累月的劳作侵蚀了他的双腿，膝盖几乎弯不下去。他以一种左右摇摆的方式推动自己前行，看起来就像一个机械玩具。他握住拐杖的手因为关节炎而扭曲肿大，而他仍然每天早晨给一群肉牛喂食。他告诉我他喜欢役马、狗和漂亮女人，排名不分先后。他把自己的身体状况归咎于自己孩提时代干活儿太过辛苦，从十岁开始就把九十磅的牛奶罐扛到卡车上。他听说我们的计划时，并没有说他认为我们会失败。他也没说我们会成功，但是他向我们点头作为鼓励，告诉我们，我们选择的路没错。他已经目睹了八十年农业的风云变幻，拖拉机、挤奶器、集液罐的出现，还有化肥、农药、各种设备，推动了农业的规模化运作。他也对这些东西进行了思考，也看到了它们的影响。他说，如果他是一个刚刚起步的年轻人，他一定会再次使用役马，小规模运作，越简单越好，种植自己能吃的东西，也许会养几头上等的泽西奶牛，用牛奶来做黄油或芝士。立足于当地，养活自己，养活邻居，就像他小时候那样。

天气变得非常寒冷，雪吱吱地响，湖上的轮渡仍然开通着，浓重的蒸汽每天早晨从上面升腾而起。在我们冰冷的房子里，地下室里的霜冻线每天都在降低。我们把保温胶带缠在水管上，让壁炉里的火一直熊熊燃烧着，但是只有它前面一个小得惊人的范围内才是温暖的。整整一个星期，房子外面的温度计一直在零摄氏度以下徘徊。在农场里，母鸡的鸡冠由于霜冻已经变黑了，而所谓的“无霜”消防栓已经冻得硬邦邦的了。

我们从水泵房里用桶提水，很小心地不沾湿我们的双手。我了解了水的重量，每加仑八磅多一点，一个桶是四十磅，水装满并能够保持平衡的重量是八十磅。尽管我戴着厚厚的手套，水桶的把手仍然深深地勒进我的手掌，我的肩膀变得宽厚结实，长出了新的肌肉。

农场因为天寒地冻而被封锁起来。我已经有好几年没经历过一个真正的冬天了，无论穿什么，都感觉不到暖和。我的脚已经冻得麻木，手也隐隐作痛。在挤奶和干杂活儿的间隙，我们回到镇上的房子里，在门口把冻僵的衣服脱掉，然后急急忙忙地在壁炉里生火。床远远没有壁炉的温度舒服，早晨的时候我会从被子里跳出来，向壁炉跑去，手里拿着衣服，每一步和冰冷地板的接触，都会让我打个寒战。马克在晚上入睡前为我读《伊甸园以东》（*East of Eden*），我们盖着三床毛毯，还要戴着厚厚的帽子，穿着厚厚的羊毛袜子。

在室内有很多活儿要做。我们需要打入当地的农民网络，因为尽管他们的独立广受赞誉，但农民仍然需要互相联系，互相交换劳工、机械、专长、产品和信息。除了工具和拖拉机以外，马克也把他与邻近的农夫建立的所有友好网络留在了宾夕法尼亚。当你在收获季节需要焊接零件，或者冬末用完了干草，并需要以优惠的价格购买来帮你过冬时，这种网络是至关重要的。就像其他事情一样，这件事我们也要从头开始。马克很长时间都泡在电话上，跟他人联络并安排见面。

同时，我们也在寻找一群马。马克向他在宾夕法尼亚的阿米什朋友寻求建议，他们告诉我们，我们需要的是特定种类的马，性情安静，容易相处，擅长使用各种农业机械，已经见识过很多农场工作，但仍然可以干好几年的活儿。在所有条件都一样的情况下，阉马比母马更好。

寻找这样的一群马，有两方面的麻烦。第一就是稀缺。役马的市场很小并且很特殊，不像轻型马的来源那么丰富。役马所使用的场合都是以炫耀为目的，你在游行或者乡村集市上看到的套在车上的马，或者在短距离拖重物比赛中看到的巨型马，都是这种类型。养马人只培育能够卖得出去的品种，因此市面上大多数的役马都符合这两种类型。前者腿长，昂首阔步，光彩照人，精力充沛；而后者肌肉发达，能量具有爆发力，但是大多数身体受损，并且不总是能受到善待，这种结合让它们性情捉摸不定，有很大的潜在危险性。

沉着冷静、经验丰富、身体健康的役马非常稀缺，而且几乎从不出售。一个阿米什人或者真正养马的农夫，如果想要“使用马”来干活儿，就会自己培育役马，而不是从市场上购买，而且如果培育出一匹好马，他会把它留在自己身边，尽可能长期使用。如果有这样的马出售，那肯定是有什么问题，要么就是脾气不稳定，要么就是健康情况堪忧。

打了几十个电话以后，有一条线索前景十分明朗，那就是湖对面有个马贩子。我们乘轮渡到佛蒙特州，然后开车去库珀家的农场。他们经营着一家很大的奶牛场，但也经常做役马交易，享有诚实正直的好名声，这一特征在马贩子中是很少见的。

我们停在库珀家农场的时候，天正在下雪，土路上一间低矮的平房笼罩在旁边长方形红色谷仓的影子里。吉姆·库珀出来迎接我们，衣着朴素，戴着平顶帽，留着门诺派教徒式的有意思的胡须。他把我们带进谷仓，里面都是我见过的最大的马，它们结实的臀部从畜栏中突出来，伸到过道上，有黑色的、棕色的、杂色的，每一匹马都比我高。

有一匹小马拴在横梁上，这是一匹佩尔什马，膘肥体壮，皮毛黝黑发亮，就像新靴子那样。他戴着一个笼头，用缰绳拴着，绳子扣在嚼子上，皮带环绕着他的身躯。这匹马用口衔着嚼子，上下咀嚼，耳朵向后伸着，未处于紧绷状态，但也不是完全放松。吉姆二十岁出头的儿子解开横梁上的扣，带着这匹小马走过我们身边，前往外面的小牧场，有几匹马在那里闲荡。吉姆解释说，这是他对待小马的方式，给他们戴上嚼子，让他们在马群同伴的舒适环境中自己去适应。

这时吉姆的儿子回来了，把一头丰满的棕色母马牵出过道尽头的畜栏，吉姆则牵出了她的同伴——另一匹母马，两匹马是如此相似，我不得不用尽各种办法来分辨她们的不同。吉姆告诉我们，她们是比利时马，八岁大，受过良好训练，而且举止温顺。“但马就是马，”吉姆说，“不能保证百分之百安全。”他和他的儿子用刷子替她们刷毛，把项圈抬起来，再放在肩膀上，所有这些动作沉着干脆，养马者用这样利落的方式让马保持放松。“曾经有一个人，”他说，“他想要使用役马。他的妻子很害怕马，所以他想要温驯一些的。”他从畜栏旁边的钩子上取下了一个沉重的皮革挽具。“我给他看了几匹阉马，这是很稳定的一组，女人或小孩都可以骑。”他把颈轭举过头顶，轻轻地安放在颈圈的沟槽里，然后把马具其他的部分放在母马的背上，这里已经是难以梳理的一团糟，但竟然能保持平衡。这时他走到母马面前，把颈轭的带子扣上。“那个男人出来看这一组马，确实是好马。”说着，他走到母马身后，把挽具拉到臀部上面，那乱成一团的皮带正好落在了合适的位置。他把她的短尾巴拉起，然后扣上腹带。“我们把马套在车上，然后开始穿过马路。”他拿着笼头的缰绳，母马低下了头，他把笼头套在她的头上，扣上喉勒，把锁链挂在她的下巴上。吉姆的儿子把另外一匹母马套上挽具，把她带到同伴旁边，把绳子扣在嚼子上。“我们到了马路的另一边，一只蜜蜂叮了其中的一匹阉马，他们受到了惊吓，狂奔起来。那个男人害怕极了，从马车后面跳了下来，他的头撞到了马车边缘，死了。事情就是那样。那些马都是好马，从来不给我惹麻烦。但是，不能保证百分之百安全。出发吧，母马。”

雪已经停了，空气更加刺骨地寒冷。风卷起新落的雪，在空旷的田野上打旋。母马看起来情绪很紧张，扯住了嚼子。吉姆让较近的一匹马跨过雪橇杆，雪橇非常结实，等候在车道上。吉姆的儿子把颈轭卡在挽具上，把雪橇杆放在颈圈里，然后把拖曳绳索挂在平衡器上。吉姆把绳子拿在手里，我们都在雪橇上坐好之后，他向马下达了的命令，然后马急切地出发了。车道上结了冰，母马用力抓着路面来保持稳定。

在路的那一边，田地被厚厚的雪覆盖着，马需要努力开出一条路来。吉姆吆喝着让马止步，两匹马原地舞动着，用力拉着嚼子。“把那匹母马放下来。”他告诉他儿子。他儿子从雪橇上跳下来，在雪中跋涉，走到右边的马头旁边。他从嚼子的环上把绳子解下来，系在嚼子一半的地方。我从骑马的经验中得知，这让吉姆能够更容易地给嚼子和勒马绳之间的舌头和上齿龈施加压力。我看着吉姆强健的体魄，怀疑我怎么能够驾驭这样的马。我们再次出发，但是母马并不安定。她们不是慢慢行走，而是紧张地小步快跑。“她们自从秋天开始就一直没有干活儿了，”吉姆解释道，“如果你们想要这两匹马，我会帮你们训练几个星期，每天都训练，她们就能像原来一样灵敏了。”在几分钟的挣扎之后，他再次叫马停下，叹了口气，说，“你们不会要这两匹马的。去找盖瑞·杜凯特吧，他正有一组马要出售，是他几年前从我这里买的。那才是你们要找的。”

那确实是我们要找的。当我们到达的时候，马已经套上了车，盖瑞的邻居，一个八岁的小男孩在马车上拿着缰绳，就像船首的斜桅一样。这是一个非常贫瘠的山坡农场，几头牛在一段高强度钢丝后面舔食着储藏的饲料。盖瑞在综合谷仓里照顾一头小牛，小牛患上了肺炎，骨瘦如柴，呼吸困难。他遗憾地说，他待会儿不得不把小牛带到谷仓后面，开枪结束他的生命。我们上了马车，他吆喝着马，然后马迈着从容的步伐向前行进。沿着冻冰的土路往前走了半英里，盖瑞说："你们要买这两匹马，不妨试着驱赶他们。"我第一次把缰绳握在手里，就像握着什么活物，比如一对驯养的蛇。骑马的时候，你的全身——脚跟、双腿、臀部、重量和双手——都与马保持交流。另外，你是在马的上面，这个位置象征着力量。而你在驱赶马的时候，所有的交流——也就是与马的所有对话——只是通过你手掌上的几寸皮带，这是你与马嘴的联系。两匹马只看着前方的路，对其他的一切视而不见。每一匹马有一吨重，你从后面跟他们绑在一起，你们的命运因此紧密相连。我曾经觉得役马跟我喜欢骑的马——火热、充满野性、颠簸着你的脚跟、短程赛车手一般的马儿一样，但是那天我明白了，我错得多么离谱。

山姆和希尔弗两个星期以后来到了农场。整个星期我和马克都忙着在西边谷仓为他们敲打出一间窄马厩，锤子每挥动一下，刺骨的寒冷就一次一次冲击着我们的手肘。我们在马厩中铺了厚厚的一层稻草，新马槽里装满干草，我们就准备就绪了。他们走下拖车，就像国王一样。这种生物的存在让我非常感动。他们为我们劳动，心甘情愿，全心全意，这是一件相当奇妙的事情。

他们是比利时阉马，栗色皮毛，有着亚麻色的鬃毛和尾巴。他们的过去已经模糊不清，但是应该是十四岁，曾经被用于干农活儿、游行和拖曳东西，是在拍卖会上先后买下的，吉姆·库珀把他们配成一组。希尔弗是两匹马中的帅哥。绝大部分的公马都会在年幼的时候去势，避免计划之外的繁殖，也能够让公马更容易驾驭。盖瑞告诉我们，希尔弗在十岁之前一直是一匹种马，现在仍然保留着典型的种马脖颈的特征，厚实，呈拱形，肌肉结实。他看起来是为拖曳重物定制的，拥有宽阔的胸膛，耸立的肋骨，还有短短的脊背。他的表情，如果算不上是聪明伶俐，也总是强大而自信的。而山姆恰恰相反，瘦小而聪明。他的动作都是非常敏锐的，就像一位应征入伍的士兵一样，一身正气，但有些紧张。在你跟山姆说话的时候，他的耳朵会向后伸。他身上有一种竭尽全力照料你的感觉，就算你做了蠢事也没关系，有些马就是这样的。他们都有六七英尺高，我只得站在一只桶上给他们刷背。

第二天早晨，我挤完奶之后，把希尔弗从马厩中牵出来，给他戴上笼头。我站在一捆干草上，一跃骑到了他光裸的背上，这感觉就像骑在一个温暖的沙发上。当他开始移动的时候，我感觉就像在波浪上翻滚一样。他似乎对背上这个奇怪的、小小的重量感到困惑，那种有腿缠绕在身上的陌生的感觉，我突然想到他可能从未被人骑过。我把他牵回马厩，然后给山姆戴上笼头，他背上瘦削的骨头不像希尔弗宽阔的脊背那样舒服。但是山姆急切地要往外走。我们骑过雪堆，来到农场东边的一个大的斜坡上。从斜坡上眺望，美丽的湖景一览无余，风吹走了结冰的地面上的积雪。我轻轻踢了山姆一下，他开始慢跑，舒展着他的长腿，迈开大步踏在地面上。我感到一种熟悉的喜悦油然而生，这是从孩提时代起马带给我的感觉。山姆看起来很想跑上几英里，但是我有些担心，以他的速度，我可能会在他光裸的背上坐不稳摔下来。我拉了他的缰绳，让他慢慢行走。我想，他也许只是一匹犁马，但是有着赛马的灵魂。不禁莞尔。

在一个冰冷的周日，马克回到家里，拿着一袋银色的小鱼。这是香鱼，当地人叫它冰鱼。他是在南面那个小镇的一个商店里买的，就在对面，一个小村子在湖的冰面上拔地而起，搭起一堆简陋的小木屋，周围钻了很多孔。我曾经见过有人骑着雪上摩托，从湖岸驶向小屋，后面捆着六包啤酒，就好像半打迷你乘客一样。“坐下来休息一下，”马克说，“我来煮饭。”他用我们自制的黄油炒切成块的洋葱，加上少量磨碎的干鼠尾草，洋葱变得透明的时候，他撒进面粉勾芡，用啤酒调稀一些，以这种方式向那些渔民致敬。他加进一些胡萝卜块、芹菜根、马铃薯和高汤，然后加入切成片的鱼。这些东西都煮好的时候，他把鲜黄色的奶油倒了进去，这是用迪莉娅早晨产出的牛奶做出来的。冰鱼杂烩浓郁而温暖，我坐在马克的腿上享用美食，脚正靠近壁炉，蒸汽从我潮湿的袜子上缕缕升起。

我们刮着碗底时，马克拿出一张纸，上面好像写满了象形文字，有字，有箭头，还有神秘的符号。一开始我以为这是他对于农场的最新计划，之后我看到了熟悉的名字。这是一份宾客名单，为我们的婚礼准备的。“哦。”我边说着，边从他的腿上滑下来。“我们已经订婚了，你知道的。”他说着，眼睛没怎么看着我。“没错，”我说，“我知道。”我那时候开始努力干活儿，每天都更加努力，但是我内心中紧张不安的小动物上蹿下跳，寻找着出口。我的承诺越深切，那只小动物就越绝望。在爱情这件事上，在我生活的大多数领域中，我的模式一直像一个游客，而不是一个稳定的居民。我会深潜进水池，然后很快就出来了。我并不是不认真，也不是个怀疑论者，只是在我的性格测试中，我的分数在寻找新奇的行为方面出奇地高。“永远”这个词令我恐惧。农场深深地吸引着我，我也深情地爱着马克。但是，凭我对自己的了解，我真的不知道这两份爱情是否能够持久。

我们暂时达成一致，婚礼在秋天举行，在收获之后，地点就在农场。在十月上旬，食物已经非常丰盛，但天气仍然很好。这个时间曾经看起来很遥远，但距今已不到一年了，几乎触手可及。“喂，也许我们应该等到下一个秋天，”我说道，尽量听起来轻松随意，就好像这是刚刚才想起来的主意一样，“我们还有一大堆事要做呢。”我们已经订婚一年了，他想马上结婚。他站起来，手里拿着碗，向水槽走去。“我不会再等一年，”他从厨房里说，“如果你不想在这个秋天结婚，我就根本不想结了。”

在承诺方面，没有比奶牛更好的教程了。她的乳房拒绝一切例外或借口。你必须给她挤奶，否则她会经受乳胀的痛苦，之后会生病或者乳汁枯竭。无论是早晨还是晚上，无论是平时还是节假日，无论天气好坏，自从她分娩那一刻起，一直到十个月后停奶，你的生活必须适应奶牛的节奏，在十二个小时的期限之内，你不能远行。而对于你的承诺，她给予的回报也是感人的。她是农场的顶梁柱，是伟大的转换者。母牛吃草——这是无处不在的陆地生物——然后利用四个部分的反刍开启纤维素，释放能量。她的胃享有一种礼拜式的名字——重瓣胃、皱胃、蜂巢胃，在这些部分的古语中，你可以听到一种敬畏：“国王的风帽”，是第二个胃；“圣诗集”，是第三个胃。“奶油”这个词与“圣油仪式”相关，意思是“施以涂油礼”。这样高贵而神圣的名字被用来描述平实的过程，但当你想到农场的丰盛皆是来源于奶牛时，你就会觉得这种用法非常合理。牛奶、芝士、黄油、酸奶、奶油，还有副产品——脱脂乳、酪乳、乳清，你用这些东西催肥你的猪，喂养你的家禽。而她每年都会给予你一头小牛，你可以饲养它（又是用青草），为你的家庭提供一年的牛肉。所有这些都是母牛的赐予。

我越来越擅长挤奶，动作更快，而且牛奶不再顺着我的手腕滴下来，或者一股股地向着谷仓的墙喷射。我学会了把我的指甲剪短磨平，轻柔并彻底地挤压每一个奶头。我的手臂每个星期都在变粗。

牛奶对我来说是一个尚未涉足的领域。除了加进咖啡的牛奶和乳脂的混合物，我已经很多年没喝过牛奶了。我有轻微的乳糖不耐症，将牛奶当作饮料的想法让我感到恶心。但是一头泽西奶牛分泌的鲜奶跟我想象中的牛奶完全不是一种物质。如果你没有奶牛，或者不认识养奶牛的人，我劝你不要直接从泽西奶牛的奶头上喝鲜奶，因为如果你只能尝一次而以后再也喝不到的话，这是一件非常残酷的事情。在美国，只有一小部分人记得这种牛奶，大多数是上了年纪的人，他们在奶牛的陪伴下长大。他们有时候会到农场来，寻找孩提时代的那种熟悉的味道。

你一旦习惯了农场牛奶，市面上的牛奶便暴露出很多缺点。例如，那些牛奶有股厚纸板的味道，而且有时候隐约能够尝出冲洗奶牛的乳房和挤奶器的化学品的味道。这就是均质作用过程，这种过程的普遍存在让我感到困惑。你怎么能不要牛奶上面漂浮的奶油？这可以搅拌在你早晨的咖啡中，然后留下去除油脂的牛奶供你饮用。除此之外，还有巴氏高温消毒法，这改变了牛奶的味道和性质，就好像热量会把任何食物由生变熟一样。新鲜的牛奶十分美妙，但是随着时间的变化，会发生非常有意思的事情。奶牛分泌的乳汁是一种温热、香甜、蛋白质丰富的物质，为细菌的滋生提供了良好的载体。细菌繁殖之后，会让牛奶变酸，最后使牛奶变得黏稠。如果你在旧的烹调书上看到“酸牛奶”这种东西，那么指的就是这个了。如果你把健康的奶牛生产的优质、干净的鲜牛奶放在一个温暖的地方，里面“野生”的细菌就会让牛奶固化，成为有意思的东西，并且一般来说都是可以食用的。人们长久以来一直在利用牛奶的这种性质，培育出细菌的特殊品种，以获得合意的、可预期的品质。我们就是这样将牛奶转变为优酪乳、发酵乳和不同种类的芝士的。巴氏高温消毒法杀死了牛奶中几乎各种类型的细菌，有益的和致病的细菌都是同样的下场。失去了“有益的”细菌，经高温消毒的牛奶在各种腐败细菌面前不堪一击，牛奶会腐坏而不是变酸。

另外一个差别来自奶牛的品种。你在商店里买到的牛奶几乎一定是产于荷兰乳牛。这是大型奶牛，商业化的奶牛场饲养这种奶牛是为了达到产量最大化。但有一个普遍的规律，牛奶的量越多，其中脂肪和乳固体的含量就越少。这里流传着一个老农夫的笑话，是说养泽西奶牛的农夫也养了一头荷兰奶牛，万一有一天井水枯竭，就可以有东西来清洗餐具了。泽西牛奶远比荷兰牛奶更加醇厚，脂肪含量和乳固体的比例都要高得多。另外，由于泽西奶牛不能完全代谢青草中的β–胡萝卜素，奶油呈现出漂亮温暖的淡黄色。当你用这样的奶油做黄油的时候，尤其是在春季，颜色会变得非常鲜亮。

除了品种以外，还有如何喂养的问题。牛奶的味道直接受到食物的影响。如果事情出了差错，母牛吃的东西污染了牛奶，这种影响尤其明显。牧场中的野生大蒜会让你的牛奶有一种螯虾的味道。而樟脑草、白藜草和秋麒麟草会把龙虾的风味带到牛奶中。这本身并不是件多么可怕的事，但这种牛奶并不是你想要的味道。如果你想把多余的卷心菜喂给奶牛，就必须选在挤牛奶前几个小时，否则你的牛奶尝起来会像臭鼬的味道一样。牛奶中脂肪的质地会根据奶牛进食的不同而有所变化。春季奶牛的食物是繁茂多汁的青草，由这样的牛奶做出的黄油质地柔软而易延展。冬季里奶牛吃的是干草，黄油质地坚硬易碎，即便是在室温下，也很难在面包上涂抹，必须压碎才行。另外，食物还有一些微妙的影响。同一头奶牛，在长满苜蓿的牧场上与长满野茅的牧场上放牧，挤出的牛奶是不一样的。即使是在同一片牧场上，牛奶的味道也会因季节和天气的变化而有所不同。牛奶就像葡萄酒一样，有一种“地方风味”，其性质特征与所在的环境有着密不可分的联系。大多数市面上的牛奶，都产自授乳时从未踏足牧场的奶牛。它们吃的并不是青草，而是一种叫作TMR的东西，也就是完全混合饲料。这种标准化的饲料经过精心调配，以达到产量最大化、成本最小化的目的，里面可能含有窖藏半干草饲料或者青贮饲料，加上大豆这类的蛋白质辅助物或者酿酒剩下的麦芽研磨而成。如果你把牛奶视为一种商品，每一种都差不多，那么TMR是一种完全合理的存在。但是，如果你把牛奶视为食物，有着季节和地域性特征，那么TMR看起来就像用水栽葡萄酿酒一样荒唐。

我们遇见的第一场暴风雪于一个周五来临了。气象台做出了很严重的预报，但是早晨的天气还不错，天气寒冷，微弱的阳光穿透厚厚的云层，小雪从天空中降落。我们一早晨都待在农场，未雨绸缪，严阵以待。我们把鸡关在笼子里，开动拖拉机，拖着鸡笼缓缓地沿着车道，拉到西边谷仓附近的一个遮蔽处。我们把迪莉娅锁在了畜栏里，关上了谷仓所有的门，回到镇上的房子，等待暴风雪过去。

我们这一天都是在一阵阵的愉悦与激动中度过的。我们把明年的工作计划标记在日历上，这本日历是邮寄过来的，装饰得很精美。有意思的是，上面画着一件殖民地时期风格的农舍，有一个红色谷仓，还有三只雪白的毛茸茸的绵羊，上面写着“我的祖国，我的家，自由快乐的土地”。日历上的每一天、每一星期都填满了我们的雄心壮志，即使是在那时我们也知道，这些计划如此庞大，是难以在一年的期限内完成的。二月的第一个星期要预留下来建造暖房，第二个星期，我们想要建分布区，还要砍柴，劈好供下一年使用。十月份我们计划结婚的那一天，马克在上面写上了“婚礼”，在这个词的下面，就在同一天的方格里，还写着“五十只小鸡运达”。两行字同样大小，第一行有别于第二行之处，就在于还有一对连在一起的心形图案。接下来的一个星期写上了“蜜月”，另外还工整地写着“从蜂房提取蜂蜜”。

我们沉浸于计划之中，竟然没有注意到，雪开始越下越大。我们抬头看的时候太阳已经快落山了，该给迪莉娅挤奶了。马克正在进行芝士制作试验，等待着凝乳变得坚固，所以我主动请缨，替他去农场给迪莉娅挤奶。我琢磨着，只是一英里而已，能有多糟糕呢?

我以步行的速度开车，趴在方向盘上，竭尽全力向窗外看，希望看到路上的黄线，而路上只有我驾驶的这唯一一辆车。刚走过一半的时候，前面的路就暗下来了，什么也看不见，我只得小心翼翼地把车停在路边，把前灯上厚厚的雪擦掉。我到达了谷仓，当我把雨刷关掉的时候，挡风玻璃马上就变得模糊了。

迪莉娅在畜栏里已经很舒适了，倾听着风在谷仓的墙角盘旋。我把她带到柱子旁边，开始给她挤奶。我深深地感激她的奶头传递给我的温暖，把她牵回畜栏的时候我又给她加了一捆稻草。我给她喝了些水，打开一捆干草供她食用，然后出去牵马，他们正在树林间躲避风雪，雪已经在他们的背上积了厚厚一层。他们回到马厩的时候，我的车已经被雪埋起来了，埋得如此之深，就算我愚蠢到去尝试发动，也不可能开得了。我在暴风雪中蹒跚而行，感觉自己就像莎士比亚笔下的李尔王，迎着风雪，穿过飒飒作响的铁杉林，几乎看不见路。一辆卡车经过，徐徐行进，卡车的声音被地上的雪吞没，空气中的雪片如此密集，前灯基本成了摆设，只有小小的锥形光线。卡车经过之后路就在眼前消失了，我只得努力寻找上空高压线的身影，这样不至于迷路。我回到家中，大汗淋漓，精神振奋，感谢农场和它的命令迫使我走进了暴风雪。我想象着当我垂垂老矣，沉浸在回忆中，我会重温那个夜晚，并把那晚的故事讲给身边的人听。

暴风雪夜间仍然在持续，但早晨的时候雪已经停了，开始刮风。我们穿着雪鞋在挤奶时间走回农场，路上一辆车也没有，透过云层可以看到正在落下的月亮。铁杉的树枝被雪压得几乎弯到了地上，有些地方的雪堆有十英尺厚。我的车已经不能称之为车了，只是一个白色的小山丘而已。

既然我们有了马，就需要有装备让他们来拖曳。我们利用那些下雪天，列出了一个春季会需要的工具列表。首先是犁，我们计划用来种植蔬菜的所有土地都被厚厚的草覆盖着，我们需要一个犁来翻土。接下来需要更多的工具，马克说有圆盘耙，还需要一个弹齿耙，把翻过的地耙平整，能够在上面撒种子。一旦庄稼长起来了，我们就需要清除杂草，需要用到的工具就是双马拉中耕机。如果我们需要用马来收割干草，就需要用马拉式的刈草机。山姆和希尔弗是戴着挽具和颈圈来的，所以我们需要平衡器这种东西，将马的拖曳绳索与机器的衔铁连在一起，还有颈轭，可以让衔铁保持离地的状态。要是有一个坚固的平底橇就好了，可以在地面上滑行，将犁拖到田地上。要是有一辆前轮车就更好了，这是一种简单的双轮车，后面有个钩子，可以拖曳工具或者马车。我们还会用到一台播种机来播种谷物，还需要一台马铃薯挖掘机。心愿单上还有其他的东西，但这是最低限度了。我们的预算相当有限。

在这个人烟稀少的地区，拖拉机很晚才引进，很多邻居在二十世纪五十年代仍然在农场上使用役马。他们以前的装备有的已经废弃了，有的卖给了古董交易商，或者生着锈放在院子里当作装饰，夏天被凤仙花环绕，秋天被菊花和南瓜包围。但是很多这样的旧设备仍然放在家里，储藏在谷仓的后面，我们于是搜寻着这些落满灰尘的角落。有时候我们可以找到马拉机器，衔铁已经断掉了，这是农民将旧工具接到新拖拉机上的过渡期的证据。我们还找到了保存完好的其他工具，所有活动的部位都涂上了油，六十年来从未动过。我们买了一些，还有一些是别人送给我们的。谢恩·夏普借给我们一个圆盘耙，他买来以后从来没用过。一位老妇新近失去了老伴，她把丈夫的老谷物播种机送给了我们，还有一个手摇式的块根打磨机，让我们能够用剩余的甜菜和胡萝卜喂食迪莉娅。然后托马斯·拉方丹路过，给我们带来一个拍卖会宣传单。他并没有直接说，但是从一长串要拍卖的马拉工具和农场的位置来看，我们就明白这是个阿米什农场在进行拍卖。这可是个淘宝的好机会。

农场在西南方向，有三小时车程。我们天还没亮就出发了，然而这个地方被另外一场冬雪覆盖，已经有一个星期之久了。农场位于一个多风的高原上，那是真正的前不着村、后不着店。铲雪车还有更要紧的路去铲，这最后五英里积着厚厚的雪，几乎无法通过。我们一路上都在转圈打滑，车的牵引力都比不上前面拉雪橇的男人，他正赶着两匹稳健的比利时母马。雪橇上有一箱褐色鸡和斑点鸭，马胸前和颈侧长长的鬃毛，已经随着它们的呼吸而结上了白色的霜。我们把车滑到了充当停车场的地方，这时驾车的男人吆喝马停下来，问是否需要载我们一程前往谷仓的院子，他的宾夕法尼亚荷兰口音就像这片风呼啸而过的景观一样平直。

我们之前以为天气这么糟糕，来的人会少，而且也更容易讲价，但是阿米什人真是风雨无阻。两个家庭在拍卖，想要搬去俄亥俄州，而这是一件大事。因为阿米什人不开车，我以为这个拍卖仅限于当地范围。但是教堂并没规定不能搭车，所以他们搭乘出租车或者小型巴士，从纽约州和加利福尼亚州的各个角落拥来。一群群的成年人来买东西，还有很多十几岁的男孩，我估计是来参加社交活动的。来自当地社区的十几个少女，穿着干净的黑色裙子，戴着黑色围巾，头发从中间分开，正在售卖咖啡、三明治和自制甜点，就在谷仓里，以塑料板隔开，用很大的木质炉取暖。这些女孩由几个抱着孩子的年轻妈妈监督，还有一个年纪大一些的女人，戴着黑色无边帽，表情严肃。一个大约八岁的小女孩看起来是指定保姆，摇着膝盖上一个裹得严实的婴儿，同时看着一群蹒跚学步的孩子，不让他们摔在地上或者接近炉灶，炉中一个个甜甜圈在热猪油里嗞嗞作响。

马用装备在外面的一块地上成排摆放着，马克和我在这些东西中间走着。马克告诉我如何在鱼龙混杂中进行挑选：粗糙的焊接处暴露出断裂和修复的历史，破旧的接缝有时潜藏在明亮的新漆外表下。风卷起雪在我们身边盘旋，温度低于冰点。我头一天晚上听了天气预报，于是想方设法来保暖：两条裤子，两件蓝色鹅绒大衣，一件套在另一件的外面。手套还不足以御寒，外面又套上了一双厚厚的羊毛袜，头上戴着一顶俄罗斯军用皮帽，上面带有毛茸茸的耳罩。拍卖会至少要一个小时以后才开始，我跳来跳去，试图恢复因寒冷而麻痹的知觉。阿米什人也出来看这些机械，但他们只是穿着黑色的羊毛外套，他们的平檐草帽根本就盖不上耳朵，但是看起来很暖和。我试着靠近一点打量他们的帽子，有些上面绕着黑色缎带做成的带子，另外一些只是用电用胶带缠在帽冠上。这时马克告诉我，那群十几岁的男孩正在上下打量我，发出咯咯的笑声。他们显然是在看我的装束，我承认我看起来就像一个硕大的蓝莓飞行员。“我觉得他们是想弄清楚你到底是什么。”马克说。穿成这样，阿米什人会认为你非常滑稽。

我从马克身边离开，回到了谷仓中的取暖处，一群人正在排队买甜甜圈。阿米什人称非阿米什人为英国人，于是一群英国人开始到来，都是附近的农夫，他们脸部皲裂，表情冷淡，帽子戴得很靠后。他们的穿着跟阿米什人差不多，只是他们穿的不是黑色，而是彩格呢或者迷彩服。我注意到老年人中有一些异常之处，在他们生活的时间或地方，人们一定认为出生缺陷和非致命伤害是不需要治疗的：鼻子长满了瘤，就像花椰菜一般；光秃的头皮上有一个手掌大的疤；脖子上长着一颗很大的痣，上面长着毛发，经受风吹雨打，周围长满肌肉，就像雷尼（Reni）的画作《大堤》（*Ripa Grande*）中的奴隶一样。除去这些异常之处，这些老年人看起来比发胖的年轻人还要健康。

拍卖人来了，大家都拥向谷仓的另一端，那里家庭用品和小一些的农场用具在地板上堆成一排，或者堆在拉干草的马车上面。拍卖人用手示意了一下要拍卖的第一件东西，这是一套平淡无奇的餐椅，人群靠拢上来，想要仔细看一眼其真容。这些家庭用品跟你在任何农村庭院旧货出售中的东西很像，都是便宜的东西，颜色很奇怪。而拍卖会的气氛更像一个集会，一个欢乐的社交商业场面。难怪托马斯·拉方丹会驱车一百五十英里去参加一个拍卖会，即使他什么也不想买。“你买什么了？”回到家后，他的儿子问道。“一个汉堡。”他说。

拍卖人开始推销这套餐椅，描述得相当亲切，就好像它是从他母亲的餐桌下取出来的。购物是一个简单的交易——我想要这个价格的这件东西吗？但是拍卖是相对的：我比旁边的这个人更想要这件东西吗？有多想呢？这是一个派对、一个赌场、一个马戏团，或是一场音乐会，拍卖人就是主持人、表演指导、乐队指挥。拍卖开始了，他的口中快速滚动着一串串数字，省略了音节，夹在毫无意义的音节和老掉牙的笑话之间，几乎难以听明白。如果拍卖的进程缓慢，他的表情就会严肃起来，责备大家忽略了某样东西的价值。他有三个助手，都是大腹便便的彪形大汉，手里拿着棍子，用男低音大声喊着“嘿！”来加强拍卖者的音效，如果发现有人出价，就会用棍子重击一下。监察人是一个必要的角色，因为拍卖实质上就是微妙的竞争，随着抬起眉毛、微微颔首或者至多脸部抽动而发生。监察人看到这些细微的举动，就像捕鸟犬看到翅膀的鼓动一样敏感。我们的朋友欧文斯一家是拍卖会的常客，他们告诫我们要小心不择手段的监察人，朝着空气喊“嘿！”来抬高价格，或者拍卖人雇来的托儿，隐藏在人群中，在比较有价值的东西可能卖价过低时，站出来保证底价。

家庭用品已经拍卖完毕，这时已经是午饭时间，家畜的拍卖开始了。有些人走开了，到火炉那里去喝热汤，人群松缓了一些。那一笼鸡每只五美元，鸭子每只二点五美元。我们之前看到的拉雪橇的两匹母马也在出售，她们敦实健康，受过良好训练。拍卖人说年纪较轻的那匹马是由一匹著名的比利时种马的儿子所生，今年六月就要产崽。实际上，这相当于一匹马的价格可以买到两匹马。传统的选马哲学会告诉你，永远不应该在拍卖会上买马。不过出价的人不多，而诱惑对我来说实在太难以抵挡了。我的手向上举了几次，但是马克看了我一眼，那眼神告诉我，在必要的时候，他会毫不犹豫地用武力把我的手强压下来。

拍卖人准备好拍卖机械的时候，离开的人群又回来了。他开始就一个马拉前轮车进行拍卖，上面安装着一个小小的引擎，可以发动任何以拖拉机为基础的工具的旋转轴，比如干草压捆机、旋转摊草机。价格就像振奋的鸟儿一样一飞冲天，冲到了五千美元。谁能知道这些普通人的钱包怎么这么鼓？那天并没有什么特别大的优惠，每样东西都保存得很好，阿米什人知道这些东西的价值，都是带着很多现金过来的。我们努力争取，得到了双马拉中耕机，但是马克渴望已久的步犁和谷粒磨碎机，价格却突飞猛涨，大大超出了我们的预算。我们安慰自己，那些人的钱都是役马耕田赚来的，如果他们认为一个工具值不少钱，那它肯定能带来很大的利润。后来，一个男人注意到我们竞价了，向我们推荐一台他修理过的谷物割捆机。我们成交了，约定让他送货，我们买的中耕机也一起送过来，因为我们的车里放不下了。

在机械售罄之前，虽然我穿着厚重的外套，但还是被冻僵了。我在谷仓火炉旁的一条长凳上坐下，女孩们的咖啡生意非常火爆。我在那里尽情享受了一个小时的时光，与一群驼背老人谈论役马。之后拍卖会结束了，阿米什人如潮水般涌入。他们都戴着同样风格的眼镜——尺寸稍大的素色金属框架，孩子们在中学汽修课上佩戴的那种。他们在户外的阳光下都会戴墨色镜片，所以当他们全面拥向取暖区的时候，就像是向ZZ托普（ZZ Top）乐队致敬的乐队大会一样，清一色的长胡子、深色套装和墨镜。之后拍卖人也进来了，没有带话筒，也没有带监察人，走向堆着甜甜圈的桌子。他拿起一袋甜甜圈，高举过头顶。“我们这儿有一袋香甜的自制甜甜圈，”他说，“你们出多少？是不是有人喊五美元？五美元一次？”他又开始了熟悉的腔调。女孩们卖掉了所有的烘焙食品，而一群阿米什的少年摄取了太多的糖分，搭车回到宾夕法尼亚的家。

迪莉娅在竭尽全力地恢复健康。她耳朵的残余部分已经结出了厚厚的痂，脖子上也有一长串严重的脓疮。迪莉娅受伤以后，我们为她注射了抗生素。罗伊看了看这些脓疮，告诉我们不要着急，他自己的母牛身上也有过这些东西，有时候达两英尺长。迪莉娅默默承受着，就好像她默默承受着到这里来之后发生的一切，耐心而平静。但是她的乳房恢复得很棒，开始疯狂地产奶，每天能有满满三加仑。

两个人，一头牛，这是个不平衡的公式。我们的冰箱装满了各种类型的乳制品，已经没有地方放别的东西了。有一天早晨，我打开冰箱找奶油，一夸脱罐装牛奶掉下来，落在了我的脚上。“我们得想想办法了。”我说。马克刚刚吃完早饭，正在浏览每周公告，寻找有用的工具。“北面二十分钟车程的地方，有一群小猪崽正在出售，”他说，“他们可以喝些牛奶。”我拿过电话开始拨号，挂断电话之前我已经确定了要买四只，第五只是赠送的，因为女主人说他有点不太稳定，而且脖子有点毛病。

那天早晨，马克忙于解决西边谷仓的电板问题，所以我独自开车接猪崽回来。我到达的时候，透过马厩向内窥视，小猪崽正睡成一团，然后我把目光收了回来。在我的想象中，小猪崽和吉娃娃一般大，没想到竟是吉娃娃的两倍。我带来装他们回家的箱子太小了，我们没有卡车，而女主人也没有时间运送他们。没办法，我耸了耸肩，把一个旧床单铺在了我的本田汽车的后门里，把尖叫的小猪推进去，然后用撬棍把一块垫板支在了后座上。小猪干脆利落地摆脱了床单，床单很快就变得皱皱巴巴，缩在角落，失去用处，但是垫板一直撑到我把车开进农场的车道，这时他们全部爬到了后座上，就像侵略者爬过了城墙。后座坐垫上留下的臭味，一开始并不明显，天气变暖之后就愈加浓烈，经久不散。我们把小猪一只一只地捞出来，把他们带到了迪莉娅的畜栏中，马克已经用废弃木材隔开了一个空间。我们把有毛病的那头猪称为“项圈”。

小猪由我来照料。我和马克为了每一个小小的决定展开权力争斗，每个人都不想失去控制权。为了缓解冲突，我们把农场一分为二，每个人都是半个农场的首领。作为农场管理策略，这种办法很别扭，但在那时，这是维持我们感情的必要手段。然后我们分了家畜，马克管理我们只有一头母牛的奶牛场，而我非常幸运，分到的是五只小猪。

小猪到达农场的时候，已经过了卷着尾巴娇憨羞怯的年龄，进入了贪婪凶恶的阶段。猪确实天生极度贪食，他们无法控制自己。我们已经把他们喂养成专业食客了，厚厚的肉在四条短粗的腿上迅速堆积。他们每天的体重可以增长一磅多。这种快速增长是由惊人的食欲造就的。在喂食的时间里，他们竞争非常激烈，用结实的身体去阻挡，用尖利的牙齿去撕咬，用低沉的哼叫去恐吓。我一天中最糟糕的时刻到来了，我爬过他们的畜栏，手里拿着装满酸牛奶混合玉米片的桶，在猪群中间费力行进，他们故意想要将我撞倒。我不止一次被撞倒在地，身上沾满了酸奶和猪粪，被五只狂躁的野兽推挤撕咬。

一对一的时候，他们没那么凶恶了，但是麻烦一点也没少。其中一头猪找到了一种方法，能够扭动着通过将猪栏和牛栏隔开的墙，于是我早晨到达农场的时候，发现她跟迪莉娅在一起。我没有办法把她赶回去，只能抓住她，举起来，把她扔过齐胸高的栅栏。这就像是抓住一只油乎乎的大西瓜，极端肥硕，极端任性，还伴随着刺耳的尖叫声。

在十二月最黑暗的那个星期中的一天，我遇到了跟猪有关的最糟糕的问题。那时温度暂时达到了冰点之上，雪的势力萎缩为寒冷而光滑的雪堆。我独自一人在农场里，马克到纽约州的特洛伊（Troy）参加农夫市场，去做交流了。

除了杂事和挤奶，我那天唯一的工作就是将小猪移出西边仓库的畜栏，这里已经装不下他们了。我打算把他们放到三十英尺以外的东边仓库，那里有开阔的开放式畜栏，我已经在那里铺上了厚厚的一层干草做铺盖。我以为我能够迅速完成，然后回家，生起火，享受安静空旷的房子，洗一个热水澡，读上一本书，这是几乎难以想象的奢侈。问题是，我意识到我不知道怎么移动这些猪。他们已经太重，无法抱起来。根据经验我知道他们不能成群，如果我试图推动他们，他们只会拱回去。我怀疑如果他们到了外面就会跑掉，很有可能再也不回来了。好吧，我想，我是个聪明人，我一定可以想出办法，把五头猪移动三十英尺。我决定建造一个滑道来搞定这件事。

我在一个手推车上装满了在机械车间找到的可能有用的东西：一个锤子，一把锯，还有……太棒了！还有几片金属的屋顶材料，三英尺宽、十五英尺长。我回到谷仓，仔细端详，看看怎么能解决这个问题。猪栏有一个门，可以直接通向东边仓库和西边仓库之间的通道，但是通往开放式畜栏的门却在东边仓库的南侧。我认为我可以用屋顶材料为小猪做一个巷道，但是要一路通往东边仓库的门，我没有足够的材料。恰好在这个时候，就像约好了一样，潮湿的雨夹雪开始下起来。我整个星期都心驰神往的热水澡和读书成为泡影。我断定我是想得太多了，任何方法都能解决这个问题，而我是在想一个最为体面的方法。我提醒着自己，我们又不是在建泰姬陵，只是要将五只小猪移动三十英尺而已。于是我从手推车上取下了那把锯，开始在通往东边仓库开放式畜栏的门上锯一个洞，直接通向猪栏。

我拼命地锯，但是没什么进展。雨夹雪从谷仓的边缘吹进来，钻进了我的衣领，这时候我听见车道上有车停下来的声音。我抬起头来，看到谢普·希尔兹蹒跚着向我走来，他是山那边的邻居，已经是我家的常客了。他经常从他的谷仓带来一些他认为我们用得上的东西，或者有时送给我们他在商店买的一盒蛋糕。我生日那天，他给我带来一个盆栽。

他在冰雨中眯着眼看着我。我想我现在得是什么模样，湿漉漉的，手冻得通红，要把一个很好的谷仓锯出一个洞，并且还没有什么显而易见的理由。“我不想告诉你应该怎么做。”谢普说。我发现这在北郡是一句常用语。如果你不回电话，或者工作的时候喝得醉醺醺的，或者没按约定的时间出现，这都不算无礼，但告诉别人如何做某事是非常不礼貌的，事先需要进行免责声明。我打起精神。“我不想告诉你应该怎么做，”谢普说，“但你用的这把锯不太合适吧？这是一把钢锯。你需要的是一把木锯。”之后他蹒跚着回到车上离开了。

我正面对着一个冷酷而确凿的事实——我接受过良好的教育，读过很多书，游览过很多地方，在世界上的大多数角落，我都能在鸡尾酒会上谈笑自若，但是遇到体力劳动，我简直就是个弱智。

把钢锯换成木锯之后，我在谷仓的墙上开了一个跟猪体形一般大小的洞。我把生锈的屋顶材料做成一个滑道，用麻绳绑好，然后打开了猪栏的门。我做好了五头猪蜂拥而至的准备，但是什么事都没有发生。我在滑道和开放式畜栏那里放上了浸在酸奶中的面包，但是这次这群该死的猪反倒不饿了。他们根本不想离开温暖干燥舒适的猪栏。无论是推挤、叫喊、乞求还是咒骂，都无法让他们转变心意。我身上湿漉漉的，又冷又累，太阳又要下山了，又该给迪莉娅挤奶了。我要是想把门关上，就得拆掉整个滑道，那个时候我根本不愿意这么做。我做完杂务就离开了，希望这几头猪在黑暗中能够更大胆一些、更饥饿一些，能够自己穿过滑道，进入开放式畜栏。

我脱掉衣服以后马上就睡着了，整个晚上都在做跟猪有关的噩梦。马克直到午夜才从特洛伊回来，所以我第二天独自起床去农场挤奶。

我将车停在农场时，天仍然是黑的，但是车的头灯扫过巷道的时候，我看出我的滑道完蛋了。那几头猪已经把它完全踏平了，我从车里走出来的时候，可以看到他们小小的尖尖的脚印踩得院子里到处都是。我仔细倾听，没有他们的声音。我查看了猪栏和开放式畜栏，全都是空荡荡的。我逐渐明白情况有多糟糕。他们现在有可能在任何地方，可能在树林里，可能在拱邻居半冻结的草坪，或者在路上游荡，还可能会引起严重的事故。

我跳上车，开回家，心情非常沉重。马克还在被子下蜷缩着熟睡。我把整件事情告诉了他，当然是被我精心编辑过的版本。他下床穿上衣服，不太高兴，但至少在行动着。我们开车驶向农场，一路上充满暴躁的沉寂。

那时候太阳已经完全升起，我们可以在融化的积雪中更清楚地看到他们的脚印。我在想，魔鬼的脚也应该是分趾的，和猪的蹄子一样。马克来回转圈，想要辨别出他们是朝哪个方向走了，但是这些脚印看起来并没通向任何地方。我动身去谷仓，拿着一桶谷物，如果我们找到了他们，可以作为诱饵。这时我从开放式畜栏中听到了一个熟悉的喷鼻声，我透过门，看到一头猪从干草下面冒出来，其他四个小猪形状的草堆也开始移动，干草从他们的背上掉落下来。他们都在家，他们都很安全，正好在我希望他们搬去的地方。马克在一旁站着看，摇了摇头。我对他报以胜利的微笑，告诉他一切都在我的掌控之中，他可以回家继续睡觉了。我要在他注意到谷仓里的洞之前让他离开，而且我需要想出来怎么修补这个洞。

我用废弃木材修补了谷仓，虽然猪已经跑不掉了，但是谷仓看起来很丑陋。这时我不得不直面我自己的偏见。我来到农场的时候，有一种没说出口的信念：具体的事情要由愚蠢的人来做，抽象的事要由聪明的人来做。我认为在世界上，如果你不够聪明或没有抱负，不能做好白领工作，那么只有手工业才是你可以落脚的地方。我过去真的认为一个有天赋修理引擎、建造房屋、饲养母牛的人，不如写作广告文案或者进行司法解释的人聪明吗？显然，我过去确实是这么想的，但现在这种想法让我感到吃惊。我从图书馆预定了关于建筑、水管和电力的书，发现阅读这些书就像学一门外语。学习最简单的东西，比如未知的工具或者硬件的名称、结构部件的名字，都会遇到死胡同，需要更多的探究才能找到答案。要治疗自命不凡的人，没有什么办法比狠狠地踢他屁股一脚更管用的了。

圣诞节前夕我的朋友妮娜从加利福尼亚过来探望我，近距离观察一下即将与我结婚的这个男人。妮娜和我是大一时的室友，我们是随机分配到一起的，但是从此密不可分。她和马克在实质上并没有什么不同，都是活泼、聪明、健谈、充满能量、卓有成效的人，而且不畏辩论，一般都肯定自己是对的。我感觉他们即将产生摩擦，两个人都很爱我，但是不知道如何能够喜欢对方。

我跟马克商量，离开农场一天去陪伴妮娜。我们乘轮渡来到了伯灵顿（Burlington）。走在熙熙攘攘的人行道上，人们都打扮得花枝招展，他们的靴子上没沾着粪便，这让我感到茫然，就好像在丛林中艰苦跋涉，却突然被扔回文明世界中一样。我们走进商店，我随意拨动着衣服，很难想象它们对我来说有什么用处。我们看了婚纱，但是它们太白了，我不想摸，我确定我手上有泥土。我们在咖啡厅里坐下，点了咖啡。她意味深长地看着我，这说明她要跟我谈话了，不是关于我跟马克的关系，而是关于婚礼。

我和妮娜有很多共同点，但有些地方我们背道而驰。我到加利福尼亚探望她的时候，她计划了一个星期的激动人心的活动——泡温泉、野营、品尝美食、去书店、去酒庄——她早早地做了预定，把地图和行程表打印出来，都塞在她汽车前座的一个文件夹里，这是我在她开车去机场接我的时候看到的。我叫的车在马路边等待的时候，我临时收拾好行李，提着一个防水帆布行李袋出现了，穿着平底人字拖，因为我找不到另外一双鞋了。两年前，她和她的丈夫大卫举办了一场精彩绝伦的婚礼，既高雅又有趣。这看起来毫不费力，就像一场美妙的派对一样，但实际上他们花费了一年半的时间进行筹划。我们的婚期已经确定，还剩九个月了，我丝毫没有开展必要的前期筹备工作。从妮娜的眼光来看，我无可挽回地落后了。她是一个最为忠诚的朋友，她认为该到她介入的紧急关头了。

她深吸一口气，开始缓缓地询问："你雇酒保了吗？喜帖呢？现在真应该开始了。人们需要提前计划时间。备办宴席的人找好了没？比较好的都是提前一年就订出去了。"她从钱包里抽出一支笔，开始列清单。我喝着咖啡，觉得血压都上升了。"还有简易厕所。"她写下来，在下面画线。她停下来，用笔敲打着桌子。"椅子你打算怎么办？"她问，"你需要租椅子。"

我从来没有考虑过椅子的问题。我们回到家，妮娜上床睡觉之后，我声音中带着焦急，告诉马克我们需要租椅子。迄今为止，关于婚礼的对话都模糊而简短，发生在给迪莉娅挤奶的间隙，或者我们在马厩干完活儿弄得一身脏的时候。我们没有时间坐下来计划。我们都说想要一个简单的婚礼，在农场上举办，时间是十月上旬。我们都想避免婚礼似乎可能会造成的疯狂与紧张，我们都想提供自己种植的优质食物。从这儿开始，我们就出现了分歧。我想要一个小型的婚礼，最多五十人，而他的想法是大概三百人（在宾客名单的初稿中，他把中学艺术教师、在印度一起生活的一家人，还有他的儿科医生都包含了进来）。我想要乡村时尚风，农场简约风，仍然高端洋气，也许带着一点讽刺意味，暗示我的城市背景；而马克想要的是真正的农场风格——他想给我们的客人展示农场，也展示动物粪便——他也希望越便宜越好，但这不是因为他吝啬，而是因为他讨厌浪费。而且他一针见血地指出，我们开始了新的事业，银行存款数字急转直下。

“稻草包有什么问题吗？”马克说，“为什么人们不能坐在稻草包上？”我想象着我的妈妈和她的朋友们穿着高档的礼服，坐在稻草包上，稻草扎着她们的屁股。我母亲仍然没有从我突然离开城市和我们的快速订婚中缓过劲儿来，她还曾经看到过我们在农场的生活，对此她很是担忧。她对婚礼的唯一要求，就是干净一些，端正一些，尽可能地正常，有一个大的吧台。坚决不要什么稻草包。

之后的争吵持续了很长时间，两个人声音都很大，最终打成平手。最后我们达成一致，我们没有时间进行这样的争吵，将来如果一个人提起了容易引起争执、容易让我们浪费时间的事情，另外一个人应该喊“椅子”，然后这场争论就应该暂停，推迟到上床睡觉的时间，这时候反正我们都累得吵不动了。结果就是我们压根儿不讨论婚礼的问题，直到婚期临近，触手可及。

只要我假装自己是某种交换生，最终注定会回到我的故乡，我就会过得很好，非常非常好。我觉得对于农场的感情，就像当初见面时我对马克的感觉一样，是一种复杂的情绪，着迷、沉醉、恼怒、热爱。但是，干活儿实在过于艰苦，环境实在过于陌生，我只能活在当下。如果我提前想一天的事，就会让我感到胆战心惊。到外面世界的一次旅行，就会让我惊惶不安、茫然失措。在圣诞节期间，马克留在农场上给迪莉娅挤奶，我去跟我的父母待上几天，计划平安夜返回，这样马克就不会独自过节了。我的父母在佛罗里达租了一个房子，我的哥哥、嫂子和姐姐会在那里会合。佛罗里达阳光灿烂，干净整洁，温暖舒适，这里还有一个游泳池，我们都很晚才睡，用超市里买来的东西简单地做一顿饭。我们没有家务，没有责任，晚上的时候我们喝着鸡尾酒，把东西放在烤架上烤，玩着游戏，聊着天。这几天过后，我觉得我简直换了一个人，农场和农场的艰难抛诸脑后。从机场上我冒着雪开车回家，允许自己对未来有一些想象。与马克在一起，在农场上，一切都步入正轨后，我不必这么疯狂这么艰难地干活儿了。我看到了老式的、温暖的、令人心痛的理想中的家。我听着车上广播中的圣诞颂歌，沉浸在对未来的憧憬之中。

我到家的时候，鼓舞自己进入一种周期性怀旧的热情之中。我决定全心全意地投入，无论周围有什么材料，我都要利用起来，与马克一起创造理想中的家园。我们会有自己的节日传统，不不不，这种传统应该就从今晚开始。我可以看到我们一起做出非凡的平安夜大餐，这会成为每对夫妻的平安夜大餐的模板。我推开门，准备开始创造节日传统，却发现房子里一片漆黑，壁炉里没有生火，没有人在家。牛奶桶还在水槽里，走廊上有脏靴子，还带有粪便的味道，餐桌上还放着牛缰绳。在这一瞬间，我选择的这个地方，还有我选择的这种生活，看上去是那么渺小、肮脏、悲惨，我一点儿也不想待在这里。我打开了作为礼物送给马克的威士忌，给自己灌了一口烈酒，穿着大衣，吃着残羹冷炙，心情十分抑郁，根本不想生火。

我打算上床睡觉的时候，马克回家了。他披着一条毯子，腰上扎着腰带，拿着脏兮兮的虫蛀的小羊皮，还有一个牧羊人的手杖。他临时被叫去圣公会，在耶稣诞生戏中饰演约瑟。站在聚光灯下的他光彩照人，就好像我在纽约看到的剧终后的任何演员一样。他说，那个角色并没有台词，但他尽量演好，而且他认为自己的胡须和未加修饰的头发增添了他和角色之间的相似度。他玩得很愉快，交了新朋友，而且不敢相信因为他没留下字条，我就会如此伤心。我们在床上喝了杯酒，教堂的钟在十二点敲响，我在他的胸前哭泣，带着一种我难以名状、他难以理解的情绪，但是他很愉快地抱住了我。

新的一年到来了，迪莉娅的耳朵开始发臭了。在她的一个小瘤底部，有一个大的裂口，里面都是脓水。我凑近些想要仔细查看的时候，伤口的臭味让我退避三舍。每天早晨我到达农场时，都会带着一瓶温水和一些碘酒，用缰绳把她拴在柱子上，然后擦拭发臭的伤口，尽量让伤口的呼吸保持通畅。她看见我走近的时候，会摇头表示抗议。她的伤口已经长满了粒状的组织，这长出来的丑陋的新肉就是痊愈的第一步。

迪莉娅以前的农场打电话来，说他们有另外一头母牛可以卖给我们，价格很便宜。因为她被视作女儿的宠物，不想让她被屠宰，变成出售的牛肉，但是又不能继续养她，因为她的乳头太过下垂，而它们的通道很脏，她来挤奶的时候，发现奶头上乱糟糟地沾着脏东西。她有一半泽西奶牛、一半荷兰奶牛的血统，产奶量很高。她的名字叫作瑞伊。我二十几岁的时候曾经在墨西哥待过一年。我到那儿的时候几乎不会说西班牙语，而我在努力学习这门语言的时候，经常发现自己跟某个人聊天时，完全不知道对方说的是什么，只是抓住他们嘴里说出的几个熟悉的词，想要拼凑成能够理解的话。当他们停止说话，看着我，期望从我这里得到回应的时候，我的回答一成不变：“Si.”[①]这种策略让我遇见了一些有意思的情形，但是确实有助于事情的进展。我们买下了瑞伊，这是我能想到的唯一的解释。我们已经有太多牛奶了，而且时间极其有限，本来不应该买，但是我们有些迷茫，而且非常容易激动。有人问我们问题的时候，我们的默认回答就是“Si”。

如果迪莉娅要迎接一个新室友，就需要一个更大的房间。

---

① 西班牙语中表示“是”的意思。

西边仓库的西侧有一个很大的棚屋，带有一个滑门。它的框架和里面的墙都是完好的，但是里面搭起的廉价的合成纤维板已经翘起，并且就快碎裂了。我们花了一天的时间把它拆下来，把碎片装进垃圾桶，又用了一天时间把钉子从现在已经空了的板墙筋上拔出来。我们还从电灯插座上拔出一只烧焦了的蝙蝠，它当时一定是想在这里搭个窝，那时候插座里还是有电的。

瑞伊到达了农场。她跟迪莉娅正好相反，骨架大，黑色皮毛，比较任性。她吼叫的声音就像一个低音大喇叭。在挤奶的时候，我抓住她的颈圈时她冲出了牛栏，就像跳蚤一样灵活。我为她清洗乳房时，她向我挥动蹄子，一个星期里她踢倒了我放在她身下的每一个桶。后来我终于学聪明了，让桶离地，夹在我的两腿之间。我想，如果迪莉娅被袭击那天有瑞伊在场，那些狗就没有机会了。她指挥着迪莉娅从棚屋的一头走到另一头，但是迪莉娅非常高兴有这个同类在身边。当天晚上我离开谷仓时，看到的最后一幕就是迪莉娅在羞涩地舔舐着瑞伊，她粗糙的舌头把瑞伊冬季的厚毛舔成一绺一绺的。

一月的时候，我们从一个正在清售的农夫那里买到了一群肉牛。这些都是苏格兰高地牛，看起来像野生的，宽宽的角，厚厚的波浪式的毛，有红色的，有黑色的，有银色的，长长的刘海垂在眼睛上。不止一个人驻足，问我们是不是在养牦牛。我们购买山地牛，是因为他们的价格非常优惠，而且这样的品种有一定的优势，非常符合我们的情况。这是有史以来最古老的品种，他们的基因是在严酷的环境下形成的。他们知名的地方在于，能够耐受边际牧场，易于生产，善于抚育后代，吃草而不是吃谷物。他们极厚的皮毛在寒冬也是非常有利的。在寒冷的春雨中，他们的皮毛就像绵羊的一样防水。而他们的劣势在于长得非常慢，要两年或两年以上才能长到能够屠宰的重量。另外，这群牛野性十足。我们把他们从车上卸下来的时候，一头小公牛从拖车和篱笆之间一个非常小的空隙中溜走了，十分不可思议。他在农场里到处跑，他的母亲喷着鼻息，试图把门撞倒。他是白色的，毛茸茸的，就像一只大个儿的绵羊。我们给他取名叫作威立。

种子周二的时候到达，未来的整个农场就装在这个盒子里。我在农场遇见的所有奥秘中，这一个似乎是最深奥的了。我很难想象，几吨的食物，怎么能从这么小、这么轻、我一只手就可以拿起来的盒子里长出来。我和马克这几天晚上都在专心钻研种子目录，它们在冬季最黑暗的那个星期抵达，就像农夫的色情书刊那样堆在床边。光鲜的强尼（Johnny）目录，里面有经过电脑修饰的作物的四色隔页，我确定是针对喜欢视觉刺激的农夫的。而显得有些凌乱的斐德克（Fedco）目录，虽然只是新闻用纸和线条简画，但描述十分华丽，针对的是我这种人，喜欢跟文字打交道。如果决定权在我，我们那年一定会种植目录里所有的种子。仅仅是笋瓜那一部分，我就画出了十二个有意思的品种，包括烘焙糖果（Candy Roaster）、土耳其头巾（Turk's Turban）、粉红香蕉（Pink Banana），还有Galeux d'Eysines，从上下文来看，意思是“鹅卵石装饰”。香草那部分更使我狂迷，你怎么能不每一种都订购一包呢？有藜草（saltwort）、珠蓍草（sneezewort）、益母草（motherwort）、圣约翰草（Saint-John's-wort），加上狂犬黄芩草（mad-dog skullcap），文中说这是治疗狂犬病的民间药方。一包只需一块钱，怎么会出错呢？种子目录的整个花招在于，它们是在冬天到达的，一切皆有可能，种植工作还离你很远，很难提前看清楚。幸运的是，马克了解这些，悄悄地把我的列表拿出来揉成一团。所以，到达我们农场的种子基本上都是可以食用的作物，得到人们的普遍喜爱，品种也合理，没有以“草”结尾的东西。我们把这些种子分类，将可以直接播撒在地里和需要早些在暖房培植几个星期的区分开来。我们还没有暖房，但是建造一个暖房也在我们的清单上。

二月中旬，马克去了一趟宾夕法尼亚，取回他存放在州立大学旧农场的制糖设备。他还带回了一个蒸发器，这个沉重的铁火箱叫作拱门，看起来就像金属棺材，六英尺长、两英尺宽，上面盖着闪闪发亮的不锈钢盆。我们把它安放在靠近路边的亭子的一角，在铁皮屋顶上打开一个洞，从那里伸出烟囱。我们从托马斯·拉方丹那里借来了两百加仑的树液罐，他曾经用它在自己的糖枫树上提取树液，后来他不用桶了，开始使用塑料管。

农场各个分离的部分被拼凑起来，渐渐成形。我们有了奶牛、肉牛、猪、鸡、种子，还有可以从树上提取糖分的装置。我们需要的一切都已经各就各位了，可以为我们自己和当时仍处于想象之中的会员生产食物了。一切都准备好了，只是缺少把活儿干完的时间。瑞伊的大乳房与迪莉娅小巧精致的乳房相比，挤奶要难得多，所以无论我们开工得多早，挤完奶、把挤奶设备清洗之后，太阳就已经升起来了。而且早晨还有其他杂事：给马铺上稻草并喂食，给猪喂泔水，把鸡放出鸡笼，让他们进食、饮水。肉牛住在东边谷仓的棚屋里，而他们食用的干草则需从西边仓库的干草堆中取。所以，每天我们都要把干草捆扔到地上，踩在上面，一捆一捆运过去，因为我们没有手推车。我们也没有足够的水管，所以我们每天要提很多水。白天渐渐拉长，但是每一秒钟都填满了紧急的工作，在一天结束的时候，清单上要做的事情比早晨的时候还要多。

我们所有的花销都来源于我们的存款，现金流有去无回。我们订购了上百美元的电篱笆，包括篱笆充电器、踩踏桩、鸡网，还有上千英尺的塑料电线，用来为牛和马建造移动式牧场。我们也需要工具，不仅仅是手推车和水管，还有手工工具和更多的机械，还包括桶、罐、干草架和食槽。我们的账户余额几乎为零。每天晚上，我们都会修改清单，把上面的东西缩减到必需品。我努力放弃对美感的追求，只要实用就可以了，而且我深入了解了一般农场的经营状况。在任何时间都会有三个建设项目同时进行，每一个在农场出现的人都会被派去干活儿。我的朋友艾利西斯从新奥尔良（New Orleans）来探望我，她刚刚修缮过一个房子，我们就派她去给农场装电线。她走的时候，我们就有了电灯。随着白昼的延长，我们继续清扫，将三个建筑拆除，把垃圾运走。我们的日子没有节奏，没有常规，农场里充满了紧急事件，从逃跑的牛到冻住的水管。工作也渐渐侵占了我们睡眠的时间，到晚上该睡觉的时候，我们还是有一大堆事要做。

冬天快要结束了，租客在租约到期之前几个月搬离了农舍。我搬进来，发现农舍里鼠满为患。整个农场都有老鼠的身影，这是因为几年前几吨小麦留在了谷仓中，而且从来没有清理过。我们没有任何家具，晚上睡在楼下卧室地板的床垫上。我会在夜里醒来，听见老鼠在墙角窸窸窣窣的声音。我们循着声音找到了房顶上的爬行空隙，马克往里看，发现隔层里有数不清的老鼠窝。如果我夜里去厨房找水喝，在灯亮起的一瞬间，会看到一个圆乎乎的棕色身体和一条瘦长的尾巴消失在墙上的洞里。电话不能用了，我们检查的时候，发现是老鼠咬断了电话线。它们对我们家的入侵计划，似乎也包括了把我们与外界隔离。从那以后，我担心它们会咬断电线，把房子烧毁，我们也跑不了。而在外面，它们与猪和谐相处，有一次在光天化日之下有八只或十只在到处觅食。我认为实际的数字应该已经超过了一百只，在数量上远远胜过了我们。

我们设置了陷阱，就是那种大号的捕鼠夹，弹簧的力度很大，足以夹断一个人的手指。我们每天晚上都在墙内设置捕鼠夹，老鼠在那里咬出了一个洞来。每天晚上我们都能听到“啪嗒”的声音，第二天早晨看到一只死老鼠。我那在城里长大的狗妮可，对抓老鼠没有一点兴趣。我在一个网站上看到，如果你想让你的狗抓老鼠，就必须让它知道老鼠是敌人。所以，我戴上橡胶手套，从捕鼠夹上捏起一只刚死的老鼠，拿到了外面。当妮可在看的时候，我向着老鼠尖叫，把它扔到地上，用靴子的跟拼命蹂躏它，然后再次尖叫。妮可怀疑地看着我们，卷起尾巴走开了，彻底确信老鼠是一种无论付出什么代价也要躲开的动物。之后老鼠学聪明了，不再上捕鼠夹的当，我们再也抓不住了，老鼠的数量也没怎么减少。

另外一个网站建议用桶做陷阱。我们在一个五十加仑的桶底撒上谷物，把一根二乘四英寸的窄木条立在桶边，这样老鼠可以爬进去，把另外一根木条放在桶里，这样它们可以爬出来。几天以后，我们把里面那根木条拿走，在桶里倒上一寸深的水，谷物漂浮在水上。老鼠可以爬进去，但是永远也爬不出来了。一天早晨我们用这种方法捉住了六只老鼠，而在两个星期里弄死了二十多只，但是之后它们又学聪明了，不再往桶里爬了。

最后我们去了流浪动物收容所，向他们要了最凶猛、最没人愿意要的成员。我带着三只猫回到了家，两只短尾巴姐妹，还有一只是黑白花纹的。而他们并不是我想象中的冷血屠鼠机器。他们只是瘦弱可怜的小东西，比最大的老鼠大不了多少。我把他们放在谷仓里的时候，他们围着我的腿打转，冲着我喵喵叫。过了几天，一位女士听说了我们需要猫的消息，带着一盒小猫过来了，我收下了他们。我认为我们需要援手。

这五只小猫刚刚断奶，晚上他们在谷仓里一起睡觉，蜷缩成毛茸茸的一团。白天他们在谷仓的地板上拍打纸巾，演习精准的伏击和模拟战斗，喵喵叫着撒娇让我抱。一个星期之后的早晨，我打开谷仓的灯，没有听见喵喵的声音。我找到了第一只，灰色的小猫，在奶牛的栅柱旁边，身体冰冷，已经僵硬了，然后我看到了另外两只。我把小灰猫抱起来，死了之后感觉比活着的时候还小，小小的骨架覆盖着柔软的毛发。马克进来，从我的手上抱起小猫，仔细检查，拨开脖子上的毛，发现一对吸血鬼般刺穿的伤痕，相隔半英寸。

“是黄鼠狼，”他说，“它们吸血。”

整个世界就是食者与被食者的残酷游戏吗？我埋葬了这几只可怜的小猫。存活下来的两只几天以后从藏身的地方出现了，我们给他们取名叫作小貂和貂皮。黄鼠狼躲开了我们的陷阱，又杀死了一只矮脚鸡和她的小鸡，然后通过某个裂缝回去了，它也是从这里进来的。它以后再也没有来折磨我们。

但是老鼠也开始一点点消失了，先是从房间里消失，之后是谷仓里。我从来没见过我的猫抓老鼠，但是猫走过了所有老鼠喜欢逗留的地方，甚至在谷仓睡懒觉，就在谷堆上。也许老鼠撤退了，或者不那么嚣张了，或许猫吃了鼠宝宝。反正无论如何，我们获得了胜利。

Part 3
春天

“我们在糖枫树液流淌的三月就种上了洋葱，现在有了上万棵小小的、绿绿的、刀锋一般的嫩芽在努力生长。”

这是一个奇怪的婚约。很浪漫，但是又不同于这个词在我以前的生活中的意义。以前“浪漫”与“诡计”基本是同义词。马克压根儿就不知道怎么才能有这样的关系。他在三年级的时候，给班上几个女孩接连写过又长又纠结的情书。男孩们在操场截住他，从他的口袋里摸出情书，在单杠上大声朗读。而这并没有阻挡他继续写情书。他那年最喜欢的女孩叫作克罗蒂亚，他用自己的零用钱给她买了一张闪亮的海报：白色独角兽在最显著的位置，背景是城堡和彩虹。当她腼腆地告诉他自己不能接受的时候，他又把它送给另外一个女孩。那个女孩也拒绝了，所以他耸了耸肩，把它带回家，挂在了自己的床上。他那时无所畏惧，现在也是如此。他从来就不知道什么叫作胆怯，也从不遮遮掩掩，一旦出发就不走回头路。我们第一次见面的时候，他就让我看到他是什么样的人，也从来没有隐藏他的意图。

因此，我们之间的浪漫有着崭新的、与众不同的起源，我们因为一个共同的目标紧密联系在一起，成为一个亲密的双人小团体。我觉得这就是在新兵训练营或者共同被流放的过程中锤炼出来的感情，尽管我们是被流放到了一片沃土上。我们早晨醒来，晚上睡觉，都在谈论家畜、种子、排水、工具，或者如何简化杂务，省略步骤，节省时间。我们是如此疲惫。有时候，在上床和入睡前的短暂时光中，我们的手指触在一起，我们把这个戏称为农夫的爱情。我当时想，如果我们一定要有孩子，那一定要在冬末，夜晚最长的时候怀上。

我的一生中从来没有这么脏过。农场的活儿总是脏的，而且超出了我以前对于脏的定义。我每天不仅要与脏的泥土打交道，还有血、粪便、牛奶、脓汁、我自己的汗水和其他动物的汗水、引擎油、动物油、内脏，以及各种不同程度的腐烂变质物。我对于恶心的承受底线在逐渐降低。在一个寒冷的春日结束的时候，洗澡的想法对我来说毫无吸引力。盥洗室没有供暖，离壁炉很远，而明天早晨还要挤奶。有几个晚上我跳上床钻进厚厚的被窝之前，只是把外套脱掉，扔在床下，这样第二天早晨在黑暗中可以很容易找到。我从城里带来的衣服已经缩减成一小抽屉，还没有损坏，留着在农场以外的场合使用，也就意味着我永远不会穿它们了。其余的一件件被放进日常穿着的箱子。我发现了丝质衣服保暖性能不错，这使我的那一堆贴身内衣有了新的用途。有些时候我穿着黑色V领羊绒衫务农，我曾经将这件衣服称为第一次约会专用衫。以前我十分宠爱它，每次必定干洗，用带衬垫的衣架悬挂。而现在它上面沾上了干草，肘部磨出了两个洞。

我任由头发长长，这并不是我的选择，而是因为无论是预约理发还是赴约理发，从来不是优先要做的事。我也忘了拔眉毛。我几乎不怎么照镜子，有一次照镜子我发现户外的劳作在我的眼周刻上了皱纹，侵蚀了我的面庞，让我脸色发红，并长了雀斑。我开始察觉到皮肤在眉毛上面的重量，脸蛋也在嘴边打了褶子。一切都发生得如此迅速。中间我有过几次抵抗，我会拔眉毛、保湿、去角质，会有一段时间感伤原来的自己，那个人已经消失在天际了。然后我又松懈下来，不去理会了。

三月是一个紧张而又略带危险性的时节，就好像两个冲突的国家的边境一样。让你烦恼的并不是冬季的荒芜，也不是春天的潮湿，而是中间青黄不接的时候。天气变化多端，有时夜里降到冰点，有时却有四十摄氏度，风把谷仓的铁皮屋顶吹得松动，而让马在牧场中变得狂野。在田地里，雪慢慢消退，每天将更多的领土让给泥泞。在车道旁边，尖尖的金属碎片堆从解冻的地面上露出了本来面目。在暖和的天气里，谷仓前面的泥很深，甚至能够淹没并陷住我们的靴子。坑坑洼洼的泥地变成一种威胁。融化的积雪让我们看到了两座小的建筑，它们已经被冬天的重量压垮了，坍在地上。我们来回走动，在湿漉漉的靴子中，脚冻得瑟瑟发抖。

在牧场上，山地牛长了虱子，他们用自己的角或者蹭在树上抓痒，一绺一绺往下掉毛，一块一块的粉红色皮肤显露出来。然后他们开始拉痢疾。从最庞大的那头阉牛开始，白色皮毛，长长的角。每隔几分钟他就要抬起尾巴，一股令人惶恐的棕色液体向后喷涌而出。两天之后，棕色的液体变成了深红色，其中带有条状的黏液和脱落的肠内碎片。阉牛的身体每况愈下，毛皮失去光泽，形销骨立。我们咨询了欧文斯一家，他们说没什么办法可以用，只能看看有没有转机，结果五天之后转机真的发生了。阉牛恢复得相当快，就像他病倒的时候一样，一开始是眼睛里恢复了一些神采，然后可以稍稍吃一些粗糙的干草，排泄物从激流缓解为细流。另外一头高地牛也得了痢疾，我们觉得牛群待在屋子里可能更好些，于是把他们挪进了东边仓库的开放式畜栏。第一天我们看到他们为了抢食干草而互相推挤。第二天早晨，一头一岁的阉牛独自站立着，拱起背来，瑟瑟发抖，看起来就像一把大口径手枪击中了他的肋骨。他是被牛角抵伤了。

我们打电话给欧文斯一家，尼尔和他的哥哥唐纳德一起，也过来看看。他们说，这头小牛的命运取决于角有没有刺穿他的肠子。如果没有，他很可能痊愈；如果伤到了，就没什么希望了。唐纳德和马克把他扛到了墙边，即使是一头小牛，他的重量对于两个大男人来说仍然是个很大的挑战。唐纳德用针管从伤口处吸取了一些液体，闻了闻。里面有粪便的气味，说明肠子已经破裂了。我们没有办法，只能马上杀了他。他被剥皮悬挂以后，我们可以看到伤口附近感染的那块肉，如此鲜活，简直就像霓虹灯一样。我们把伤口处的肉切下来，也切下了周围的肉，扔到地上。妮可猛扑过去，叼起肉走开了，好几天都看起来很欢喜。其余的肉我们切成了块，放在冰箱里冷冻。

寒冷潮湿的天气对其他动物来说也不好过。马蹄深陷在泥里，只能待在干草旁边，不能走远。猪的境遇最为糟糕，我们已经把他们从谷仓里移到了牧场上。马克把一个圆形的玻璃纤维灌溉槽切成两半，用一半给他们搭建了一个棚子，马克称其为小猪之家。我们在里面填上几捆干草，小猪在里面挤在一起的时候非常舒适，蒸汽从小棚子上面像烟囱一样的洞里升起来。但是在小猪棚外面，牧场非常潮湿，小猪把草搅进了深深的泥地，很快他们就像乌龟一样蜷缩着，尖尖的蹄子几乎陷入泥淖。我们在牧场与其临近的一块地势较高的地方围起了篱笆，他们暂时来到坚硬的地面上，就好像远航归来的水手刚刚下船的样子。一头棕色黑点的小母猪退缩了。她在原来的牧场上训练得太好，对以前的边界太过熟悉，电篱笆已经被移除，但她仍然不想越界。她紧张地来回走，发出咕噜咕噜的声音，而其他的猪已经在翻拱去年的草了。我们挤奶要迟到了，所以只能扔下她自己。两天之后，孤单战胜了恐惧，她穿越了界线。

有意思的是，在这个贫瘠艰苦的季节，竟然流淌着北郡一年的甜蜜。我们遇见了另一场暴风雪，厚厚的雪有一英尺，而后云层消散，夜晚结了厚厚的冰。第二天太阳出来，活力十足。马克和我正在吃午饭的时候，听到一层厚厚的冰从农舍的屋顶上脱落，接着是积雪融化，从屋檐上滴下来的声音。从此，我们的整个世界气氛随之改变。我们穿过边界，到环境更好的地方去。糖枫树中的树液正在滋长。

树液桶已经刷好了，插管也已经就位。我们计划把托马斯的树液槽装在一辆小马车上，由马拉着穿过树林。一切都准备就绪，只是树林里的雪太厚，轮子很难运行。我们需要一个雪橇——用欧文斯的话说，叫作蹦橇——而且越快越好。尼尔和唐纳德的父亲年轻的时候，家庭农场全部依靠马力，每个人都会制糖。如果说谁知道如何做蹦橇，那就是欧文斯先生了。

欧文斯先生与尼尔一起来的，年逾古稀，身材瘦削。他看起来就是尼尔的身量饱经风霜以后的样子，具有同样的精髓：坚毅，身形像蝗虫一样，球形的鼻子，斯波德陶瓷般的蓝眼睛目光犀利。我们见到的其他老农喜欢穿戴饲料公司的帽子和T恤，而欧文斯先生则与他们不同，他穿着很时髦，穿着斜跟箭头靴子，还有一件潇洒的西部风格衬衣。他牛仔裤后面口袋的钱包，用链子和皮带连在一起，这是卡车司机的风格。马克、尼尔和我带着他穿过机械车间和东边谷仓，让他参观一下，而他仔细看着，一言不发。他从小在离我们三英里的一个农场长大，在他过去的人生中一定无数次地看过这个农场，比我们更熟悉它的每一个角落。然后我们走进了西边谷仓，山姆和希尔弗正在马厩里，低着头吃干草。我看到欧文斯先生精神一振，从我们的队伍中走开，而这时马克和尼尔正在争论阁楼里能够装下多少捆干草。欧文斯先生触摸着挂在钩子上的挽具，然后向两匹马走去。他迈进马厩，低声吆喝着，用手抚摸着希尔弗的肩膀和前腿，然后退后，仔细看看这两匹马是怎么组合到一起的。他微微点了点头。

“他就是这么套上的？”他指着山姆问道。山姆较为高大，在马厩的左侧，希尔弗较为矮小，但很粗壮，在马厩的右侧。我点了点头。“为什么要这样呢？那是加拿大人的做法！”他不禁喊道，“我们都是把更为粗壮的马套在左侧。”他把一只手放在希尔弗的侧腹上，告诉我，他在十岁还是十一岁的时候就有了自己的第一组马。他父亲的马是身材高大的成年役马，而他的第一组马是一对佩尔什马–摩根马，一匹阉马和一匹母马，都是小马，但是脚力好，性情好，脑力也好。“摩根马就是这样，你知道的。”他说。他们可以在整个炎炎夏日都在他父亲的大马旁边干活儿，从不懈怠。他少年时期的第一份工作，就是用自己的一组役马将松散的干草从马车上利用抓钩运到草堆上。抓钩放在滑轮上，滑轮装在滑道上，可以返回草堆。他的小马十分伶俐，他把绳子绕在栏杆上，就可以让他们自己行动了。他们知道应该在哪儿停下，欧文斯先生那时候还被叫作小唐纳德，把抓钩上的干草卸下来，放在干草堆合适的位置，然后小马就会转身回到他们开始的地方，准备再来一次。给我讲这个故事的时候，他的脸生气勃勃，就好像在谈论初恋一样。之后他陷入了沉寂，面孔平静下来。

我们走向谷仓西面的树林，尼尔在前面开路，马克随后，拖着链锯。欧文斯先生在后面，身姿矫健，沉默不语，他头上戴的牛仔帽现在换成了针织帽子。我们在寻找美洲铁杉，当地俗称尖顶铁木，是一种沉重密实的硬木，结实耐用。欧文斯先生说，这是做蹦橇最好的材料了。在去往糖枫林的半山腰处，欧文斯先生抬起了先知一般的手，指向两棵十二英尺的小树，较细的一端微微弯曲，好像一直以来就立志成为滑橇，在地上尽情奔跑。

我回到谷仓把希尔弗带来，而马克用链锯锯树。我回到山上的时候，他已经锯下了三棵树，刚才的两棵小树，外加一棵笔直的白蜡树，这棵树注定会成为我们的辕杆。三棵树已经锯倒，并且被砍去了树枝。我们用伐木链把木材捆起来，系在希尔弗身上。他拖着三棵树回家，在雪地上行走，轻松得就好像把三根牙签运回家一样。

在机械车间里，我们把铁木滑橇绑在木支架上，在上面铺上了松木板，做成了一个坚固的平台，有八英尺长、六英尺宽。我们附近很多年都没有人做蹦橇了，所以当消息传开以后，邻居都过来看，有的带来了木工的工具，有的只是站在旁边看。蹦橇已经成形，橇身很低，接近地面，看起来很粗糙，却非常优雅，线条就像它们取材的树木一样自然。欧文斯先生指挥，指出哪里应该有更多的支撑，如何固定滑橇才能不偏不斜。我们准备安上辕杆的时候，在细节上却起了分歧。欧文斯先生坚持自己的意见，而其他人，包括他的儿子们、马克，还有在机械车间参观的一群年轻人，都认为欧文斯先生的方法有些不合逻辑。欧文斯先生很气恼，一声不响地走开了，之后一直坐在卡车上，所以很遗憾地错过了蹦橇的揭幕式。我赶着山姆跨过新的白蜡木辕杆，马克将四条拖曳绳索挂在平衡器上，我坐在带有自然气息的木板上，手里握着缰绳，马伸长脖子套上颈圈。在车道上，最初的几码[①]路走得很艰难，树皮从滑橇底部剥落下来，之后我们到达雪地，便开始自由奔驰。

那个时候，我已经与马一起度过了很多时光，有些其实并不容易，给马套上挽具仍然让我吃不消。我日复一日挣扎着将七十磅重的皮革和颈轭的一团乱麻举起来，放在马背上，而每天我都会打败仗。我可以将我的手绕过尻带和马鞍，每只手抓住一个颈轭往下拉，我曾经看到吉姆·库珀这样做。我还可以把颈轭搬到马的旁边，将它高举过头顶，沿着马肩隆一寸一寸地往前推。但是挽具其他的部分别扭地压住我的脖子，切断我向头部输送的血液，我会晕头转向，不得不从头再来，每一次

① 1码约为0.9144米。

胳膊都会疲惫不堪。我不喜欢让马克来帮我，以他的身高和力量，可以轻易举起挽具，放在马背上，就好像挽具是用细绳做的一样。我会用半个小时损伤我的脑细胞，把自己弄得筋疲力尽，之后才会去找马克，而他坚持说这只是技术问题。

挽具戴上之后，麻烦并没有结束。我再一次因为自己的傲慢受到了打击。我这一辈子都在骑马，青春期的大部分时光都在谈论马，或者阅读与马相关的文章，或者思考与马相关的问题。我认定所有骑马的技能和知识都可以天衣无缝地转移到役马上来，我只是从骑马者转变为役马者，从骑在马上转变为在后面驾驭。我是这么看的，马克有种植的经验，我有与马相关的经验，所以我们是一个精诚合作的小团队，没有理由不全心投入放手一搏，在第一个季度实现从无到有、积少成多的飞跃。我们在第一个冬天筹划蔬菜田的时候，计划垄条之间的距离是四十英寸。这个细节并不算重要，但是一旦付诸实践，就要强迫自己在整个季节仅仅依靠马力，因为拖拉机轮子无法适用于这样的间距。

当马克问我，我们能不能这样做的时候，我说可以，但也感到隐隐担忧——我已经出了几次小小的事故了。有一次我忘了把绳子系在山姆的嚼子上，就那样一直走到谷仓院子里，直到我无法让他跨过马车的辕杆时，才发现这一问题。还有一次，我让戴上挽具的马后退，走出马厩，正当我戴上手套准备驱赶他们走出谷仓的时候，我只能无助地看着希尔弗转过他的大屁股，与山姆面对面，山姆吓坏了，冲着我这边后退。在这种情况下，我手中的缰绳已经没有用了，只能凭运气了。幸好我运气不错，及时赶到马头处，趁他们还没有把嘴撕裂或者被绳子缠绕吓到自己的时候，让他们回到原来的位置。在那之后，我们加上了一根链条，挂在两匹马的后面，宽松地将他们的屁股连在一起。我们从一开始就应该采取这一安全措施的。

一旦他们被套上，我就发现他们比我在盖瑞家驱赶他们的时候更急躁。在寒冷的早晨，山姆总是使劲扯着嚼子，我的胳膊疲惫不堪。当我们停下来，把东西搬上马车的时候，我很难让他们平静下来，老老实实地站着。一开始的时候，我以为是他们还没适应新家，但现在我知道，是我自己缺乏经验，而且犯了一系列错误——有一些是愚蠢的大错，但大多数都是判断失误——使得两匹马对我失去了信任，我们每出去一次，他们对我的信任就流失一些。他们开始怀疑我是否能够胜任，老实说，我也怀疑自己。那时候其实我应该停止跟他们一起干活儿，让自己在一个经验丰富的役马者手下做一两年的学徒，但是在那个时候，这是根本不可能实现的。我们没有钱了，而且我们需要种植当季作物，这已经迫在眉睫，所以我只能假装可以胜任，并且尽量往好处想。

自从马来到我们的农场，我便每天套上马，去拉木头、拉干草或者拉粪，去做我能想到的任何事情，以此在种植季节到来之前积累经验。我认真研习马的行动方式，喜好憎恶，还有工作习性。山姆是一匹追求卓越的马，咬住嚼子，挺胸抬头，总是赶在希尔弗前面几英寸。我把山姆套在一辆马车上，把我们的垃圾运往垃圾堆，而我们刚刚上路，他就迈开大步，扬起脖子，就好像参加游行一样。我觉得他在自己心目中的形象是轻快、敏捷、骄傲的，是一匹阿拉伯马，或者一匹纯种马，绝对不是窄胸老迈的役马。但是他无论从事多么卑微的工作，都会尽职尽责，心甘情愿。希尔弗与山姆相反。他非常强壮，肌肉结实，脖颈就像打了类固醇的后卫球员，但是有些落后。如果我不小心谨慎地拉住山姆让他走慢一点，不驱赶希尔弗加快速度，希尔弗就会越来越落后，直到平衡器靠在马车上，他的拖曳绳索变得松弛，而山姆不得不拖动所有的重量。希尔弗最喜欢的步伐是缓慢沉稳的，但是如果他愿意，便可以拖动整个世界的重量。我第一次目睹他的能量，是在我们把他套上一辆旧马车，把劈的木柴运出树林的时候。那天树林里湿乎乎的，载重的马车陷进了一片半冻结的泥淖，几乎陷到了轮轴部位。我只有几个星期的役马经验，还不知道他们可以拖动多大的重量。而这次，我将了解希尔弗的专长所在，他天生就擅长做这样的事。他的耳朵向后翻，仔细倾听，而我让他们开始拖曳马车的时候，我看到希尔弗收紧了优美的肌肉，伸出强壮的肩膀套进颈圈，集中精神，站稳脚跟，努力往前拖，直到马车摇晃着摆脱了泥淖。只要希尔弗在，我们就根本不需要卸下马车上装载的东西。

蹦橇完工后的第二天，天气过于寒冷，不宜提取枫糖。地上还有新近的雪，天气晴朗，阳光灿烂，马也觉得活力十足。我们从杂草中找出来一辆破旧的马车，经过修缮，将马套在了车上，但是他们有些不安。我们走到农场小路上时，他们加快脚步，甩起头来。我们要到农场的中央去运些护根干草来，干草被放在一个铁皮大谷仓的房顶下，已经在那里堆了好几年了。我坐在车上，马车沿着小路嗖嗖地飞驰，绕过西边谷仓，来到了一块平坦的高地上，在这里可以俯瞰我们称为绵长牧场的那片土地。小路在小山上蜿蜒而下，沿着一片带有鹿脚印的低洼冻结的沼泽，进入了那片五十公顷的田地。

贮藏干草的谷仓两边都有入口，有铁皮的地方已经松动了，在呼啸的狂风中摇摇晃晃。我在谷仓里看管役马，坐在马车上，手里握着缰绳，而马克将干草捆搬到马车上，堆放起来。铁皮晃动的声音使得马儿颇不耐烦，而我没怎么注意马克堆放的干草，等看到的时候已经有五层楼那么高了。我不确定他们是否能够拖动这样的重量，尤其是还要翻过回家路上的一座山。“我们只有一种方法才能知道！”马克说着，又开始垒上另外一层楼。在我的感情生活中，我一直认为自己是更爱冒险的那一个，想要做得更多一些，待得更晚一些，酒再多点一巡。我现在明白，我要嫁的这个男人才是。他习惯于通过跌落下去来寻找事情的边界，用一个指头抓住，然后爬上来。

返回谷仓需要走一英里路，而马克坐在草堆的上面，离地面有十二英尺。我在马车前面赶车，他在干草捆里给我弄出来一个可以坐的角落，高高的草堆就在我后面。在平坦冰冻的地面上，山姆和希尔弗拉起车来轻而易举，但是我们开始上山的时候，他们就加快了步伐。他们想要小步快跑，积蓄动力，拉起车来可以更容易些。地面很滑，我其实应该让他们继续慢步走，但是我当时并不知道，所以任由他们小步快跑，而他们又加快了速度。走到半山腰的时候，我们碰到了一个坑，我感觉到草堆在我后面向侧面晃了一下，之后我听到马克大叫了一声，就在我头顶上方。我向后看去，看到草堆在左右摇晃。这样一来，我的注意力从马身上转移到后面，而他们则抓住了这个机会，加速快跑起来，山姆在以紧凑的步子小跑，而希尔弗就像疯了一般快步前行。我们在路上又颠了一下，整个干草堆都翻倒在地，马克也随之摔了下去。我吆喝马儿停下来，他们不明白为什么拖动的重量突然减轻了。希尔弗转过头来看，而山姆站立着，侧耳倾听，看起来很焦虑。一时间非常安静。我不确定马克是在干草底下还是掉到了沟里，不知道是死了还是重伤。然后我听到笑声从草堆的另一侧传来，他突然冒出来，身上都是雪，而希尔弗频频点头，仿佛领会了这个笑话的精髓。

糖枫树，就连这三个字也是如此美妙，如此甜蜜。从山上看，透过光秃秃的树干，可以看到树篱隔开的一畦畦田地和一片片牧场，延伸向一英里之外的湖畔。农舍是温暖的鲜奶油色，与蓝白色的雪相映成趣，所有粗糙的边缘都变得平滑，就像半老徐娘在烛光中风韵犹存。在糖枫树林中，山毛榉树叶的沙沙声，马的挽具碰撞的叮当声，还有我们的声音，都被雪吞没。安静地站在马的旁边，我觉得自己就像走进了大自然的卧室。

阳光非常温暖，但是雪非常深厚，马儿努力开路，重心后移，前腿高高抬起。他们仍然没有换下冬季的厚毛，很快就汗流浃背。我们冲破积雪时，雪在蹦橇的前端涌起，到我坐的地方落下，就好像波浪在船头翻滚一般。蹦橇上堆满了桶和桶盖，还有一盒细金属导管。

开出一片糖枫树林是一个淘汰的过程。一年年、一代代过去，白蜡树、松树和桦树被砍伐，留下糖枫树独享阳光与营养。糖枫树无拘无束地生长，老树的树干长得很粗，你双手合抱，也还不到树干的一半。树冠自由伸展，开阔优雅，形状犹如花瓶，幼儿园的小朋友画的树通常就是这样的。斯普林一家在二十世纪八十年代以前是农场的主人，也是利用这些糖枫树的最后一个家族。他们开出了一条好路，是南北走向，将糖枫树林一分为二，而另外一条路延伸到山上，东西走向，形成了一个长臂十字架形状。在十字架两臂之间的东南角，有一条蜿蜒崎岖的小路，那里的糖枫树最为密集，山坡也是最陡峭的。

五年前，一场特大暴风雪使北郡瘫痪了一个星期，糖枫树林也损失惨重。一些糖枫树折断了树梢，或者最大的树枝被压断了。我和马克几个下午都在清理路上的残枝断木，掐断旁逸斜出的树枝，否则马儿通过的时候可能会伤到眼睛。马克对树十分狂热，他小时候收集各种树枝和树叶，将它们贴上标签，收进影集。他曾经为糖枫树的标本贴上亮粉色的丝带，标出对生枝条，每一个树枝都对应着一个孪生树枝。他说这种特征只有糖枫树、白蜡树和山茱萸才有。年幼的糖枫树有着平滑的灰色树皮，就像大象的皮肤一样，而老树的树皮变厚，上面长满了重叠的鳞状物。

马克在雪堆中艰难跋涉，在树与树之间穿梭。他在树上钻出一个十六分之五英尺的孔来，角度微微向上，这样树液就可以滴出来了。然后他将一个小金属导管敲到孔中，那里已经开始涌出树液。他把桶挂在导管上，盖上一个小铁皮盖子。我们就这样沿着主路往前走，马克在山坡和蹦橇之间跑上跑下，拿走蹦橇上的桶和导管，而我驱赶着马儿开出路来。糖枫树林东南角的路蜿蜒起伏，堆满了厚厚的积雪，我们决定不去冒险了。

那时候糖枫树林的一半已经钻了孔提取树液，马儿汗流浃背，喘着粗气，蒸汽从马背上升腾起来。希尔弗的情绪变得暴躁，尽管我们跟他一样也在卖力干活儿。下午的时候，我们完工了，挂上了一百七十只桶，但是希尔弗已经闹罢工了，耳朵平躺在子弹一般的大脑袋上，一只后蹄踢着拖曳锁链。我不得不好言相劝，即使是下山回家，也要我哄着，他才肯拉着蹦橇。

糖枫树液中多数是水分，糖分含量平均是百分之四。要想提取一加仑的糖浆，需要四十加仑的树液，而所有的水分只能以蒸汽的形式一点点清除，这就需要大量的木柴。我和马克把马安置在马厩里，给他们潮湿的背铺上毯子，然后着手处理柴堆，把一根根晒干的白蜡木材劈成碎片，成为引火木柴，直到柴堆堆得太高，摇摇欲坠，最后倒下来。我们已经筋疲力尽，才上床睡觉。我听到的最后一个声音是天气预报，晚上将会有严酷的霜冻，而第二天晴朗温暖，阳光灿烂。第二天早晨，我们跑到山上查看最近的一棵树冠开阔的树，发现树液正在快速流淌，不像预期中那样一滴一滴落下，而是形成了涓涓细流。

下午的时候，情况最好的树上挂着的桶，已经满了四分之三了，我们将树液槽绑在蹦橇上，出发前往糖枫树林。希尔弗养精蓄锐，吃饱喝足，放弃了抵抗，准备全心全意投入工作。在山上，马克循着昨天的足迹在树与树之间穿梭，摇摇摆摆地回来，两只手上各拎着一个满满的五加仑的桶。他把桶里的树液倒入蹦橇上的树液槽中，里面装着一个过滤器。到季末的时候，天气暖和起来，桶里的树液就会变成脏脏的黄色，里面都是死掉的虫子和飞蛾，在这致命的甜蜜中溺亡。但是在这个时候，第一轮树液清澈澄净，就像山泉水一样。马克把一个大桶抬起来放在嘴边，别扭地品尝着，树液沿着他的脸颊流下来，流进了毛衣，还有脖子后面。我把缰绳递给他，从赶车的位置上跳下来，直接把我的嘴伸进了一个装满树液的桶。第一轮树液的味道清凉甜美，带着树木的清香，足以激发充沛的灵感，为这种味道写下赞美的诗篇。

三个小时之后，我们带着一整槽的树液下山了。我们把树液都倒进了一个二百五十加仑的不锈钢贮藏箱，这是我们从一个已经废弃的农场中找到的，用锁链悬挂在亭子的房梁上。

从树液中提取糖浆并不复杂，你需要做的就是不停地熬煮。树液变得越来越浓稠，直到糖分含量达到了百分之六十六，那就是糖浆了。任何人只要有锅有火就可以提取出糖浆来。但是，要想一次处理二百五十加仑的糖浆，而且想让整个过程快一点，就需要一些特殊设备了。

蒸发器由两部分组成：一是烧火的炉拱；二是在顶端的锅盆，用来盛放熬煮的树液。我们的蒸发器的炉拱有六英尺长、两英尺宽。锅盆是不锈钢制成的，底部是个凹槽，可以增加受热面积，加快蒸发的速度。蒸发器装有几个浮球和阀门，这样树液中的水受热蒸发后，未经处理的树液可以持续流进锅盆，对流失的液体进行补充。锅盆内部装有隔板，这样煮沸的树液可以从锅盆的后方流向前方，在这个过程中变得更加浓稠。当浓稠的树液到达锅盆前部时，就会流进一个单独的区域，叫作收尾盆，并接受严密监测。当收尾盆中的温度计显示的数字比水的沸点高七摄氏度时，就是糖浆了。你可以用一个液体比重计测量树液的密度，进行再次确认。提取糖浆没有犯错误的空间。如果糖浆太过稀薄，就会变酸，而太过黏稠的话，就会在罐子里结晶。提取完糖浆之后，就把它倒入一个毛毡似的过滤器，去除里面沙砾一样的矿物质，这种东西叫作糖砂，味道极差，而且会使糖浆变得混浊暗淡。

这个星期非常适合制糖。每天晚上，温度跌破冰点，白天暖和起来，回到零摄氏度以上。我们中午套上马车，到糖枫树林将树液取回来。那个星期快结束的时候，雪几乎全部融化，我们把树液槽从蹦橇上转移到了马车上。

我喜欢操作蒸发器。马克正忙于将木板钉在一起，开始培育我们的种子。所以，黎明之前我要开始安静、孤寂的工作。我在城市里从来不早起，但在农场上我逐渐爱上了太阳升起之前的户外生活。我觉得我在与周围的万物分享某种秘密，那时候鸟儿尚未在林间飞翔，泥土还在地上沉睡。我随身带着食物以保持体力：法式压滤壶里装着浓缩咖啡豆，不用水煮，而用煮沸的树液，这是一种口味非凡的饮品，只能小口啜饮；我还带了一打鸡蛋和一瓶盐。托马斯·拉方丹教我一种方法，将鸡蛋一个个放入收尾盆，它们会因为高温而裂开，浓稠的树液沿着裂口渗入，煮蛋变得香甜，之后用长柄勺捞出来，剥开皮，在上面撒上盐，趁热吃。我还带了一盘泡菜，万一我不小心食糖过量，可以作为解药。

我一边哼着歌，一边调整蒸发器的阀门，清理火箱中的灰。我把报纸揉成一团用来引火，转身找火柴的时候，突然一只鸟从火箱里冲出来，离我的脸如此之近，我都能感觉到振翅的气流拍打在我的脸上。我看到黑色的翅膀闪过，听到一声惊惶的鸣叫，然后消失不见。“幸运的鸟儿！”我冲着它喊道，然后用火柴点燃了报纸。

温度迅速升高，两三分钟的时间里，蒸汽就已经从装满树液的锅盆中升腾而起，形成甜蜜的雾气。又过了几分钟，表面开始剧烈翻滚，蒸汽形成一个密实的气柱，锅盖上面的孔已经不堪重负了。蒸汽沿着房梁溢出，填满了房顶下面的空间，形成厚厚的云雾，在横梁上凝结，太阳升起的时候，开始滴在我的头上。

最后，我发现农场上我天生擅长的东西了。在屋子里，马克总是抱怨我把火烧得太热。他说得确实有道理。我曾经在壁炉厚厚的铁壁上烧出了几个洞，还有一次把房间弄得温度太高，炉灶旁边架子上的蜡烛都融化了。马克从来不觉得冷，他对于我过度使用木柴感到担忧，每次都故意坐在离壁炉尽可能远的地方，脱掉外套，只剩下一件T恤。我觉得舒服的温度，他就会出汗。作为妥协，我便在房间里有限度地生活，但是蒸发器的全部精髓就在于开足火力，正是我喜欢的那样，就像一个奇异的火海一般。我每隔几分钟就往里添细长的木柴，就像筷子一样燃烧。我的膝盖很快就觉得刺痛，烤得发红。

我开始全心投入有规律的工作，烧火，撇去锅盆上方的浮沫。浮沫太多时，就像一锅燕麦煮沸溢出时那样，加上一块猪油，浮沫就消失了。检查锅盆里树液的剩余量，检查收尾盆中的温度计，烧火，撇沫。一旦火烧起来，你就不能离开蒸发器，一小会儿也不行。如果锅盆里没有了树液，或者阀门卡住了，锅盆烧干了，火焰就会吞噬薄薄一层的锅底，烧毁你昂贵的装备。我从来没有见过这种事发生，但有人曾经这样告诫过我。还没到中午，贮藏箱里的树液就变得很少了。我不再往里添木柴，让火慢慢熄灭。四加仑的新鲜糖浆就储存在夸脱罐中，这一上午干得还不错。

四月上旬，糖枫树开花，糖枫树林笼罩着一片朦胧的红色。开花以后，树液变得很苦，这就意味着制糖季节的结束。我们总共制出了五十加仑的糖浆提供给会员，足够我们所有人享受来自当地的甜蜜。我们不再迎来寒冷的夜晚，而是渴盼温暖与绿意。农舍的地下窖里，鲍勃在初冬时节给我们带来的块根蔬菜已经所剩无几，只余下少量橡胶一般的胡萝卜、马铃薯和洋葱，而要再过几个星期，土地才能变暖，我们的第一批新鲜绿色蔬菜才能生长出来。我在厨房里寻找食材来做晚餐，但是没找到感兴趣的东西，只有我们上次杀猪时熏的一片培根。家里也没有面包了，只有半袋从商店里买的大米。“没什么可做的，”我告诉马克，“就这点东西，即使是你也没法做出一顿体面的晚餐。”他带着枪走到外面，我听到几声枪响，然后他从车道上回来，拿着四只奄奄一息的鸽子。

我手里捧着一只鸽子，仍然温暖柔软。我觉得城市里的鸽子无处不在，但是我从来没有注意过它们的美。我意识到，如果它们非常稀有，我们会给它们画像，赞美它们的颜色：暗蓝灰色的羽毛带有一丝薰衣草色，颈部是彩虹的颜色。我在城市生活的时候，根本就不会去碰鸽子，就算付给我钱我都不干，更不用说吃鸽子了。但我对饲养肉用家畜需要花费的时间和精力有了新的了解，所以在这种情况下，我非常感激大自然帮我们饲养了这些鸽子。另外，我知道这些鸽子吃的是什么，并不是垃圾或者从某个怪老太袋子里掉出的面包碎屑。我曾经目睹它们整个冬天吃的都是我们喂养猪和鸡的昂贵有机谷物。它们吃得太胖，几乎飞不起来，而且数目变得十分庞大，落在谷仓上的时候能够遮蔽整个屋顶。它们在东边谷仓的圆屋顶上筑巢，猫可望而不可即，只能焦急地卷着尾巴在下面虎视眈眈。

在房间里，我们将鸽胸去骨并清洗干净。总共有八片肉，每一片都如核桃般大小，呈暗红色。我煮上一锅大米，从鸽腿上拔掉零散的羽毛，把爪子砍掉。我把鸽腿、小小的鸽心、鸽背、鸽肝、切片洋葱、半个胡萝卜和一枝干燥的百里香加上水，放在炉子上小火慢炖，做成高汤。我再给一大锅切片洋葱炒上一层焦糖，而马克正在将每片鸽胸外面裹上一片薄得像纸的培根。鸽胸放在烤箱里，加热的时候培根的味道也慢慢渗入。我做了深色调味酱，用鸽子汤稀释，加上切碎的内脏、盐、胡椒和一些干鼠尾草，还有从谷仓后面的树上拾取的碾碎的杜松子，再加上少量波本威士忌和枫糖浆。这顿东拼西凑的晚餐，就好像在旧货店淘来的衣服一样，既优雅又夸张。马克往我们的盘子里放上米饭，然后放一层焦糖洋葱，接下来是每人四片鸽胸肉，再加上一大勺深棕色富有光泽的调味酱。鸽胸肉跟鸡肉的味道相去甚远，但仍然属于禽肉之列：肉质密实，颜色与牛肉一样，野味十足。整体来说，这顿晚餐是为了庆祝枫糖收获，与季节互相搭配，就像其他人用酒搭配菜肴一样。糖浆的甜蜜和熏培根唤起了我对蒸发器的回忆，而波本威士忌赞颂着冬季的结束和春天的到来。

农场是一个控制欲很强的东西。没有可以称作结束的事情，工作接踵而至，没有尽头。只有现在必须做的事情，没有可以一会儿再做的事情。农场在不断威胁你，让你在能和不能之间疲于奔命：现在就要做这件事，否则某种生物即将枯萎或受损或死亡。这真是赤裸裸的胁迫。

我们一整个星期都在争取补上在制糖期间延误的工作。周末来临的时候，我们还有一头阉牛要宰杀。就在精疲力竭的崩溃边缘，我们决定把牛宰杀并挂起来之后，要休息半天，乘轮渡去佛蒙特州吃午饭。我想象着坐在餐厅里，让别人为我服务，这可是一个奢侈的想法。如果我们在十一点之前完成，就可以及时赶回来，晚上给母牛挤奶。

马克和我在晨光熹微时就把肉牛群从牧场赶到了临时的小围场，我们在周围设置了电护栏。一头牛沿着围场嗅了嗅，闻了闻空气，发出哞哞的叫声。这是一头高地斑点牛，身量庞大，名字叫作鲁伯特，睡眼惺忪，牛角像树根一样粗。已经下了一夜的雨，现在仍然在下着。这三十头牛四处乱转，不一会儿，我们干净整洁的围场就变成一片泥淖。马克回到家里去拿枪，我站在那儿看管牛群，穿着的雨衣和雨靴在往下滴水。其中的一头牛叫作芭可，活跃而躁动，即将进入发情期。她有一半高地牛、一半荷兰带牛的血统。不知怎的，她承袭了两方的神经质基因，可以像一匹马一样跳跃起来。我们移动牛群的时候，其他的牛都在从容缓慢地行走，而芭可却又跳又踢，全速奔跑，有时候猛然栽到护栏上。她到农场不久后的一天早晨，就失去了半条尾巴，当她抬起剩下的半条尾巴时，血还是会从伤口中喷溅出来。我在草丛中发现了她失去的半条尾巴，我们能想到的唯一解释，就是她旁边的牛在她睡觉的时候踩在了她的尾巴上，而她感觉自己陷入困境，开始恐慌。于是这头拖着半条残破尾巴的神经质母牛在我们简陋而泥泞的围场中发情了，这可不妙。鲁伯特从后面嗅着她，他的嘴唇向后翻，呈现出一半色情一半滑稽的费洛蒙反应，将母牛和小牛挤到一边。芭可那时还没真正地发情，还不乐意地接受公牛的求爱。而现在她从围场的一端狂奔到另一端，发出呻吟的声音，身后跟着费洛蒙公牛。她的眼神比平时更反常，发出耀眼的光芒。

我决定去谷仓拿一些干草，希望吃点东西以后他们能够平静下来。走在半路上，我听到爆裂声，随后便是一阵嚎叫。角柱——一个两英寸见方的橡木桩——猛然折断，一段电护栏也垂下来，在地面上噼啪作响。芭可站在缺口处，鲁伯特跟在她身后。她对局势考虑了一会儿，然后，她跳了出来，真不愧是芭可。鲁伯特紧随其后，依靠粗壮的腿，沉重的身躯跳跃过去，两头年纪大一些的母牛和她们的牛犊受到群居本能的驱使，也跟着走出来了。其中一头小牛的后腿碰到了噼啪作响的护栏，塑料线被拉长绷紧，然后断掉了。这样一来，较小一些的护栏也报废了，牛群自由自在地拥向了无拘无束的空间。在最开始的几秒，他们不知道拥有这样的自由之后应该怎么做，我想我可以糊弄他们一下，让他们从缺口处回到受到破坏的围场里，让他们待在那儿，等到马克回来。但是他们很快就恢复了行动力，成为牛毛和牛角的河流，沿着车道流向道路。

他们几乎要走到农舍来。马克拿着枪出来的时候，他们正在向他轰隆而来。他们看见了他，转身向右，来到了前面的草坪。现在他们基本上是被三面包围着，坚固的牧场护栏、谷仓和小溪。牧场的护栏中有一个栅门，是开着的，所以我们要做的就是把他们赶过去。我们都想起了流传的一个故事，那年春天，在韦斯特波特的一个农场里，一群牛失去了控制，在院子和花园里大肆破坏，变得愈加疯狂失控，直到主人最终叫来了一个猎人，用枪把他们打死了。损失十分惨重，那群牛被打得支离破碎，唯一的选择就是埋了他们。那些也是高地牛。

所以，我们蹑手蹑脚地接近他们，试图遮挡农舍另一侧的逃跑路线，让领头的牛看到牧场的美味青草。他们哞哞叫着，原地转圈，不知道该怎么办。然后，我们友好的老朋友鲁伯特跨过了栅门，芭可、几头母牛和她们的小牛也跟随着进去了，之后其余的牛也都向着栅门走去。马克和我在他们身后相视而笑。牛群在牧场上悠闲地踱步，我们几乎成功了，但是芭可再次点燃了混乱的导火索。她沿着护栏又跳又踢，煽动着其他的牛。之后一群牛都开始随着她奔跑，如果局势没有这么严重，场面还是很滑稽的。他们看起来就像提华纳（墨西哥西北部城市）酒会上喝醉了的一群胖胖的中年主妇。还有五头牛挤在栅门这边，我们所在的一侧，前面被堵住，挤不进去，直到群居的本能征服了他们，他们才跟随着母牛奔跑起来——当然是在护栏之外，他们向道路跑去。

马克和我呼吸急促，协商之后决定由他跟着牛群到牧场去。他把牛群移动到新牧场的时候，他们习惯于追随他的声音。所以，这一次他也许能把这群散乱的牛赶回谷仓。我负责后备计划，从侧翼包抄牛群，截在他们和道路中间，让他们转身，驱赶他们沿着护栏后退，穿过栅栏回去。没有时间仔细思考了，我拿起一根大棍子就跑起来。阉牛一时间在溪流和树林之间迷失了方向，看不见母牛了，让我有时间绕过他们，在离护栏几码远的地方站定。然后他们又看到了母牛，绕过牧场的转角，向我冲过来。

我那时候已经学到了一些怎么和牛打交道的知识，牛群会如何行动，为什么会这样行动。我在书中读到，要想让他们对你产生畏惧，必须看起来越庞大越好，而且必须直视他们，盯着他们的双眼，就像掠食者那样。你必须完全相信他们会服从你，无论如何你都不能显露出疑虑或是恐惧。你可以大声冲他们低沉吆喝，但是尖叫就不好了。阉牛向我冲过来时，我想的就是这些。个头最大的阉牛在最前面，其余的在两侧，形成紧密的箭头阵形。所以我坚定地站着，自信满满，两脚张开站立，胳膊和木棍伸展开来，用低沉的嗓音大声吆喝着，然后领头的阉牛低下头向我撞过来。

我在高中时做啦啦队队长的经验帮了大忙，这在我的农场生活中是第一次。那头阉牛撞到了我的胯下，抬起头来将我抛向空中。我收紧下巴，开始向后翻。我觉得我一定是翻了一半，因为我是屁股着地的。我受到了些惊吓，但是并没有受伤。其他阉牛停下来，盯着我看。周围忽然陷入沉寂，我坐在地上，听到马克在向牛群呼喊：“来啊，来啊，牛儿，来啊！”阉牛也听见了，在护栏之内的牛群也听到了。他们奇迹般地顺从了马克。我站起身来，拍了拍身上的土，跟着他们穿过沟渠回到了栅门那里，阉牛迫不及待地回到了牛群之中。

我们花了几个小时重新修建围场，将新的角柱砸进湿润的土地，在电护栏外面修建了一条巷道，让牛群通过这里来回移动。我们挤完奶，喂完马，跌跌撞撞地回到床上。我们要宰杀的阉牛又能多活一个星期了，而我们的餐厅午饭也成了泡影，就像那一天一样，一去不复返。

农场上永远有干不完的活儿。我们的小火鸡到了，而一只凶狠的浣熊学会撬开房门，闯进育鸡室。之后一头猪不进食，倒在猪舍里，身上满是菱形的疹子。这是丹毒，本不应该在我们这个区域出现，携带者是从中西部运送过来的小火鸡。跟这些紧急事件相比，我们人类微不足道的需求，比如洗衣服，比如给家具掸灰，比如计划即将到来的婚礼，简直无法相提并论。但是如果你有一点不小心，农场可以迫使你去相信，你根本没有时间用你种植出来的食材做饭。那个春天有好几个星期，我和马克干活儿干到很晚，而且筋疲力尽，我们会开车到镇上买一包薯条和一张比萨，外皮软塌塌的，味道也很没意思。我可以忍受脏衣服，可以不筹划婚礼（我本来也正在逃避这件事），可以不给家具掸灰（说实话我也从来不喜欢干这个）。但是，如果我吃不上我们自己种植的食物，就没有继续下去的意义了。我们进行了一次摊牌的谈话，对这一点达成一致，从那以后，我们每天要给自己至少好好做一顿饭，通常都是在中午，把这件事当作头等大事来看。我们也制定并执行了周日不务农的规定。早晨和晚上仍然有杂务和挤奶的工作，但是其余的时间我们要留给人类，留给一对小夫妻享用。

有几个周日我很沮丧，想要远离农场，做一些轻松熟悉的事情。我以前的娱乐活动所剩无几。镇上没有咖啡馆，没有书店，没有有意思的小酒吧。在城市里，我平均每周看两场电影。在这里，最近的电影院有一个小时的车程，在商场的边缘，挨着一条油乎乎的小吃街。上映的剧目十分单调，烂烂的恐怖片、烂烂的高中喜剧，还有儿童电影，你方唱罢我登场，就这样循环下去。每隔几个星期，我仍然会渴望娱乐活动，我会把粪便从靴子上刮下去，强迫马克上车，向北开去。马克原则上不喜欢开车，装出一副宽容的表情，但回答我的问题只是简短的一两个字，来强调他为我做出的牺牲。但是我们一旦坐在电影院里，从播放预告片开始，他的下巴几乎就要掉下来，完全沉醉其中，无论电影有多么难看，他都是如此。我意识到，他跟我们不一样，对活动影像完全没有免疫力。他的父母没有电视，而他在看过《E.T.》之后，就没怎么看过电影了。你就是把他放在爆米花广告前，循环播放，他也能目不转睛。这对我来说简直是一种侮辱。最终是我厌倦了看电影，开车回家的漫漫长路上，我觉得非常空虚。

最终消失的旧习惯就是购物了。我在一个星期里会感觉到购物的需求逐渐积累，心里痒痒的。我指的不是购买衣服或鞋子，或者人们经常从事的任何消遣性质的购物。我指的是路过闪亮的新商品时，那种莫名的满足感和舒适体验，那种以钱易物的日常活动。在城市里，大多数地方都有东西出售，离开公寓之后几乎不可能不买点什么——一张报纸、一杯咖啡、韩国市场上的一束鲜花。如果我几天没有买任何东西，眼睛没有看到任何商品，甚至车没有消耗汽油，我就会有一种与世隔绝的疼痛感。而在农场上，十英里以内唯一可以购物的地方就是一个杂货店和一家五金店。周日我会去杂货店逛逛，沐浴在灯光和背景音乐中，我推着手推车在过道中流连，但越来越频繁地发现，我想不出任何我们真正需要的东西。没有一件东西是我真正想要的，购物车依然空无一物，直到走到收银台前，我才会买一本《人物周刊》（*People*），还有熟悉的枕头一般厚的周日《纽约时报》（*New York Times*）。我越来越喜欢周日待在农场里，跟马克在牧场上散步，回去与我们信任的三个老朋友待在一起——床、火炉和桌子。

我们试图搞定这个庞大艰难的计划，将其从理论付诸实践。我们坚持着一个信念，要创造一个为还没影儿的年度订购者提供种类全面的食物的农场，同时唤醒这片古老土地的灵魂。这个想法可以说是大胆的，也可以说是愚蠢的，取决于你喜不喜欢冒险。这就要求马上建立一个错综复杂的农场，投入各种各样的基础设施。马克的种植经验非常丰富，但我们的家畜饲养技术几乎为零，在役马方面是新手，对于马拉机器一无所知，而且不得不依靠役马，没有退路。据我们所知，世界上还没有这种提供全套饮食的先例。我们不知道该如何定价，或者是否能够卖掉。我们已经没有后退的余地了，花光了所有的积蓄，存款余额少到能记在脑子里。土地开始回暖的时候，余额基本上是两位数。我们为之奋斗的农场只是一个虚构的未来，希望渺茫，但是我们都爱上了它，就像一对父母爱着尚未出世的宝宝一样。我是一个新手，一无所知，但是我一生中从来没有对一件事如此上心过。

我也爱上了农场的工作，尽管这让我过度忙碌。世界对于我来说从来不曾如此混乱、如此困扰，面临的选择如此令人迷惑。我发现，如果把重心放在土地上，我会更快乐一些。我第一次能够清楚地看见我的行动及其结果之间的联系。我知道为什么我要做现在在做的事情，而且我坚信不疑。我感觉到我以为的自己和行动中表现出来的自己之间的鸿沟，我与真实的自己越来越近。我感觉我的身体正在改变，以适应我的需求。我可以举起挽具放在山姆的背上而不会让自己窒息。我可以提着满满两只五加仑的桶，像一个中国农民那样摇摇晃晃地在过道上前行。我以前总是被光鲜但空虚的瞬间满足感所吸引，而现在逐渐学会在无限的挑战中找到平静。

但是为什么，为什么激情常常导致冲突呢？随着农场渐渐成形，任何事都可能引发我和马克激烈的争论。我们发现我们有不同的愿望、不同的恐惧、对农场不同的设想，而且我们都太过固执。我们失去了白天宝贵的时光，为如何建猪栏或者马应该在外面还是在里面过夜争吵得不可开交。“但是务农是我的艺术。”每当我们最终都垂头丧气、即将落泪的时候，他就会这样说。最开始的时候，我觉得这句话实在太过自命不凡，简直荒谬。像我们这样天天在泥里打滚，一身臭汗，离艺术还能更远些吗？后来我参观过各种不同的农场，见过各种各样的农夫，我不得不承认这一点。农场是一种表达方式，是农人内心世界的外在体现。农场会揭露出你是什么样的人，无论你愿意与否。这就是艺术。但是马克的这张王牌仍然是废话，如果农场是一种艺术，就应该是平等个体的通力合作。

我是消极进攻的争论者，喜欢避开直接冲突，柔和地处理不满情绪。马克则是直白而坚决的争论者。他会紧紧抓住分歧不放，一直忧心忡忡，前后思量，直到找出问题的症结。于是我知道，这些争论总是与我们最基本的恐惧相关。我主要担心的是钱的问题，我害怕贫穷，害怕债务。看起来我们的利润顶多也就是微薄，而且我认为支付利息会让我们成为金钱的奴隶。我不想最终被一堆旧账单埋葬。我曾经有过负债的历史，对于历史重演有一种深刻的恐惧。而马克与钱的关系一直轻松愉快，一部分原因在于他对有没有钱没有什么特别的执念。他就算住在公园的长凳上也可以很开心，我这样跟他说，他并没有否认。但是他跟钱打交道的历史确实比我健康得多。他曾经贷款在宾夕法尼亚开农场，很早就还清了。他还曾经从微薄的农场利润中攒下足够的钱，在我离开城市前往纽帕兹的时候帮我还清了最后一笔欠款。他的恐惧不是负债，而是过度劳累。他曾经目睹过这样的事在别人身上发生，农场规模扩大、速度提高，但是也压垮了农夫。他担心我们会被沉重的工作压得喘不过气来，找不到任何乐趣，或者他以自己喜欢的方式耕种的自由受到限制。他说，这种自由比所谓的安全感对他来说更有价值。他喜欢引用曾经在他手下做过学徒的一个农夫的话，说有机农场的失败一般不是因为破产，而是因为过度劳累或者离婚。我对前者不太确定，但如果我们继续像这样争吵下去，我们就离后者不远了，而婚礼甚至都还没有举行呢。

有一件事我们必须达成一致，该到征集会员的时候了。我们做了传单，将它贴在镇公所前面的社区布告栏中。我们提供全面的饮食，包括牛肉、猪肉、鸡肉、鸡蛋、牛奶、蔬菜、面粉、谷物，以及干豆，还有我们美妙的枫糖浆，从八月的第一个星期开始。我们到那时就应该把农场的各个部分整合完毕，开始收获大量的蔬菜。在八月前签约的会员可以每周来农场取走自己的肉、牛奶、蔬菜和那时候可以提供的其他食物。在制糖期结束和耕种开始的间隙，我们把重心转移到营销上来。

我们面临着很多不利因素。我们在这个保守的小镇初来乍到，这个小镇在过去的几十年里目睹着一个个优质农场的失败。我们推出的激进、孤注一掷、全年会员的模式，即使是在农业最发达的地方，也从未得以尝试。我们是要求人们将数千美元投入到无法保证的承诺之中，有可能有去无回。以我们索取的价格，如果仅仅作为日常食品的辅助，这个社区的大部分居民都支付不起。他们只能像我一样，放弃推着购物车在过道中徜徉的舒适而熟悉的经验。厨房中的核心问题将从“我想吃什么”变成“有什么可吃的”，待在厨房的时间——进行筹划、准备、烹调——将呈指数增长。另外，我们的无霜种植期只有一百天。想在种植期以外吃到易腐坏的食物，就要在新鲜丰富的时候进行罐装或者冷冻。如果你有充裕的时间，那这些事情还是挺有意思的，而且很有满足感。但是，如果你做全职工作，还要满足孩子的需求，就会觉得吃力而乏味了。也许最重要的是，农场食物本身跟大多数人视为食物的东西有着天壤之别：没有五光十色的包装，不是预先切好、半熟、即开即食的，不是经人工操纵来迎合我们最为卑下的欲望。我们出售的食物恰恰相反：赤裸裸，未经处理，直接来自泥土。

根据我在厨房中的经验，我知道如果让人们尝一尝我们的食物，它们的美味就可以吸引人们购买了。如果你吃了我们牧场饲养的猪的猪排，你不可能再想回头去吃工厂饲养的猪肉。我们的鸡蛋也是一样，鲜亮的橙黄色蛋黄在平底锅里十分引人注目。但是其他东西就很难推销了。我们食草的肉牛虽然味道更好，但是与美国人习惯用玉米催肥的肉牛相比，肉质更硬一些。我们试着把一扇牛肉放在冷藏室里三个、四个甚至五个星期，然后再进行切割。这样牛肉会有一种黄油般的质地，但是味道也十分强烈。我很喜欢吃，但是有些人会觉得难以下咽。另外，出于无论是道德还是经济方面的原因，我们谈论的是整个动物，我们需要利用每一个部分，从舌头到生殖器官。我们是在要求人们吃他们不认识并且不知道如何烹饪的东西。我们通过分发样品发现，我深爱的营养丰富、香甜可口的泽西牛奶，跟很多人已经适应的商店里买到的牛奶有着天壤之别，尤其是如果他们习惯于喝低脂奶或者脱脂奶。还有，消费者在商店中购买的东西品质较为稳定，而这一点是我们无法做到的。我们真的能够期待人们如此彻底地改变他们的生活方式，并为此付出大把的银子吗？

幸好有马克在，毕竟他仅仅运用自己信念的力量，就说服我放弃熟悉的一切，追随着他来到农场。他相信我们创建的农场，就像他相信我们的感情一样，而他相信某种东西的时候，这种信念有传染性，感染力强，这也是所有优秀推销员的天赋。在宾夕法尼亚的农场中，他已经形成了我们现在称作的“毒贩推销法”，就是说免费赠送很多东西，让人们尝一尝，什么都可以尝一尝，知道味道有多么好，他们就会上钩，回来购买我们的食物。种植季节开始的时候，他会站在镇上的十字路口，带着装满食物的箱子，将莴苣塞到过往的车辆中。

我们的时机赶得很好。我们在爱瑟镇宣传时，正掀起一股乡土主义的浪潮，像“食物流域”[①]这种词我还是第一次听说。主厨和美食作家都在关注小规模的农场生产出来的优质食物。有机的观念已经渗透到主流当中，即使是在穷乡僻壤也不例外。我们一一回答了人们的问题，他们想要知道自己吃的食物从哪里来，希望这些食物不含荷尔蒙和抗生素，他们可以亲眼见到食物的来源。我们社区的另外一部分人，也就是上了年纪的真正的当地居民，不太关心这些时髦的词汇，他们已经非常熟悉农场生产的当地食物的味道了，因为他们从小就是吃着这样的食物长大的，对此充满怀念。

我们这个小镇的居民为我们提供了巨大的支持，正是他们才让我们的想法变成现实。我觉得他们一直在关注我们，从秋天到冬天，来看看我们是不是认真的。他们一直非常友好，不过是在保留着自己的意见。那年春天，他们看见我们努力干活儿、辛勤劳作，就知道我们并不是在闹着玩儿。他们将自己视为弱者，远离世界上繁忙强大的地方，他们是如此渺小，通常是被遗忘的那一群。当我们成为他们的一分子之后，他们似乎觉得有责任支持我们，弱者应该支持弱者。有些成为会员，其他人通过不同的方式帮助我们，提供工具，提出建议，或者帮我们干几个小时的杂活儿。有些人成为常客。利兹·威尔森在周五过来，帮我们清洗牛奶罐，为我们做午饭。我们的邻居约

---

① foodshed，食物流动的区域，就像水的流域watershed一样，从食物生产到食物消费，包括产地、运输路线、出售市场和餐桌。

翰和凯瑟琳每周过来一次，帮我们清理谷仓，运干草捆，或者做我们急着完成的任何繁重的工作。托马斯·拉方丹在我们进度落后的时候帮我们屠宰，尽管他自己的冷藏室装满了有待切割的动物尸体。欧文斯一家在有家畜生病或受伤的时候过来帮忙。唐·霍林斯沃思是去年秋天圣公会聚餐上欢迎我们的白发老人之一，他是木工大师，经常将我们坏掉的木头工具带回他的车间，带回来的时候完好如初，甚至比原来还要好。谢恩·夏普也经常过来，独自一人或者跟卢克一起，指导我们解决机械车间里困扰我们的问题。一切都安装完毕、平稳运行之后，他要求的所有回报，不过是一瓶啤酒和一起喝酒的人。

拉尔斯买下了前两个股份。他住在我们南边四小时车程的地方，我们都知道这不过是同情股，他投入这么多钱，也不会过来拿太多东西。然后芭芭拉·昆兹敲开了我们的门。她在离我们几英里远的农场里务农十六年，但后来连续几年大旱，井干涸了，她不得不卖掉农场，搬到镇上。她务农的经验十分丰富，因此有充分的理由怀疑我们这项事业能否成功，但她还是坐下来，给我们写了一张支票。土地解冻的时候我们有了七个会员，去存钱时，银行账户上的数字也不像以前听起来那么空洞了。

这一笔钱虽然数目不大，但似乎缓和了我和马克之间的紧张状态。我们有了会员，需要向他们提供食物，我们就有了新的方向和共同奋斗的目标。每个周五下午，从四点到七点，我们的会员会过来拿他们的那份食物。无论这个星期之内发生了什么事情，无论是家畜受伤或者逃窜，还是发生了什么别的灾难，我们必须在周五打起精神来，为会员提供食物。

第一个星期，我们在农场前面建起了一个简陋的货仓，这是一栋较新的建筑，一个水泥地面状况良好的三面亭子。我们当时能提供的东西只有牛奶、肉和鸡蛋，还有我们大受欢迎的第一批枫糖浆，以及放在白色罐子里的猪油，这个却鲜有人问津。马克认为猪油需要打造品牌，成为福音猪油。第二个星期他就大力宣传猪油对健康的益处和对烹调的价值，之后他开始分发用猪油做的馅饼皮和用猪油炒的蔬菜。那个春天结束的时候，猪油的需求量也逐渐增高。

我不愿意去想我们早期分发食物时触犯了多少法律。我们还没有挤奶房，没有奶牛场许可证，连一个专用的冰箱都没有，也没有肉铺。马克就露天切下人们需要的牛肉或者猪肉，边切边迅速扫一眼我们破旧的平装书《屠宰和狩猎基础指南》上的插图。但即使是那样的时候，我们的会员仍然沐浴在一种欢乐祥和的气氛中，兴高采烈地带着空着的篮子、箱子和袋子而来，满载而归。他们中的大部分已经彼此熟识了，而互相不认识的人也很快成为朋友，谈论那个星期做了些什么饭菜，谈论食谱和贮藏技巧，感情迅速升温。这是件有意思的事，就好像在一个第三世界的集市上举行的每周一次的鸡尾酒会一样。

农场初期的改善要归功于我们的近邻，约翰和朵特·埃弗哈特夫妇。他们是退休的农夫，结婚已经六十年了。他们几十年来一直管理着我们南边的一个奶牛场，直到湖上这片美丽的土地作为度假屋出售。我们听说，新主人敬重他们在奶牛场上居住了这么多年，主动提出请埃弗哈特夫妇继续住在那里，唯一的前提是约翰必须放弃自己的枪。他们静静地收拾东西搬了出去，来到我们一街之隔的整洁的新组合屋居住。

约翰每过几天就到我们这里来看看，开着卡车在车道上行驶，或者开着越野机车穿过田野，朵特坐在后面。他的知识相当丰富，你需要在某个地方一生务农，才能有这样的积累。马克连珠炮似的问他各种问题，播种和犁地的时间、天气变化、土壤和饲料类型、我们当地的掠食者，等等。约翰像谢普·希尔兹一样，在年轻的时候使用役马。但和希尔兹的不同之处在于，他并不热衷于使用役马，看到女人驱赶役马，他就会变得非常紧张。“你的这组马很强悍啊。”他不太赞同我们，尤其不喜欢山姆，“你知道，对这种自命不凡的马，最好的方法就是崩了他。”

约翰在街道另一头的回收站工作。几乎每个人每周都要去回收站一次，因此这是最接近于社交中心的一个地方了。约翰替我们留意着，把他觉得我们可能用到的东西放在一边。有一次，他给我们带来一个大个儿的立式冰柜，还有一个大件冰箱，两个都有很小的凹痕，但是还很新，完全可以用。他还给我们带来了桌子和货架，后来马克和我觉得我们的亭子不再像一个第三世界的市场了，至少也像第二世界的了。

四月末的时候我们的第一批种子发芽了，在一排排装满泥土的浅盘里，摆放在农舍阳光明媚、装上玻璃的门廊里。我们在糖枫树液流淌的三月就种上了洋葱，现在有了上万棵小小的、绿绿的、刀锋一般的嫩芽在努力生长。接下来是韭葱，然后是香草、花椰菜、胡椒、番茄、花、五种类型的莴苣、卷心菜和芥蓝。我开始明白“农场规模”是什么意思。育苗就像是在经营一个泥泞的小工厂。我们的盆栽土来自一个一吨的袋子（“如果它有一吨重，”我的朋友艾利西斯听说以后说道，“你还能称它为袋子吗？”）。我们往成块的盆栽土里倒水搅拌，直到抓一把土在手里挤压时，只有一两次能滴出水来。我们从邻近的农夫那里借来一个土壤分离器，这是一种便利的金属模具，里面有根棍子，用来将湿润的土壤分离成小块。在每一个小块中间我们放一些种子进去，有一些种子非常小，需要眯着眼睛才能看到。然后我们在浅盘的上面铺上更多的盆栽土，浇水。我喜欢在春日的阳光中做这件小型的工作，喜欢想象种子会变成什么样子，喜欢跟寻常的农场工作进行对比，后者似乎都会包含举重物这一项内容。

夜晚对于娇嫩的幼苗来说仍然过于寒冷，过于危险。天气广播预报气温跌破冰点时，我们会打开房屋和门廊之间的窗户，在壁炉里生火。我们买来小电扇，加速温暖空气的流动。

门廊里摆满了浅盘，在里面走动着浇水，就像玩扭体游戏一样。之后我们的空间完全用尽了。放在门廊角落里的番茄得不到充足的阳光，长得太高太细。我们在农舍的草坪上用干草捆堆放了一个矩形，上面盖上约翰在回收站带过来的玻璃。这是穷人版本的暖房。我们将细长的番茄移到里面，希望能有好运气。

马克不习惯用这样的临时系统工作。他在宾夕法尼亚的农场里，起步阶段是依靠两万美元的贷款，于是他买到需要的所有设备，还建造了一个暖房。因为我害怕贷款，也因为这个完整饮食的农场事业是崭新、未经尝试的，我们一致赞同第一年这个试验阶段完全依靠我们的存款。我们的钱在耕种季节已经花得差不多了，现在是勒紧裤腰带过日子，而且有时候会紧得过分。我们没有买二百五十美元的花园推车，这是农场上每天运送重物的基本工具，也是非常必要的。我现在已经无法想象，当初没有这种推车的时候，我们是怎么度过的。我们是在第二季的中期才购买的。我们没有足够的水管，这就意味着要花费我们本来很稀缺的时间，将水管拔下来，拖到另一个地方去用，或者拖着沉重的桶来回走动。而对于拼凑起来的暖房，我们估计错误，产生了糟糕的后果。幼苗长势喜人，但有一天晚上温度意外降低，早晨的时候我们发现所有的幼苗都枯萎了，柔嫩的茎叶呈现出植物冻死的深绿色。那个时候重新开始已经太晚了，我们的预算中也没有钱购买培育好的秧苗了。

我们的同行，农人贝丝·史伯夫救了我们。她几年前辞去县里推广代表的工作，她说这是上帝的旨意，告诉她去务农。她将房屋周围的小面积土地开辟成菜园和鸡舍，凭借信念、努力和固执，在当地的农夫市场中开辟出一席之地，售卖蔬菜和鸡蛋。当她听说我们的番茄冻死之后，开车来到我们的农场，卡车上装满了结实健康、生气勃勃的番茄秧苗。她说她多种了一些，这是剩下的。她知道我们没有钱，所以这些免费赠送给我们。

在我们起步那一年，这种慷慨的行动一次又一次上演。没有这些人的帮忙，我觉得我们的农场不可能挺过去。为了不让我们难为情，他们悄悄地以各种方式帮助我们。比利·希尔兹过来给我们的母牛瑞伊人工授精时，拒绝接受我们的支票。我们强塞给他时，他转过头去。“我喜欢帮助年轻的农夫起步。”他说，讨论就此结束。我知道托马斯·拉方丹以优惠的价格让我们将肉存放在他的冷藏室中，而且我怀疑我们的兽医戈德瓦塞尔先生每次都向我们少收诊费。第二年春天，我们仍然没有暖房的时候，我们北面的邻居麦克和劳里·戴维斯让我们用他们的暖房，尽管他们那年刚刚开始自己的CSA模式，我们实际上是直接的竞争对手。

贝丝·史伯夫的番茄秧苗在我们的穷人暖房中蓬勃生长，霜冻的威胁结束之后，它们上面开满了黄色的小花。从她的农场到我们农场的路上，辨别品种的标签丢失了，所以我们在田里播种的时候，诸多品种混在了一起——切片番茄和圣女果小番茄纵横交错，填料用的空心番茄紧挨着长得像桃的鲜黄色品种。我们再也没有如此美丽的番茄田，而且那一年产量颇丰，好像就连植物都在尽可能地帮助我们。

如果有人告诉你，种植蔬菜不是一种暴力行为，那绝对是胡说。犁扯断树根时发出的哑音令人憎恶，就像拳头打在皮肉上的声音一样。在种植之前，我们需要将田地夷平。

犁地是耕种的初始阶段，是让土地做好耕种准备的第一步，也是最原始的一步。这需要巨大的力量，你可以想象挖出一条九英尺宽、六英尺深、十一英尺长的沟渠是什么样子。犁一英亩田就需要挖出这样的一条沟。犁的工作就是掘出土壤，翻转过来，土地的表面埋在底下。有的犁用来开垦新土，有的专门对付硬茬、山地、黏土、淤泥和沙地。最简单的马拉犁单底步犁，一块沉重的尖钢板，后面带有扶手，前面有U形钩环，用来套马。如果步犁制作精良、调整得当，役马健康结实、训练良好，犁地将是一件愉快的事情。犁在土壤上穿行，犁沟在你身后展开，就像长长的黑色浪涛。我们的第一个犁是谢普·希尔兹借给我们的老古董，是他在他谷仓的后面找到的。犁的上面生了锈，扶手已经裂开，犁头，也就是翻动土壤的弯曲金属片，已经严重破损。犁上没有了犁刀，也就是安装在犁头之前用来劈开草皮的尖刀。我们第一次使用这个怪物，就不幸遭遇了失败。

自从枫糖季节结束之后，山姆和希尔弗已经三个星期没有干重活儿了。这段时间里，他们一直在吃谷物和牧草刚刚长出来的绿芽，这为他们增添了无穷的力量，就好像幼儿园儿童吃了太多蛋糕时那样。我们把长相丑陋的犁放在我们的平底橇上，然后出发去农场的后面。这里有十公顷的土地，土壤松软，去年租给了另一个农夫种植玉米。我们那年没打算使用这片地，我们觉得，在试图为种植蔬菜而劈开田地里的草皮之前，这片地倒是个练习的好地方。

在古老的画作中，犁地人总是独自一人，扶着犁的扶手，每只手扶住一边，绳子系在肩膀上，驾驭着马前进。我们用两只手都很难驱赶役马，更不用说用肩膀了。所以，我们决定把工作分成两半，我来指挥马，马克搞定犁。我占有微弱优势，因为我可以不用碰犁的扶手，而马克不断地被扶手撞到，正撞在肚子上。山姆走在右边，就是所谓的犁沟马，负责在新挖沟槽边上的松软土壤中走动，保持一条直线。他明白自己的职责所在，一直在正确的位置，但是犁不好好干活儿。它深深地插进松散的土壤，迫使马用力拉着颈圈，之后犁向上抬起，整个弹出来了，马拖着的东西失去了重量，突然向前倾斜。这片地里基本没有石头，但是我们倒霉透顶，碰上一个，犁停下不动了。我们只得让马儿退后一些，用手把沉重的犁拽出来，放在最后犁过的地方，或者完全离开犁沟，转个圈，然后再次开始。

马克确信，无论什么事情出了错，一定都是我的责任。马移动过快，他要我让马慢下来，但是他们吃多了谷物，处于极度兴奋中，根本不想放慢脚步。他们用力扯着嚼子，我觉得我的胳膊被迫伸长，就像长臂猿一样。当马克要我让马向右移一英尺时，他就喊：“右！”但是他没有给我反应的时间，接着又喊了一声“右”，之后马向右偏转太多，他又开始喊“左”。我们还没犁完一条沟，我就有了杀掉他的念头。（如果我能够预测未来，我将看到这样的一幅场景：晚春时节，阳光明媚的下午，我怀着七个月大的女婴，马克犁地，我驾驭马。不是因为这个工作需要两个人手，而是因为这是一种纯粹的快乐。马儿努力干活儿，犁顺利地穿过土壤，我们两个人尽情享受，就像其他夫妻享受华尔兹一样。但那是在遥远的未来，而且要经过多次的试验。）

我们顽强地坚持了半个上午，最终承认没有希望了。干燥的早春天气持续的时间不长，以我们犁地的速度，要用一年才能犁完我们需要的五英亩地。

我们雇用了邻居保罗帮我们犁地，他用的是大拖拉机和五底犁，几个小时就将我们的蔬菜田开垦完毕，五英亩良田被开垦为与道路平行的五片地。我在他后面的垄沟之间行走，对拖拉机巨大的轮子、引擎深沉的震颤望而生畏，对后面套着的犁的巨大破坏力惶惑不已。在每条垄沟的尽头他都会抬起犁来，五个犁头受到泥土的冲刷，就像利剑一般闪闪发光。他转过弯，犁头又扎到土里，布满青草的柔软土壤曾是多种动植物的栖息地，如今被一波波原始土壤替代。海鸥循着拖拉机的声音集结成群。在犁沟的底部，受到惊吓的虫子蠕动着，钻到土里寻找藏身之处。

我们为新开垦的土地取了优雅的名字：靠近农舍的一块，叫作“家园”。“松木”夹在两片树林之间。“纪念碑”有着最好的土壤，因旁边的方尖石碑而得名。“小欢乐”从牧草地上开辟出来，旁边有条小溪流过。每块地都大约有一英亩。我在楼上的窗户边眺望，看到新犁的垄沟在落日的余晖中泛着红色的光芒。

第二天早上，我和马克在尚未耕种的土地上行走，数步子，做测量之用。土地被开垦，但并未完全破碎。通过犁地，表面的土壤被翻松，草皮被埋在下面，但是表面仍然高低不平。在我们新犁的土地上，草皮和土壤以旧有的形式粘在一起，在黑色的波浪中站立，相互依偎，形成绵延起伏的小山峰，零散的草丛在其中形成小小的突起。将苗床抚平，就是耙子的功能了。这个古老的词语含有苦难的意味。

农场上有一个圆盘耙，但它是现代的那种，巨大无比，是要用大拖拉机拖动的。幸好谢恩·夏普借给我们他的马拉圆盘耙。我们犁地的第二天，我和马克就把它滚上了车道，然后套上山姆和希尔弗。这是一个简单的机器，六英尺长的金属框架，随着十二个轻微呈杯形的金属圆盘滚动。圆盘分为两组，它们的相对位置可以进行调整，如此一来，在农场的路上滚动时，可以沿着一条直线前行，但是在田地里就可以呈彼此相对的角度，形成V形。圆盘切入土壤的表面，进一步松土，将土块打碎。每一个圆盘都将一些土壤向内抛去，将突起和凹陷的地方抚平，清除杂草。在金属框架的顶上有一个坚硬的金属座位，后面有一个用来装石子的金属架，借以增加重量。

我立即喜欢上了圆盘耙。对于我这样一个缺乏经验的人而言，用圆盘耙耙地是比犁地更为合理的一种工作。如果马儿和我都无法走出一条完美的直线，就会在身后留下一条有趣的轨迹，但并不会对整个工作造成不利的影响。我很放松，马儿也是如此，迈着稳健而平静的步伐向前拉。“小欢乐”里非常安静，只有食米鸟神经质的叫声和远处公鸡打鸣的声音。妮可跟着我们，迈着牧羊犬的步伐，与马的节奏保持一致。她竖起耳朵听喧鸻的叫声，那只鸟拼命想让妮可追逐它，扑棱着翅膀在地面上跳来跳去。我猜想是前一天我们犁地的时候摧毁了它的巢。我努力想了一分钟，怎样获取食物而不会带来苦难呢？于是想到了梭罗[1]，他在湖边一小片土地上种植豌豆。然后我想起来，他是每天中午走到镇上他母亲的家里吃午饭的。

犁沟在我们身后变得平坦。我停下来清除圆盘中间的一根树枝时，我脚下的土地松松软软、富有弹性，就像一个巨大的

① 亨利·戴维·梭罗（Henry David Thoreau），《瓦尔登湖》（*Walden*）的作者。

蹦床一样。这对马儿来说是一种很好的锻炼，他们休养生息的时候身体已经走形了。每到一条犁沟的尽头，我们就停下来休息一下，他们站在那儿，喘着粗气，汗水从他们的腹部流下来，滴入原始的土地，像是一种慰藉，抑或是一种祝福。

五月来临，阳光愈加充足，感觉春天正在加速到来。我们已经没有时间社交了，也没有时间回电话。我们的注意力全都放在土地及其变化的韵律中。我晚上会骑着山姆到农场的另一头去查看肉牛群，清点数目。每次来回，我都会看到一些新的植物在生根、发芽，或者开花。在树林中，先是延龄草，然后是赤莲、野草莓，还有紫罗兰。一天晚上，邻居果园中的李子树开满了白色的花朵，如落雪一般。然后糖枫树林中的弯曲的老苹果树——这是其他农人种植计划的遗留物——长出了柔嫩的新叶。

耙地的工作刚刚完成，一片乌云就笼罩过来，开始下雨，持续不断，有些寒冷。马克和我沿着土地边缘散步，看到降落的雨汇成小溪，表面的土壤被冲刷，微高一些的地方形成小小的三角洲。播种和移植的季节到来了，但是土地如此泥泞，我们没法进去干活儿，那将会扼杀土壤的生命，挤出植物喜爱的空气，将苗床变成混凝土。我做早餐的时候，向窗外看，心情紧张，等待天气好转。

我们的老朋友詹姆斯看到漂亮女孩，会称她为“小狐狸”。一个非常漂亮的女孩就是“狐狸指数五”了。我在厨房窗口望着五月的雨，看到一只狐狸穿过牧场时，我想到的就是詹姆斯与狐狸的故事。我情不自禁地欣赏她。她轻快地踩着狐步在地面上穿行，尾巴抬起，就像一面旗帜。她的毛发就像刚刚在美发店里清洗、护理、吹烫过那样。我跑到下一个窗口去看，突然意识到鸡已经在牧场深处漫步了，在潮湿的地面上寻找虫子。果然，狐狸正在草地上拉扯着什么东西，体重是她的一半。那是一只肥胖的黑色母鸡，我们的下蛋能手之一。那只狐狸很可能有幼崽需要喂养。一个真正的农夫会去拿枪，我心里清楚，但实在不忍心伤害她。我喊来了狗，穿着拖鞋跑出了屋子，发出了作战般的呐喊，妮可背上的毛竖立起来，我呼喊她穿过田野。对于一条十三岁高龄、髋关节有毛病的狗来说，那种速度能称得上跑了。狐狸融入了远处的风景，我在雨中站着，双脚湿透，脚边躺着一只死鸡。

在这个潮湿多雨的天气里，我们一整天都待在餐桌旁，上面摆着我们新开垦土地的地图和我们计划耕种的作物清单。我还订购了额外的种子，足足有我们预计产量的三四倍。这是为了保险起见，以防天气恶劣，或者收成不好，或者会员增多，或者三者同时发生。我们要为会员提供北郡漫长的冬天所需的食物，所以我们需要很多块根作物。如果我们收成很好，剩余一些，还可以喂猪或者喂牛。

我们在“纪念碑”的地图上画满了番茄、卷心菜、芥蓝、洋葱、韭葱、羽衣甘蓝、胡萝卜和甜菜。干豆、笋瓜和玉米将在“松林”种植，就在甜瓜和番茄旁边。我们将早熟作物种植在“小欢乐”上面：豌豆，菠菜，第一批小萝卜和莴苣。这些作物收获之后，我们会在土地上种植冬小麦。“家园”则要留给花和香草。

这看起来就像一个真正的农场，至少在地图上看是如此。在外面的现实世界中，土地仍然太湿，不宜耕种。但至少春雨催绿了牧场。奶牛正在享受牧场上萌发的新苜蓿。迪莉娅之前在希尔兹农场接受人工授精，回来的时候已经怀孕，即将在五月末产崽。我们八个星期前就停止挤奶了，让她充分休息一下。我们挤干她的乳汁之前，她看起来瘦骨嶙峋，胯骨突出，肋骨清晰可见。小牛在她的体内生长。在最后一次挤奶的时候，我的脸颊贴着她的腹部，感觉到小牛在里面活动。迪莉娅将她的能量都注入小牛和牛奶，比她从食物中摄取的能量要多出许多。“她快被挤干了。”尼尔·欧文斯看到她的时候这样说道。有些母牛就是那样，太过慷慨，毫不利己。两个月的休养生息和新鲜的牧草对她大有裨益。她比原来丰满了一些，在即将产崽的时候，作为一头没有耳朵的母牛，她看起来已经非常棒了。我把她将要分娩的日期用红笔标在了日历上，而且反复阅读《家养母牛》中产崽的那段描述：乳房膨胀，阴户肿大，尾巴根部两旁的肉都陷下去，这就意味着小牛正在向产道移动。

迪莉娅分娩的那一夜，当然又在下雨。那天晚上我去给瑞伊挤奶，迪莉娅独自在一边，没有吃草，乳房紧绷，乳头突出，就像橡胶手套吹气以后的四个手指。她看起来太重，难以移动，所以我把她单独留下，带着瑞伊进去了。

我半夜又检查了下迪莉娅，她在牧场的边缘静静地躺着。我把闹钟调到三点，但是闹钟还没响我就醒了，推了推马克，他坐起来穿上衣服。（这些天我们都没这么警觉了。睡眠对我们来说太宝贵了，而且我们的母牛总是能够轻松分娩，她们看起来也更喜欢独自产崽，不需要我们。但是这是我们第一次有牛分娩，我们非常兴奋，也有些担心。）在外面，雨仍然在淅淅沥沥地下着，但是没有风，天气也不冷。两只猫在谷仓也加入了我们，像精灵似的蹿到我们前面。

在牧场上，我们听到低沉而急切的哼声——这声音现在对我来说如此熟悉——那是一头刚刚做母亲的母牛发出来的，声音里充满了温情。我的照明灯扫过，猫的眼睛在灯光中闪闪发亮。我的视线在田野上搜寻声音的来源。我看到了一双眼睛，是瑞伊的，然后看到另一双眼睛，是迪莉娅的，最终在地上，看到了第三双眼睛。走近一些看，我们可以辨认出迪莉娅，她低垂着头，专注地舔舐着小牛，这是对她的赏赐。小牛挣扎着要站起来，迪莉娅发出鼓励的声音，瑞伊也哞哞叫着，也许是慢慢想起了自己上次生出的小牛。小家伙摇摇晃晃地站起来，确定自己想要往哪儿走，但是新生的小腿不听使唤。迪莉娅似乎也知道自己应该做些什么，但乞求上苍这件事不要跟自己下面胀痛的乳房相关。每次小牛向乳房蹒跚着走过去，迪莉娅都会转过身去，所以看起来就像两个醉汉在兜圈。瑞伊在一边饶有兴致地观看，但是礼貌地保持着距离。我走近一些，往小牛的尾巴下面看，发现这是一头小母牛。马克和我在黑暗中相视一笑。

农场推翻了人类重男轻女的残酷文化。在农场上，一头公牛的精子足以为二十几头母牛服务。其余的睾丸激素就会成为不利因素，只会带来麻烦——争斗、动物受伤、人类受伤、篱笆受损、意外繁殖，等等。在奶牛群中，这就是铁的事实。多数乳用小公牛很小的时候就被屠宰，提供食用的小牛肉。乳用牛群的公牛是不稳定因素，就像上膛的枪一样危险。去势的公牛长得纤细瘦弱，不够强健，在大多数农场，为得到牛肉而饲养它们并不值得。在乳用牛群中，小公牛的出生总是带有一丝伤感的气息。

小母牛就完全不同了，她的出生是一件值得庆祝的事情。如果一切顺利的话，小母牛能够陪伴我们多年，亲密无间，甚至成为家庭的一员。她会得到最好的干草，最好的牧草，最好的冬季住房。但她需要付出的代价就是，当她处在她母亲的位置，温柔地舔舐她的新生儿时，她同样不能把自己的幼崽留在身边。

这头小牛每天只需要一加仑的牛奶，但是迪莉娅产出的奶量要多出几倍。如果我们让她们待在一起，小牛就会喝过多的奶，而我们得到的就太少了。一些农场会让牛妈妈和牛宝宝每天在一起待几个小时，在挤奶之前将他们分开一段时间。但是我们没有时间，也没有相应的设施，很难做到。我们决定将迪莉娅和瑞伊放回牧场，用奶瓶喂养小牛。既然我们要将她们分离，就越早越好，一定要赶在她们建立感情之前。

马克用一块毛巾裹住小牛，将她扛在肩上，左手握住前腿，右手握住后腿，向谷仓走去。我们以为迪莉娅会跟着过来，但是她无法理解为什么她的小牛犊不见了。她嗅着她分娩的地方上面的草，觉得小牛还在那里，却遍寻不着。她急切地大声嚎叫，待在原地不肯离开。但是瑞伊仿佛以为到了挤奶时间，高兴地朝谷仓走来。接着迪莉娅也跟了过来。我跟着迪莉娅，我们几个形成了一个有趣的队列，在雨夜中穿行。迪莉娅的后腿在她鼓胀的乳房周围摆动，垂下一小串血块。

迪莉娅一旦移动起来，就不再嚎叫着寻找她的小牛。从那以后，小牛就好像从来没存在过一样，或者她是在用意志让自己忘掉小牛。

两头母牛走进了平时常待的牛栏。马克把新鲜柔软的牧草放在她们面前，还有一桶温水，里面放了些盐，给迪莉娅喝。她大口大口地喝着水，在灯光中，我可以更清楚地看到她的乳房。乳汁从她的乳头上滴下来。空气中弥漫着分娩的肉体的味道和铁一般的腥味，比血还要浓。猫循着味道在走廊里跳过来，满怀希望，之后又跳回去了。迪莉娅啃了几口牧草，然后停下来，目光向后投去，尾巴后面悬挂的一串血块出来了一些，之后又回去了。这是胎盘，尼尔·欧文斯称之为“清洁”。这东西应该在产崽之后一两个小时之后排出体外。

我们将农舍旁边的一个小棚子里铺上厚厚的一层稻草，当作保育室，马克将小牛安置在这里，她很快就入睡了。我清洗迪莉娅的乳房，用手握住她的乳头。乳头鼓胀得厉害，只能容下我的两根手指。初乳从乳头中溢出来，里面充满了母亲的抗体。这将为小牛提供对抗疾病的免疫力，直到她产生了自己的免疫系统。我感到很好奇，尝了一口。初乳有点咸，还有些苦，一点也不像牛奶，我也不想再尝了。我的桶里有一夸脱的时候，马克灌了一瓶，拿去喂小母牛。小牛的肠道只能在出生后最初的二十四小时吸收这些至关重要的抗体。她喝的初乳越多，在她幼小脆弱的时候对疾病的抵抗力就越强。如果她一点也没喝，就会死掉。

我挤奶的时候，迪莉娅的肿大紧绷的乳房稍微柔软了一些，她对此似乎充满感激，用耐心的目光看着我，好像我是她丢失的小牛一样。我感觉到她身体的起伏，胎盘又出来一些，仍然悬挂着。我可以看到肉质的绒毛叶，这是胎盘与子宫连接的地方，还能看到一层层玻璃纸一般的小牛囊。她的身体又起伏了一下，胎盘全部排出体外，可能有十五磅之重。迪莉娅在畜栏里伸着脖子，试图够到胎盘。我把湿漉漉的胎盘挪到她面前，她够到了，开始一口一口地咀嚼、吞咽，咀嚼、吞咽，直到全部吃完，她平时吃素食的嘴巴血淋淋的，触目惊心。我不知道为什么新妈妈的内心罗盘指挥她们这么做，是避免把狼引过来，还是填满她的辘辘饥肠，我只知道这样的场面应该拍成恐怖片。

给迪莉娅挤完奶，两头牛都回到牧场上的时候，太阳已经升起来了。马克回到床上，在真正的一天开始之前小憩几分钟。我去查看小牛，她在稻草上蜷缩着。她的皮毛呈淡黄褐色，后蹄上方有一块白色的斑点，刚刚在母体中泡过很长时间的澡，蹄子干净柔软。但底部仍然很粗糙，好像新鞋的绉皱胶底一般。她的两肋有白色的斑点，就像她的母亲一样，但是大陆一般的形状进行了重新排列：澳大利亚在她的右侧，格陵兰岛在左侧。她小鹿一般的脑袋十分漂亮，头顶上长着半透明的小耳朵。她伸开后腿，之后休息一下，让我看到了四个即将成为乳头的粉色瘤状物。她小心地舒展前腿，一次一条腿，身体摇晃着。她的注意力似乎在这个新世界和母体里安静的旧世界之间游移。她和我们这个世界的联系，光线和时间，空气和重力，依然若即若离。我发现这才是分娩的神秘之处，而不是分娩的过程。新生儿仍然带有未出生前的伟大的平静，持续数分钟或者数小时。当你靠近他的时候，你也能够感觉到。

我给她取名叫作“六月”。连续几个星期，每当我精疲力竭地瘫倒在床上，马克就会告诉我：“你觉得这就算忙了？那你等到六月试试看。”当我累得吃不下晚饭的时候，他就会把盘子轻柔地推到我面前。“吃吧，”他说，“六月到来的时候你会需要的。”我在一年工作的文氏图中看到，六月是一切事务交叉的地方。这时候仍然要耕种，而收获也马上开始。日照时间拉长，杂草将疯狂蔓延。这时候也有干草的问题要考虑，牧草也正繁茂生长。我将这头小牛命名为六月，也许是要让六月听起来温和一些，少一些威胁性，或者是想赋予她六月的活力，夏至的生命能量。

早晨挤完奶后，迪莉娅看起来昏昏沉沉的。我跟马克商议了一下，觉得她可能是分娩太过劳累，我们应该密切关注她。我那天上午去牧场移动牛篱笆时，她看起来更加严重了。我抓着她的颈圈，想把她带到谷仓去，但是她站立不稳，倒在地上，站不起来了。她摸起来凉得可怕，好像马上要死了一样。我跑到农舍里给戈德瓦塞尔兽医打电话，他正在别的农场出诊，会尽快赶过来。

我回到牧场，跟迪莉娅坐在一起。她就像自己的小牛那样蜷缩着，前腿叠放，头部弯曲贴向侧腹，鼻子靠在地上。我看她好像准备好要重返黑暗的旅程一样。我关注着她的呼吸，又浅又慢，几乎看不出身体的起伏。我还有一大堆事情要做，但是又不忍心把她独自留下。我到农舍里，拿着最新的一期《纽约客》（*The New Yorker*），大声读文章给她听。

戈德瓦塞尔先生一个小时之后过来了，带着他的万能口袋。“她得了产褥热。”他说着，碰了碰她的眼球，她的眼皮几乎不动了，“她病得很重了。”产褥热不是发烧，而是一种致命的代谢失衡，部分乳牛分娩后容易患上这种病，尤其是泽西奶牛。她们丰沛的乳汁从血液中摄取钙质的速度，比血液从骨头中摄取钙质的速度快，于是血液中的钙含量就会降低。钙含量不足的话，肌肉无法正常运转，会导致瘫痪，接着便会波及四肢、肺和心脏。

戈德瓦塞尔先生延续了轻松平静的作风，将迪莉娅的重量集中在叠放的膝盖上，这样他就可以抬起她的头，将绳子套在她的头上。他找到了她脖子上的粗静脉，血仍然在缓慢地流淌。他把针扎进静脉，将一个橡胶管连接到一个装满含钙液体的塑料瓶中，在低一些的地方举着。“不能太快了，”他说，“如果太快，就会心力衰竭。”我感觉到迪莉娅的颤抖，我以为她最终还是要死了。“不不，这是件好事，”戈德瓦塞尔先生说，“这说明输液有效果了。”瓶子空了的时候，她的颤抖变成了强烈的震颤。他换了另外一个瓶子，让液体慢慢地滴进来。第二个瓶子也空了的时候，她挣扎着站起来，看起来就像死而复生的拉撒路（《圣经》中的人物，被耶稣从坟墓中唤醒复活）一样吃惊。她又颤抖了一个小时，肌肉正在恢复生命的温暖，但是停止颤抖前的一个小时就恢复了平静，又开始吃草了。如果说她在死亡的边缘看见了什么，那肯定不是很可怕，要不哪还能有胃口吃东西呢。

南风吹了一整夜，第二天早上，艳阳高照，天空万里无云，呈知更鸟蛋般的蓝绿色。太阳升得越高，阳光便越强烈，在土地的黑色表面抽去水分，使之变得温暖而坚硬。晴朗的天气一直持续，两天后，我和马克去巡视我们的五英亩犁过的地。地势高一些的部分已经干燥，但是在低洼处，仍然有一个个小水坑，我们的脚陷了进去。天气预报说周末的时候会下更大的雨。而在我们的门廊和简易暖房摆放的秧苗，困在小小的泥土牢狱中等待，已经变黄了。我们决定冒一次险，用弹齿耙把苗床弄平整，这是开挖垄条和播种之前的最后一步了。

清晨时分，当你与一组役马走出谷仓时，这种感觉如此特别，如此生动，应该为它取一个名字。我将山姆和希尔弗套在弹齿耙上，这是一个简单的装置，C形的尖齿插进土壤，松动表面的土壤，将其抚平，将土块敲碎。弹齿耙上没有座位，你得走在后面。

我们沿着车道向前走，路过“家园”和“信箱”。这两片土地展示出它们自古以来保留的风格。“家园”排水良好，土壤肥美，但是地理位置很别扭，毗邻一片树林，马在垄沟的尽头很难转身。而“信箱”上容易开展行动，但是里面有一大片黏土。雨后黏土会在马蹄周围凝结成块，沉重而潮湿，直到表面像旧瓷器一般突然裂开，变得过于坚硬干燥。

我们在“纪念碑”前面停下，这是我们计划种植马铃薯的地方。我们的邻居罗恩告诉我们，这片地的边缘曾经矗立着一座房子，犁地的时候已经有几块破碎的砖块显露出来了。这块地在美国独立战争之前就有人耕种了。牲畜、作物、篱笆、建筑、农夫在这片土地上来来去去，就好像一天中的浮光掠影一般。你不可能真正拥有一座农场，不管契约上是怎么说的。它拥有自己的生命。你可以爱它爱得神魂颠倒，你要对它负责，但是最多你也就是与它结婚了，完全占有是不可能的。我将尖齿敲进土壤的表面。马儿拉着颈轭，精神饱满地向前拖动着弹齿耙。走在他们身后的感觉很棒，肥沃潮湿的土地和温暖的马儿散发出春天的气息。

我们耙完一半的时候，我听到尖齿与某种金属的碰撞声。我吆喝马停下，弯下腰捡起来。这是一块马蹄铁，上面生了锈，被泥土包裹着。一个弯曲的钉子，手工打造的，熔在上面。这个马蹄铁大约跟我张开五指后的手一般大小，而山姆和希尔弗穿戴的马蹄铁需要餐盘一样大。以前农场的役马体型较小，坚韧结实，跟我们两千磅的大马相比，也就是将近一千磅。我想象着那匹马丢失马蹄铁的时候是什么样子。那天很有可能也是一样，土地低洼的地方仍然太过潮湿，不宜耕作，但他们还是下地干活儿了，因为迫切需要耕种，或者杂草需要尽快清除。我想到役马的农夫是个成年人或者是个男孩，像我一样渴盼没有石头、温和仁慈的土地，我知道这种土壤是农人可望而不可求的。我想象着他在马蹄铁丢失之后四下寻找，而这块黑色缎带般的马蹄铁混进了泥土。然后他放弃了，回去吃晚饭。马蹄铁那些年一直在地下静静等待，我们之前的所有农夫都没有看到，而我发现了它，并想象着农夫的样子。

马克仍然在向我求爱。他的爱和承诺从未动摇过，而我的却像心电图一般上上下下。那个春天他送给我的礼物有些粗陋，但如此美丽。我们那时艰苦的生活和这些温柔的爱的表达，形成了强烈的反差。比如一束野花，下午躺在我的枕头上。我们在屋后的沼泽地看到有鹰飞过，他便画了一幅鹰的小像送给我。播种之后我发烧卧床，他给我拿来一盘野草莓，以鲜花和叶子环绕，看着我吃，坐在我的床边跟我说说笑笑，可他自己却一口没动。

我病好之后，随之而来的是强烈的饥饿感。这时候耕种的土地里蔬菜还没有成熟，但是我的身体却已经在呼唤它们了。这种呼唤一开始还很有礼貌，之后就凶相毕露了。在农场上，贫乏不是发生在萧瑟的冬季，而是明媚的春天。我们带着一个篮子和一只厨用剪刀穿过牧场，野菜在这个季节正蓬勃生长。马克在仓舍边缘的肥沃土地上剪下了一些幼小的刺荨麻，还有一堆随处可见的蒲公英，叶子十分滋补，但味道有些苦。我急欲享受一顿野菜的饕餮盛宴。

每个季节都有其美味佳肴，即使是最贫乏的季节也不例外。晚春时节，我们的黄油是一年中最好的。牧草正是生长最繁茂的时候，母牛如同身处天堂一般，胃里填满了新鲜的青草。而这时气候凉爽，微风习习，尚未被苍蝇困扰。母牛在这个时候产出的黄油柔软香甜，呈现出明亮的深复古金色。

马克将这样一大块色泽鲜艳的奶油放进了一个热锅，加上切碎的洋葱，洋葱变软之后，放入一大堆深绿色的荨麻。它们马上萎缩，刺也随之去除，有了蔬菜的气味，像菠菜一样，但并没有苦味，而是野味十足，带着坚果一般的芳香。他加上了一些大葱，然后是鸡汤，还放了一把米，慢慢地煮，直到菜和米都变软了为止。他往里添了些盐、胡椒和一些磨碎的肉豆蔻，搅拌均匀，然后在上面倒入一团酸奶油，旁边放上一块上好的面包。蒲公英放入热腾腾的锅里煮一会儿，之后放上一些油和少许上等的香醋，营养丰富的荨麻汤配上酸酸的味道，更加美味。

会员也同样想吃青菜，尽管这些本质上只是杂草而已。我们在一块地上找到了最好的荨麻和藜草，割下了几大桶。

同时，我们正在进行猪杂布丁的宣传活动。这种食物是通过马克在宾夕法尼亚的阿米什朋友介绍给我的。我觉得这是我吃过的最精致、最美味的早餐食品了。我想我们的会员根本不知道它是什么，也不知道它是怎么制作的，所以我为会员写下了这样一段话，试图打造猪杂布丁的新形象。

不要因为这个词听起来像“废物”和“下水”的结合，就予以贬低哦！猪杂布丁是一种美食。取出一块猪骨，加上一块未经切割或熏制的肉，慢慢炖煮，直到肉从骨头上脱落下来。去除骨头，将肉汤和肉磨碎。加热至沸腾，加入细粉（玉米粉、小麦粉或燕麦粉）、黑胡椒、盐和鼠尾草。放入模具中冷却，成为喜人的棕色凝胶砖块。

准备猪杂布丁，切细一些。将煎锅烧热，加入一小块黄油或者猪油，直至滚烫。在猪杂布丁片上撒面粉，放在煎锅里，转至中火，煎到比你认为合适的时间更长一些。只翻一次面，煎另一面，直到成为酥脆的褐色。配上鸡蛋作为早餐，或者就像宾夕法尼亚的阿米什人那样，给自己做一个猪杂布丁三明治吧！

在心绪的狂热和春日的迷醉中，我认为“喜人的棕色凝胶砖块”听起来令人胃口大开。这也就是马克负责销售，而我负责文案的原因了。

我们在慢慢学习，但是一切都需要迅速完成。在马铃薯种植的这一个星期，有过胜利的瞬间。一千磅的马铃薯已经被切成高尔夫球大小的块，每一块都有至少一个芽眼，已经有白色的嫩芽钻出来了。那天是周五，我们早晨和中午一直忙碌着，收割荨麻，将牛奶放入分发区的冰箱，切牛肉。下午的时候，我为会员安排好分发的食物，马克将马套上中耕机，中间安装着一把大铁锹。他用中耕机来挖沟，注意把沟挖直，沟与沟之间平行，相隔四十英寸。如果挖的沟是弯曲的，之后当季的培土就不可能进行了，要不就得把种下去的马铃薯挖出来。马克从一开始就擅长挖出直线，我把这当成正直人格的象征。

夜幕逐渐降临，我从他手里接过役马，牵回马厩，没有卸下挽具，然后跑回地里，帮助他将切好的马铃薯扔进沟里，相隔十英寸。我们还没完工，太阳就已经下山，马铃薯还需要用土覆盖。明天开始将会下起绵长的雨，而马铃薯的种植期已经要结束了。尽管我们已经疲惫不堪，但如果我们那年想要收获马铃薯，就必须把活儿干完。

马克继续扔马铃薯，沿着垄沟加速快跑，而我回到谷仓，按照他匆忙的指示，将大铁锹从中耕机上拧下来，换上一堆圆盘，调整为朝内的V形，将沟内的马铃薯覆盖上松软的土壤。然后我回到谷仓去牵马，重新套上车，他们已经昏昏欲睡了。他们像我们一样，那天已经超时工作了。他们可能以为我是要牵他们去牧场过夜。我不愿意让他们继续工作了，但是我们别无选择。我那时还不相信动物具有人的性格这种说法，我怀疑将人的情绪投射于动物身上，是一种低估动物的表现。但是，山姆那天晚上确实带着一种责任感在努力干活儿，扯着嚼子，加快步伐朝田地走去，几乎是在拽着脚步迟缓的老希尔弗一同前行。

我以前从来没有使用过中耕机，但是马克扔马铃薯更快一些，所以役马的活儿留给了我。轮子和圆盘由脚踏板调节，所以这份工作的窍门在于，观察马的行动方向，关注座位底下的地面，二者同时进行。你必须保证垄条在两匹马的正中间，这样马铃薯才能完全被土覆盖。我发现我对直线不太擅长，然后就想，这说明了我性格中的什么特征呢？

在这个由两匹马组成的小小班级中，山姆可以说是老师的宠儿。他要么就是有过中耕的经验，要么就是学东西非常快。在垄条的尽头，我会吆喝役马松开沉重的圆盘，然后山姆就会将一只耳朵向后摆动，认真聆听转向的指示。在牧场中，希尔弗是无可争议的国王。而套上挽具之后，如果山姆知道该怎么做，他不惮于显示自己的权威。在转弯的时候，他轻轻推着希尔弗，有时候耳朵向后贴，昂首挺胸，傲视群雄。

月亮升起来了，但无济于事，只是天幕上一条苍白的缝隙，旁边是春季醒目的金星。我们完成四分之三的时候，天完全黑下来了。马克仍然在沿着最后的垄沟奋力冲刺，播撒马铃薯。我再也看不见垄沟从哪儿开始了。我几乎就要向着马克喊叫，说我们只能放弃了。这时我意识到，山姆确切地知道我们在做什么，在黑暗中能看得比我清楚。我们转弯时，我把缰绳放松，他自己可以找到垄沟起始的正确地点，然后停下来。我让他们往前走时，发现马铃薯处在正确的位置，在我的双脚之间穿过，暗影中白色球体若隐若现，而这并不是我的功劳。我们就这样完成了整片地的工作，马儿在夜晚寒冷的空气中汗流浃背。直到今天我也不明白，为什么他们能够如此心甘情愿地为我们工作。他们的体型足够庞大，可以拒绝我的要求，但是他们总是顺从我，即使是在劳累的漫长的一天结束时，即使是在黑暗中。

Part 4
夏天

“霜冻会在它们还没撒播种子的时候，就替我们把它们消灭掉。我们熬到半夜，做出婚礼的请柬。当它们溜进邮局投信口的时候，我感到一种可怕的恐惧。”

炎热的夏天来临，苍蝇也随之而来。折磨役马的大绿头蝇，烦扰我们的黑蝇和鹿蝇，聚集在母牛眼角的牛蝇，还有四处潜伏、等待鲜血的腐肉蝇。趁苍蝇还没有过度稠密，我们干完杂活儿以后，第一件事就是屠宰叫作凯思林的母牛。我们为肉牛群检查怀孕情况，发现凯思林一直没有怀孕，尽管公牛已经尽了最大的努力。戈德瓦塞尔先生感觉她的卵巢出了问题，所以我们把她挑出来了。这头母牛看起来很有意思，呈深棕色，蓬松的前额有着漂亮的白条，让我们想起了苏珊·桑塔格[①]。

我和马克现在能够相互配合，从容地进行屠宰。她正在安静地吃草。马克用枪射击，正射中眼睛和耳朵之间的X形，她应声倒地。牛倒下的时候会带着一种注定的动量，看起来比仅仅在重力作用下更快、更有力。绵羊也是如此。恰恰相反，鸡

① Susan Sontag，美国著名作家、知识分子、女权主义者，头发呈深棕色，额前有一绺绺白发。

死去的时候拍着翅膀，疯狂而紧张。猪并不是从容赴死，而是气急败坏。我有时候会想，它们在临死前的差异是否与它们的天性有关——莽撞的猪、温驯的母牛、惊慌的鸡，但我现在觉得这只是解剖学的把戏，与头骨的厚度和神经的分布有关。

看到一个死亡的生物，你不可能不思考自己的死亡。我问马克死亡是什么感觉，你认为她觉得疼吗？你认为她受苦了吗？他说，他觉得她并没有感到害怕，而且他不确定我是不是问了正确的问题。死亡的过程只是整体的一小部分。他说，就他自己而言，与广大无垠的虚无相比，他宁愿自己有点什么感觉，任何感觉都行。我告诉他，我们在一起的时候，如果我死了，我想让他把我当成堆肥。“我希望某种东西能够吃掉我的心和肝。”我说。在我吃掉了很多其他动物的心和肝之后，这是我能做的最起码的事情了。我们在靠近路边的田地里劳作，一对夫妇正朝这边走过来，这是早餐前的竞走。她穿着一件浅蓝色的运动式内衣和一条紧身黑色裤子，说明他们是夏天的游客，来自城市。我们把母牛抬起来，一条腿挂在拖拉机的铲头上，砍断一半的脑袋在空中荡来荡去。他们往我们这边看，一开始充满了好奇，然后充满了恐惧。“你应该把它写下来。”马克说。

那时候，我们已经对动物的内脏足够熟悉，对于吃掉最普遍的肉以外的部分，不再像以前那么拘谨了。一个人看作垃圾的东西，另一个人可能会视为美味佳肴。一开始，马克和我要吃掉很多不寻常的身体部位，因为那时候这些部位还不受会员欢迎。现在情势转变，如果我们能吃到一片肝就算走运了。但是那个时候，我们的厨房还是一个美食广场。马克试验、烹调，试验、烹调，直到做出惊人的香辣腰子派，放上奶油和培根。我的专长是做心脏，象征着浓郁丰厚的爱。在生长季节忙碌的日子里，我喜欢把心脏切成薄片，然后嫩煎，在每个餐盘都淋上一勺肉汁。冬季的时候，生活节奏放慢，没有人会介意一整天的小火慢炖。我将整个心脏填满晒干的香草、蘑菇、黄油面包碎屑，然后慢慢炖煮。我重新爱上了肝脏，尝试各种各样的肝酱和肝糜。我找到了提供这方面专业指导的食谱——简·格里森的经典之作《熟食与法国猪肉烹调》（*Charcuterie and French Pork Cookery*），具有作者独特的个人风格，而且对于蹄子和耳朵等零散部位，看法相当高明。我阅读了迈克尔·鲁尔曼（Michael Ruhlman）和布莱恩·波辛（Brian Polcyn）的《熟食》（*Charcuterie*），真实、精确、细节化，让我觉得像一位药剂师。之后我找到了一直以来的最爱，那就是休·菲尔林-惠廷斯托（Hugh Fearnley-Whittingstall）所著的《河边农舍肉食指南》（*The River Cottage Meat Book*），从鼻子到尾巴的烹调方式似乎更容易上手，也非常有意思。

我们第一次屠宰公牛时，我去看了休的书寻求指点。牛睾丸放在冰箱里，像椭圆形的垒球一样大小，摸起来软绵绵的，覆盖着白色的皮，上面有弯弯曲曲的紫色血管。“未经处理的时候看上去不太有食欲，”休安慰道，“但是一旦做好以后，就没有了恐怖的外表，而且我想，就像脑子一样，如果不知道它是什么，大多数人会觉得它们非常美味。”按照休的方法，我将它们在热水中烫了两分钟，去皮，然后用橄榄油、醋、葱和香草腌制。我在去皮阶段遇到了阻碍，因为我分辨不出来睾丸上什么是皮，什么是所谓的“其他”。我将一层薄膜剥开，却发现还有另外一层。我想，也许睾丸就像洋葱一样，如果我继续剥下去，很可能最后什么都没有。所以，我把一些白色和弯曲的紫色东西留在上面，之后我开始切成圆片，发现睾丸里面其实是浅棕色的粒状质地。如果你问我，我会说更像草原海胆，而不是草原牡蛎。我将切片放到调过味的面粉中，在黄油中煎炸，然后跟鸡蛋和吐司一起作为早餐。它的味道很有意思，跟新鲜的扇贝差不太多，而圆切片在形状和大小上也跟扇贝很相似。我很喜欢这道菜，而马克简直为之神魂颠倒。“在西班牙，”休说，“公牛的睾丸被视作上等美味，能够增进男子汉气概。”作为粉丝，我还给他写了一封信。

之后就是血了。凝固的部分是一回事，而流动的血，我不确定能不能处理好。这就好像是最后一个障碍、最后一道边界。我查看了休的建议，找到了他做血肠的食谱，他是这样评价的：“如果你想充分利用猪的每一个部位，这就是最好的证明。”

我和马克去杀猪的时候，我带上了一个罐子，接了大约半加仑的血。根据食谱，我在猪血还温热的时候进行搅拌，将勺子周围凝结成块的东西舀出去。其余的液体红得浓烈，比我见过的任何称之为食物的东西都要红。我炒了一个洋葱，加上雪利酒、奶油、香草、面包屑、切块的肥猪肉，然后将所有的东西放进猪血。马克将打结的肠衣递给我，我向里面注入猪血混合物。现在我手上有了一长串红色水球，但仍然不算是食物。我把一个浅底锅放在炉灶上，打开柔和的小火，将水球放进去煮。有些炸开了，但完好的剩余部分很快由柔软变得坚实，颜色也从红色变成了薰衣草紫。它们看起来在理论上可以吃了。冷却之后，它们就可以切片，里面布满了星星点点白色多汁的肥肉。这些血肠非常丰满，需要小口吃，但是味道却不会挑战你的味蕾，口感细腻，为雪利酒和香草留出了充足的品味空间。血肠质地细嫩，像慕斯一般，令人垂涎不已。

夏季向前推进，田地里大批的蔬菜开始成熟。周五的早晨，马克和我天光未亮时就已经起床，在凉爽的黑暗中收割莴苣、菠菜、牛皮菜、芝麻菜和甜豆，然后是小甜菜、小胡萝卜和豌豆。我从来没有尝过从地里直接采摘的豌豆，清脆甜美，永远也吃不够。托马斯·拉方丹为我们介绍了北郡烹调豌豆的方法。将新鲜豌豆放在牛奶中用小火炖，直到色泽变得更加鲜亮，但是并不变成糊状；加上盐、胡椒和少许黄油，最后放上一两枝薄荷。有了这样一碗牛奶煮的春季豌豆，你会觉得在除杂草和采摘上花多长时间都是值得的。

我们挖出了第一批新鲜马铃薯，像鸡蛋一般大小，带着一层明亮的粉红色薄皮。整整一个星期，我和马克都将水煮马铃薯作为午餐，佐以黄油和盐，还有一大碗新鲜绿叶菜。我在农舍前的石凳上吃饭，眺望我们的土地，可以看到农场正在成形。建筑仍然歪歪斜斜，农舍的窗户仍然破旧，但是现在已经有了一种明显的目标感，迸发出生气勃勃的火花。这座农场重新拥有了灵魂，我想。

会员本来仅仅满足于肉、牛奶和荨麻，现在可以拿到蔬菜，欣喜若狂。关于我们农场的消息流传开来，随着夏季时光的流淌，我们的会员翻了一倍，然后是两倍。

从清晨到晚上，我的生活重心已经转移到消灭杂草上来了。在务农的第一年以前，我的头脑档案中，“农业”与“自然”是归于一大类的。就像在许多事情上一样，我大错特错了。我发现务农是一场伟大而持续的战争。农夫坚持不懈地战斗，将自然挡在篱笆之外，而自然也在不停斗争，想要将农田归为己有。而城墙里是农作物，柔软脆弱，出身高贵，文明优雅，不是作战的料。杂草是大自然的盟友，这些脚步坚定的士兵加入了这场战斗。夏至临近的时候，在丰沛的雨水浸润和充足的阳光照耀下，双方都全副武装，全力以赴。每天早晨，马克和我都会迎着第一缕晨光向外眺望我们的土地，看到一片朦胧的新绿。对于我们的每一株农作物来说，都要面对一百、一千，甚至一万个敌人，一拨接着一拨，无休无止。

如果你想知道为什么有机蔬菜成本更高，这都是杂草惹的祸。在常规的农场中，清除杂草的工作通过喷洒一轮农药就可以完成。但是在有机农场上，这项工作必须持续进行，从发芽到收获，全凭劳力抵抗杂草。当它们刚刚从土地冒头的时候——这个初始阶段被称为“白丝”，由刚发芽的纤细的主根而得名，它们非常容易除掉，仅仅用手触碰，将纤弱的根暴露在干燥的空气之中，或者将新叶埋在土里，它们就会因缺乏阳光而死。如果任由它们长大一些——主根扩展为密实的白网，茎变粗，叶子舒展开来，清除它们就需要更大的努力了。一旦超出了白丝阶段，我们需要选择的工具就是锄头了。如果仍然任由杂草越长越大，锄头就没有用了，就必须徒手拔除垄条的杂草。

幸运的是，所有的农夫以前都以我们如今称为有机的方式耕作，他们发明的马拉工具可以准确有效地处理杂草。我们的兵工厂中最好的武器就是古老、生锈的国际牌双马拉中耕机，是我们在阿米什人的拍卖会上买到的。马克用白杨木做了一个新的辕杆，又替换了一些残破的零件。就像那年的许多其他的东西一样，它并不完全合意——轴承比较糟糕，所以轮子倾斜着，在山上和转弯的时候会啪嗒啪嗒地响，但是还是可以用的。它看起来就像挽车赛马中驾驶的那种双轮马车，但是上面安装着更多的控制杆、调节器和齿轮。如果电影《查理与巧克力工厂》（*Charlie and the Chocolate Factory*）中的威利·旺卡（Willy Wonka）不是做巧克力的，而是一位农夫，他一定会使用这种机器的。

我与这种漂亮的机器融为一体。干完杂活儿，为马刷毛、喂食，给马套上挽具，就马上爬上中耕机。那时候太阳已经升起，露水正在蒸发。在田地里，我对很多操作杆进行调整，这样可以控制铲刀在地面上前进时的深度与角度，目的在于搅动尽可能靠近作物的土壤，而不会伤及作物。马走在垄条的两边，我坐在垄条上方，用脚操作铲刀来回摆动。这是白丝阶段的魔术，杀死了田间每个垄条上成千上万幼小的野芥末和藜草。一条垄沟完成，回头去看那些东倒西歪的杂草在干燥的空气中枯萎，有一种巨大的满足感。

从那种视角，我渐渐认识了我们的敌人，以及各自的优势和劣势。狡猾的火炭母草，是处心积虑的知识分子；马齿苋是特洛伊木马，随着我们的工具潜入田间，成为难对付的敌人；蓟草是拿着狼牙棒的大坏蛋，生长缓慢，目标明显，但全副武装，而且善于看准时机，在生长季的高峰期播撒种子，那时候我们忙于在其他前线战斗，只能眼睁睁地看着紫花变成白绒，在空中飘散；最后是漂亮而杀气腾腾的旋花，是牵牛花的近亲，自然的魔女，我们的死敌。

旋花一开始看似无害、苍白、多汁，看似脆弱的触手很快就会长出小小的心形叶子。它一开始生长缓慢，之后呈爆炸式增长，每天都会长出几寸藤蔓，缠绕着幼小的秧苗，企图让其窒息而死。中耕机的铲刀在清除其他一年生杂草方面十分有效，但对旋花却无计可施。连根拔起或者埋在土里都无法扼杀旋花。有的藤蔓在铲刀上缠绕，被拔出地面，但如果它也缠住了农作物，作物也会被拔出来，然后就会在太阳中枯萎死去，而旋花会依靠自身湿润的茎叶，重新扎根，继续生长。旋花节节胜利，藤蔓变成繁茂的地毯覆盖在田间。而且中耕机刚刚前进几尺，工作部件就被藤蔓紧紧缠绕，铲刀变得毫无用处，在地上掘出高低不平的沟渠，马儿累得汗流浃背。对付旋花的唯一办法，就是拿着桶沿着垄沟爬行，用手一棵棵拔出来，从田里运出去，扔到垃圾堆里。然后冲着它们吐唾沫，以发泄我们的满腔怒火。我们花了一天的时间拔除“小欢乐”田里的旋花，一天结束的时候，新一批的多汁嫩芽又破土而出。

割晒牧草的时节开始了。我们所有的注意力都集中于天气预报和牧草情况。那年我们雇用了欧文斯一家帮我们割晒牧草，老欧文斯先生，还有他的两个成年儿子尼尔和唐纳德。每天晚上他们在机械车间中压捆的时候，我们都能听到熟悉的拌嘴的声音，这种奇怪的打捆流程让附近最好的技工感到困惑。

我们需要五千捆干草让我们的家畜过冬。割晒干草成功与否取决于天气。你需要有一连串的干燥天气，这样牧草可以被收割、晒干、抖松、再晒干，然后耙成列，然后打捆。如果干草淋了雨，就会变质。如果干草在非常潮湿的时候放进阁楼储藏，温度升高时就会发霉。在最坏的情况下，温度一再升高，它就会自己燃烧起来，谷仓也会被烧毁。

趁着连续几天的好天气，欧文斯一家争分夺秒，尽可能晒好更多的干草，而我和马克抛下其他的活儿，过来帮忙。我必须学会驾驶拖拉机，之前我一直逃避着这项技能的学习，不是出于厌恶，而是出于恐惧。我就像害了妄想症一样，害怕我的脚从离合器上滑下来，把什么人撞到，被该死的轮子碾轧。但是割晒干草的季节不允许我沉溺于恐惧之中。那天晚上，我爬上塞姆牌拖拉机的驾驶舱，这是意大利出产的橙色的巨大机器，其马力足以将城市夷为平地。我驾驶着拖拉机，男人们将草捆堆放在我后面的拖车上。我习惯了开拖拉机之后，感觉实在太棒了，就好像持枪一般，这种感觉近乎病态。尼尔是欧文斯一家最高大的一个，他可以用自己粗壮的手指钩住绳子，拿起五十磅的草捆，然后扔到拖车正确的位置上，在空中划出一道优美的弧线。他的行动看起来毫不费力，甚至细致优雅，就像小女孩扔玫瑰花瓣一样。那天下午的阳光给土地镀上了一层金色，每个人的皮肤都好像是茶色的。

有时候，晒制干草的工作会延长到夜里。欧文斯一家将草捆从地里运回来，马克和我把它们堆在干草仓里。一天夜里，我独自在阁楼中。夜空朗朗，月明星稀，但是干草仓里一片漆黑，唯一的灯泡散发出微弱的光芒，在灰尘中形成一个小小的光圈。马克出去了，将堆积成山的草一捆一捆地运到干草升运机上，通过窗户运进来。我听到草捆落在阁楼地上的声音，就把它们拖进来，拖到合适的位置。阁楼的一半已经满了，零散的干草整个晚上都从升运机上往下落，所有的声音都变得沉默，就像在大雪中一样。突然，我听到近旁传来响亮的喘气声、簌簌声、摸索声。我疲惫的大脑在高速运转。“熊来啦！”我尖叫着，我只有在紧急关头才会发出这种声音。声音穿过阁楼暗哑的、充满灰尘的空气，传出干草仓，压过干草升运机的叮当声，传到了马克的耳朵里。他关掉升运机，然后我听到温和而低沉的“哈哈哈”的声音。那是尼尔在黑暗中大笑，他刚刚费力爬上阁楼的梯子，要帮助我堆放干草捆。

这个故事不胫而走。一连几个星期，人们路过农场的时候，都会打开车窗跟我打趣：“我听说你把尼尔认作熊啦？”就好像在重复牛奶的价格一样。

盛夏是马克曾经告诫过我的疯狂赛跑的时节，各种事情迫在眉睫，进行时间与速度的比拼。干草！篱笆！收获！杂草！我们全速奔跑，种下晚熟的胡萝卜和甜菜。我们虐待卷心菜秧苗，拿着浅盘一路小跑，将它们扔在地里，然后用膝盖爬行，将每一株幼苗塞到土中，一点也不怜香惜玉。新的一天从凌晨三点四十五分就开始了。黎明之前干杂活儿，太阳完全升起之前就带着役马下田劳作，然后是干活儿，干活儿，干活儿，与天气赛跑，与杂草赛跑，与季节赛跑。一天下午，我坐在中耕机上，在垄沟末端睡着了，梦见自己坐在一条小船上。晚上挤奶从下午四点半开始，清扫和杂活儿要到七点才能结束，但是鸡要到九点才会歇息，我们要在那时候把它们关进鸡笼，防止被猫头鹰吃掉。没过几个小时，这样的一天再次上演。

马克似乎在自己身上开发出了一种神秘的、可能是魔鬼的能量。我从来没有见过他如此精力旺盛、兴高采烈。他在洗盘子或者摘豌豆时用西班牙语唱着歌。我们一起在田间劳作时，他对自己一无所知的话题产生了崭新的兴趣，问我流行文化和明星的爱情生活，而就算这些明星来到我们的田地里，用锄头敲他的脑袋，他都不可能认出来。他仔细地询问我嬉皮士到底是什么，我们相遇的时候我是不是一个嬉皮士。在我每周写给会员的简报中，充满热情洋溢的辞藻：“你可曾看到这周的日出？”还有，“‘家园’中的百日菊正花团锦簇，欣欣向荣。”

晚上，我们会再到田里巡视一番，看看我们的新种子发芽情况如何，哪块地最需要清除杂草。我们列出清单，根据轻重缓急排列顺序。条瓜甲虫突然大规模袭击了“信箱”中的瓜菜，将新移栽的黄油南瓜啃成一条一条的。一天晚上我们走在它们的下风向，可以闻到它们的味道，是一种刺鼻的臭味，就像指甲油清洗剂和腋窝的味道。它们被列在清单中的第一位。第二天早晨，趁着虫子仍然反应迟缓、战斗力弱，我们在田里穿行，将它们打翻装入满是肥皂水的桶，然后在车道上把它们一堆一堆踩死。

农夫辛勤劳作，大自然笑里藏刀，农夫潸然泪下，这就是农业的发展简史。在忙碌季节的高峰期，希尔弗受伤了，而这是我们最需要他的时候。我是在早晨发现的，我给他们套上挽具，沿着车道走向弹齿耙。每当他的左前脚掌着地的时候，他硕大的头就会突然抬起，抬得微微过高，而右侧踩地时，头又晃动得过低。我将他们赶回谷仓，将山姆独自留在马厩中，然后带着希尔弗回到硬邦邦的泥土车道上。我抓住他的笼头，哄着让他小步快跑，为了以防万一，我跟在他身边跑。这时，他跛着脚，步伐微微凌乱。下午的时候，戈德瓦塞尔先生过来了，可怜的希尔弗一瘸一拐的，就像受伤的士兵一样，蹄子几乎碰不到地面。他的脚底被刺穿了，伤口很深，有一英寸长。我曾经赶着他穿过谷仓的院子，我们在那附近拆掉了一座老旧的建筑，很可能就是在那儿发生的——一颗旧钉子，或者一片锋利的金属，或者一块翘起的玻璃，但幸好他没有伤到蹄子里的屈肌腱。他可能会没事，但是他需要休息，需要一个疗程的抗生素，需要换绷带，还需要每天在桶里泡高温泻盐水。泡水和换绷带令人筋疲力尽，因为他饶有兴致地踩在桶上而不是桶里，当他觉得自己玩够了的时候，就把大蹄子插进桶里，拒绝抬起来。至于休息，如果他只是一匹鞍马，被迫休息就是有些烦恼而已。但在这个季节最忙碌的节点，他是我们一半的牵引力，他的休息就是一大灾难了。

我们能做的就是一直努力。我们一边向前推进，一边做出弥补。我记得那时候感到一种反向的怀旧，也就是对未来的渴望，那时标准将得以订立，我们将能够预期会发生什么，知道如何做好准备来应对。

热浪如潮水般将我们吞没，仿佛是要弥补冬季的严寒。作物生长的速度加倍了。在北郡，作物需要抓紧时间尽快生长。你基本上可以听见它们生长的声音。我想象着细胞疯狂地分裂、再分裂，新陈代谢借由丰足的阳光、热量和雨水加快速度。

偃麦草伸出蛛网一般的新芽，有勒死胡萝卜和甜菜秧苗的危险。我们从木杆仓库把单马中耕机拖出来，与双马拉中耕机相比，它要钝一些、小一些，一个简单容易调整的V形工具在垄条之间前进，齿耙位于底部，尖端有一个与马连接的U形铁，后面有供人操作的把手。就像犁一样，这需要有人操作，绳子扣在肩膀后面，用手来引导把柄。我将山姆套在中耕机上，尽了自己最大的努力，但是第一回合下来，我除掉的胡萝卜比杂草还要多。马克也尝试了，结果是一样的。在危急时刻，你就要依靠自己的技能了。我从山姆的笼头上解下长缰绳，马克帮助我跃身上马，然后我骑着马，利用连接马队的绳子作为缰绳。马克在后面走，引导中耕机。双马拉中耕机一次就能完成两道垄沟，而我们得走两次，而且双马拉中耕机只需要一个人，现在则需要两个人，也就是四倍的工作。但是这对于连根拔除偃麦草极为有利。我坐在高大的山姆身上，看起来一定很小。一个邻居路过，停下来问骑马的那个小孩是谁。“我还是孩子的时候，那是我的工作。”他说。

没有了希尔弗，战争的形势对我们非常不利。雨下得不是时候，我们无法到田里干活儿，杂草占据了优势地位。当它们超越了白丝阶段，整片田地都沦陷了，必须用手拔除。我们冒着雨在田里进行紧急抢救，决定牺牲欧洲萝卜的幼苗和最近种植的卷心菜。杂草已经泛滥成灾，需要大量时间抢救田地，而且杂草就快要撒种了。一棵苋菜竟然能够产生二十万颗种子，这些种子会在土壤中潜伏几十年，等待机会生根发芽。如果我们任其发展，就是在播种未来的麻烦。雨停了以后，我把所有的垄条都耙到地里，杂草和我们的作物同归于尽，后来我如释重负，就像一个叛徒做完坏事的那种解脱感。

我们的朋友和邻居帮了很大的忙，他们挽救了我们。麦克和劳里·戴维斯带着全部三个儿子过来帮忙，一整个周六都在帮我拔除洋葱地里的杂草，而这时候他们自己的农场也有很多紧急的活儿要干。拉尔斯过来看看我们在他的土地上怎么样了，结果马上就被拉进来干活儿，从谷物仓中清除最后一些陈年小麦和死老鼠，这样我们可以用来贮藏新的谷物。在种植季节，他几乎每个星期都要回来一趟，以他特有的热忱帮我们完成各种紧急的工作。马克最好的朋友迈特从他在新泽西的农场中过来，带着他的小儿子杰克。迈特和马克曾经一起在“创世记”（Genesis）工作过，这是一个由激进的修女创建的生物动力蔬菜农场。看着他们收获作物让我感到难为情，因为我采摘一垄豌豆所花的时间，他们可以摘两垄。我将豌豆浸泡在冷水中，去除它们在田地中的热量，这时迈特去帮马克屠宰一头阉牛。（我担心这会让杰克感到不安，毕竟他只有六岁。但是他已经看惯了大型动物的内脏。“感觉就像篮球一样呢。”他用手戳着阉牛紧绷硕大的第一胃，柔声说道。）马克的姐姐琳达在生育第一个孩子之前拥有了自己的农场，她和她的家人来农场探望我们，立即被扔到马铃薯田里，拔除长得很高的黄色野生芥末，它们已经有了撒播种子的危险。我的父亲开两三天的车过来，接手马克的工作，在我骑着山姆往前走的时候操作单马拉中耕机。他现在仍然经常提起，当时看到我们如此努力地工作，只是为了显而易见注定失败的东西，他有多么心碎。一天下午，一车从缅因州来的年轻游客在路边停下来，为我们的马和中耕机拍照。马克在田地里遇见他们，迅速搭上话，还没等他们明白过来是怎么回事，马克就把锄头塞到他们手里，让他们在胡萝卜田地里干活儿。

我们晚上在农场漫步的时候，需要收获的作物清单越来越长。太阳下山的时候，我们在豌豆田里巡游，一把一把地吃豌豆，豆荚十分饱满，看起来就像留下了凹痕一样。在豌豆田旁边，小鹿进入了莴苣田，将每一个莴苣菜心都咬上一口，尝了一百棵，但一棵也没有吃完。马克晚上也喜欢这样吃莴苣。他用刀子割一个莴苣下来，把头埋进去，用牙齿扯下甜美的菜心吃，把其余的部分扔掉。这是农夫的特权，虽然是一种堕落浪费的行为，但这让我们感到非常富有。

问：为什么务农就像谈恋爱一样呢？

答：因为你耕种不一定得到收获。不不不，这是在说谎。你如何去耕种、培土、施肥、收割、贮藏，就会得到什么样的收获。

希尔弗痊愈了。冰雹与我们擦肩而过。最严重的危机已经过去了。番茄沉甸甸地压在藤蔓上。旁边的玉米生机勃勃，傲视一切，长势良好的地方高达十英尺。玉米！在我看着它的时候，它这样宣告着，绿油油的感叹号印在了我的脑海里。洋葱颈部塌下来，躺在地上。“它们怎么了？”我问马克。“没事，”他说，“这是衰老了。它们已经结束生长了。”

自由生长的牧场已经与我的胸齐高了。我们晚上走到割过草的地方，一群黑色的蟋蟀从我们眼前跳过，就像船头腾跃而起的海豚。农舍后面的池塘已经缩小了一半，密密麻麻的青蛙待在里面。每天下午，一只蓝色苍鹭会飞过来，耐心等待。静止，静止，然后以迅雷不及掩耳之势，抓住一只青蛙。青蛙在苍鹭的嘴里挣扎，苍鹭抬了一下楔形的头，将青蛙吞了进去，然后继续它完美的静止状态，如舞蹈演员一般，抬起一条纤瘦的腿站立着，膝盖向后弯曲。

一种新的天气来临，湿润沉闷，农场十分富饶，几乎令人感到压抑。西葫芦一夜之间就长成了一个大怪物，留在炎热草地上的一根膝节骨覆盖了厚厚的一层苍蝇卵。由成熟到腐烂，只有一步之遥。

这个季节衰退的代言人，要数番茄天蛾幼虫了。谁能知道这些东西的存在呢？它们像马克的拇指一样粗，至少一样长，有着平滑柔软的表皮，呈现绿苹果色，上面有白色的细纹。从某种角度看，它们很漂亮，是精雕细琢的活生生的艺术；但从另外一种角度看，它们是绵软、可怕、贪婪的敌人。无论从哪种角度，我都不得不佩服它们的伪装。我得盯着受破坏的植物很长时间才能发现这种虫子，尽管它们存在的证据显而易见：消失的叶子，被吃光的茎，留下的湿润的大团黑色粪便。有时候，当我很靠近但仍旧看不见幼虫的时候，它发出的微弱但极具威胁性的啪嗒啪嗒啪嗒声暴露了自己。马克告诉我它们会咬人，所以我用工具钳将它们捏下来，狠狠地踩进土里。虫子里面是鲜绿色的胶状物，七室的心脏在泥土中仍然在跳动着。直到它们静止不动了，我才敢转身离去。

七月匆匆过去，作物基本上很有保障了。八月的时候，大规模的霜冻即将来临，所以新的杂草不那么令人困扰了。霜冻会在它们还没撒播种子的时候，就替我们把它们消灭掉。我们熬到半夜，做出婚礼的请柬。当它们溜进邮局投信口的时候，我感到一种可怕的恐惧。

我要嫁的这个男人，令人疯狂。我也和他一起疯狂，我们共同产生了一种凶猛的能量。我记得二十岁出头的时候，跟年长我十岁的姐姐一起谈论婚姻的本质。她那时候刚刚离婚，冷静而明智。她说，有两种婚姻，一种舒适平静，一种炽热激情。马克和我，我们是火种，乞求一个火花将我们点燃。

理论上我最钦佩他的地方，也是细节上最让我抓狂的地方。他是一个有强烈信仰的人。他十五岁的时候，有一天放学后自己在家，耶和华见证人教派的人敲了敲他家的门。他打开门，邀请他们进来。好几个小时过后，当他的父母回到家的时候，他们发现他在为自己的个人信条写注释，已经打出五页纸的文件了。教派的人在沙发的另一端静静坐着。

我见到他的时候，他的学业和在发展中国家中的多次旅行塑造着他的信条。他曾经和他的家人在肯尼亚、厄瓜多尔、墨西哥的村子和城市里待过，大学毕业之后，他在委内瑞拉和印度学习和生活过很长时间。对他来说，那些地方贫苦的生活、农村文化的消失、环境的恶化，似乎都与生产和消费的加速循环密切相关。他看到廉价的商品耗费某人、某地大量成本，但这些东西到达千里之外的货架上时，成本就看不见了。他开始对不能见到的过程、不能衡量的影响感到不安。

这些并不是非同一般的结论，世界上很多人都看见了，也都承认，但是多多少少都继续过着跟以前一样的生活。而马克跟这些人不一样。他竭尽全力生活在消费的洪流之外，而这种消费洪流正是美国人生活的常态。他喜欢二手的一切，从内衣到用具。而手工制作比二手的更好。他告诉我，他梦想着有一天能够用野猪的鬃毛自己做出自己的牙刷。他讨厌塑料，一想到世界上将会有更多的塑料，他就忍受不了。我们相遇的时候，他有一大团自己用过的牙线，一直保存着。他含糊其词地说，因为它们有用。当我逼迫他说得具体一些时，他说，他有天可能会用它们缝裤子的裂口。

他对每一个日常决定造成的影响都会加以思索。我们还住在纽帕兹的时候，有一次我们在去商店的路上，讨论买非当地的有机食物更好，还是非有机的当地食物更好。这是一个单方的讨论，实质上就是一场独白，他自言自语了好长时间。我老旧的本田最终熄火了，而他拒绝更换。我只得暂时表示同意，然后我们骑着红色双人自行车去了商店，这是他上一次恋爱留下来的东西。我们到达商店时，我拿起一罐苦咖啡替代品，我想尝试一下，想让自己戒掉咖啡瘾，那时候我喝得太多了。而马克指出这既不是当地的，也不是有机的，建议我把它放回去。我觉得很惊讶，也很荒谬，最终还是买了下来。

我和我的朋友都没有什么强烈的信仰。我们对这个讽刺的时代睁一只眼闭一只眼。如果我们相信什么东西，那就是下东区的墨西哥店，会在外卖杯中装上非法玛格丽特鸡尾酒卖给你。对我来说，规则就像附件一般，有了也很好，但是没有也行。但你的道德准则是什么？对于做某件事的正确方法产生分歧时，马克就会这样问我。我会说，我没有道德准则。我是从纽约来的。我是个享乐主义者。

他的信仰也不全是严厉而虔诚的，而是有很多变化的空间。他相信世界和人类基本的善良和宽容。总的来说，世界也以善良和宽容回应他。如果没有，他也不太去理会，不会灰心丧气。而我对世界的善良和宽容的信仰，取决于持续不断的积极回应。我猜这与其说是信仰，不如说是前提。

所有的这些信仰赋予马克一种坚定的力量。没有信仰，我们不可能熬过第一季。我们也不会通过艰难困苦，学会如何役马务农。正是这种信仰，让他能够说服其他人与我们同舟共济。对于像我这样的人来说，没有受到从小到大被灌输的价值观的限制，也没有自己坚定的价值观，他的这一点对我有致命的吸引力。但是在婚礼前的几个星期，我越来越强烈地意识到，这种坚定的力量几乎等同于顽固，而马克可能并没有认识到这一点。而他不会原谅像我这样的人，没有他那种坚定不移的信仰。

而那种顽强的勇气，会让他有时候成为勇者，有时候堕为愚人。建立农场的几年之后，我们雇用了几个员工，马克让其中的两个，詹姆斯和佩吉，到肉牛过冬的五十英亩土地上为一头小牛去势。他们回来的时候脸色苍白，而小牛仍然没有去势。他们说，他们一抓住小牛的腿，那头母牛就变得急躁不安，所以他们断定，这个工作还是三个人来做会更安全。“哼。”马克不屑。他已经只身为很多小牛去势，母亲们向着他嚎叫、摇头。你只需要快一些，果断一些，看起来别那么害怕就行了，他这样建议他们。詹姆斯和佩吉那时候已经跟我们一起工作很久了，不会轻易向老板妥协。“那你来动手吧。”詹姆斯说。

这个出现问题的母亲叫作赛斯特拉，是一头年轻的黑色母牛，左角已经折断。她在前一年连续寒冷潮湿的天气中失去了第一个孩子。我和马克远远地在田地里见到她，赛斯特拉站在旁边凄惨地叫着。很早以前的时候我曾经在远处看见地里有一只睡着的牲畜，我开始无凭无据地担心它是死掉了，于是我大声叫喊着，直到将它惊醒，站了起来。但是死了的动物与睡着的动物相比，过于平伏、过于安静，而且你能看到一些微妙的东西，也许是失去了之前的柔软。

而赛斯特拉并不明白这些。她只知道自己的乳房胀痛，而她的宝宝一动不动。我们走近一些的时候，能够看到她舔小牛舔得多么厉害，小牛身上的毛发都变成了一绺一绺的。我们来地里是为了给牛群喂食干草，马车空了以后，我们就去处理小牛的尸体，以免引来食腐动物，招致掠食的发生。我们将小牛抬到车上将他带走，但是赛斯特拉在原地徘徊了好几天，哞哞叫着寻找她的小牛。我认为她无言地将小牛的失去归罪于我们，而且我相信当她看见马克拿着弹力去势器穿过田地向她儿子走来时，她一定是这么想的。

通常情况下，给小公牛去势最困难的地方在于抓住他。他们从一生下来就行动迅速，他们会躲避、会打转，但是如果你要在他满一个星期大之前抓住他，也不是不可能的。进行一两次冲刺，你就能抓到他了。在那之后，你只需把他翻过来，肚皮朝天，感觉到两只睾丸的存在，利用四叉弹力去势器，将结实紧绷的橡皮筋套住睾丸底部，然后放他走。母牛通常会在周围徘徊，用白眼珠看你，但是一切结束得太快，她根本来不及整理糨糊一样的想法，更不用说付诸行动了。

然而赛斯特拉一定已经想好了。我当时并不在场，但是詹姆斯和佩吉在，他们看见了。马克带着他们过去，向他们演示该怎样做。马克一碰到小牛，他们说，赛斯特拉就冲了过来。马克觉得她不是真的要冲过来，所以继续干手头上的活儿。赛斯特拉将他撞翻在地上，然后试图用她的大角把他顶到地里。詹姆斯和佩吉是在安全距离看马克演示的，但事态严重之后他们跑过来，挥着手臂，把母牛赶跑了。赛斯特拉带着她的黑色小牛，朝着开放式铁皮牛棚飞奔而去，其余的牛在那里安静地吃着牧草。

在这时候，大多数人都会庆幸自己运气好，逃过一劫，而且没有受重伤，然后回到家里另做打算。但马克毕竟还是马克，他掸了掸身上的灰，决定再去试一试。这一次，他还没抓住小牛，赛斯特拉就冲了过来。她弥补了上一次冲锋的缺陷，这次可是来真的了。马克赶紧逃跑，躲在铁皮牛棚的工字金属梁后面，赛斯特拉直接撞在了梁上，形成巨大的冲力，整个牛棚都被撼动了。直到那时，马克才决定，暂时不给她的小牛去势了。

但这个故事还有一个小小的完结，为了对马克和他的魔法圈公平起见，我还是得讲出来。赛斯特拉事件过去几天后，我们仍然会笑话马克。这时候我们接到了一对夫妇的电话，他们在专门寻找一头黑色的高地小公牛，作为种牛来饲养。在这个品种中黑色相对稀缺，而赛斯特拉的小牛是我们牛群中唯一的一头黑色高地牛。他们愿意出高价购买，所以这头黑色小牛和完好无损的睾丸以可观的利润卖了出去。

婚礼将会在农场上举行，我以前圈子中的所有人都会到来，见证我的新生活。我父母的很多朋友也都得到了邀请。这些人来自我的家乡，他们对我寄予厚望，将我送入外面的世界。我被赐予常春藤学校教育的厚礼，自此进入了光鲜神秘的纽约城，结果我却来到了这里。我觉得他们对我有某种期待，他们有权利抱有那种期待，但是在他们看到逃窜的老鼠、闻到猪粪的气味时，这些期待便将会破灭。我对于婚礼忧心忡忡。

我们为典礼选择的地点，是农场中间三十英亩的一片起伏的田地，比周围的地要高出一点点。这是我们最好的田地之一，排水良好，长满了三叶草。我们在这片土地上放牧、休息，在季末时收割牧草。因此，当夏天即将逝去、秋天即将来临时，这里就像一大片经过完美修剪的草坪。三面的树篱已经很陈旧了，长满了高大的树，还有绵延的石头围栏，饱含着另一位农人的心血。第四面的树篱很新，主要是灌木丛和树苗，中间有一棵虬曲盘旋的老橡树，居高临下。没有一个电影星探能够找到比这里还完美的举办田园婚礼的地方，而且古老坚挺的橡树似乎是永恒和稳固的吉祥象征。从谷仓过来要走半英里，对一些宾客来说太远了，所以我计划用马拉着一辆长长的绿色马车将他们接过来，上面放着我从谢恩·夏普那儿借来的长凳。我们将在西边谷仓的阁楼上举行接待晚宴和舞会。但这需要下点功夫，因为谷仓里没有了干草，但有很多鸽子，没有灯，而且只能通过梯子爬上来。

我试图用宾客的眼光打量我们的房子。它有很多优点。房子方正稳固，就像码头工人一样结实。房子的地基上刻着1902的年份，经受了多年寒冬酷暑的考验。马克的父亲以建房为生，他说这是一栋精心建造的好房子。上面有很大的窗户，带着窗棂，还有两个烟囱。老旧的厨房烟囱是用砖做成的，里面已经毁坏了。我们曾经打破炉灶上方的墙向烟囱里面查看，现在这个洞还在，用一个锡纸比萨盘遮盖着。新一些的烟囱在东边，是由泥瓦砖石砌成的，外表很丑陋，但是很结实。

我曾经看过农舍按照设计修建时的老照片，那时候还很漂亮，一条整洁的石头小路延伸到开阔、立有圆柱的门廊，遮蔽着前门。我们来到农舍的时候，门廊已经关闭了，外形很难看，圆柱也不见了。门廊上方的房顶微微低了一些，有不同程度的弯曲。二楼的大窗户替换成了狭窄廉价的小窗户，使得房子看起来就像眯着眼一样。其中一扇窗仍然破裂着，跟我们来的时候一样。优雅的前门已经被闲置了，是害怕重新修葺门廊太过麻烦的后果。我们穿过胡乱涂抹的湿衣存放室进去，漏水的屋顶在墙板上留下了褪色的大洞，一股潮湿的气味经久不散。房顶的漏水处很难修好，这是因为房顶接合的方式有问题。石膏板墙上的洞仍然存在。我们想试着体面一些，将破破烂烂的边缘弄平整一些，这样在大家走进门的时候，七零八落的东西就不会碰到他们的头了。

房子的里面仿佛一幅滑稽的漫画，本地特色的东西——石灰板条墙、硬木地板——被油布、绿色地毯、剥落的墙纸和压木嵌板（楼下是标准的棕色，楼上是白色和一种奇怪的绿色，在大自然里找不到这种颜色）所覆盖。在厨房里，惨兮兮的仿砖墙面从来糊弄不了任何人，即使是在崭新的时候。这些元素，据我们所知，来自上一次的修葺，是在三十年前，自从那时房子就被频繁使用。我们在镇上听说，有一阵子这里住着十六个人，都是刚刚高中毕业。他们留下了砸进墙板上拳头大小的洞，纳斯卡赛车的贴纸留在门后，电话号码用铅笔写在白绿相间的嵌板上。

我曾经对房子怀有憧憬。我相信它坚实的架构。但农场初始那一年的混乱中，我对它并不好——甚至比以前所有的租客都要坏，他们至少会清扫地板。我们刚从地里出来便在一楼进进出出，地板上常年泥泞。那年夏天的一个下午，可怜的老妮可在一个暴雨天气不小心被锁在了湿衣寄存室，她非常害怕打雷，那天被吓坏了，拼命地又挖又咬，想从房间的门底下钻出来。妮可安然无恙，但是铁门受到重创，底部弯曲，被撕得乱七八糟，而我们并没有时间换新的。

在厨房里，我们安装了一个工业规格的三格不锈钢槽，上面钉上用钢管和丝网做的粗糙的晾架，用来放置牛奶罐和不锈钢桶，直到我们有了专门的挤奶房。我们将一个重型挂钩固定在厨房的天花板上，在屠宰的时候悬挂牛肉，直到我们有了专门的屠宰车间。它们为厨房增添一种粗暴、工厂、虐待的感觉。窗户上没有窗帘，我们的家具也很少，大多数是家里人用过送给我的，还有一些是我从纽约的公寓里抢救出来的。我们没有沙发，只有围绕着松木大桌子的几个坚硬的餐椅。房子好像在说，这里没有坐歇，只有工作或睡觉。

我们是镇上唯一不修剪草坪的人家。在爱瑟镇，就连藐视法律的人、醉汉、打老婆的人和常年失业的人，都会修剪草坪。在郊区，人们的院子里可能会有汽车架在木头上，长期放置，但周围的草也都会每周修剪。我们年迈的邻居埃弗哈特夫妇，不仅将草坪修剪得整整齐齐，还进行了精心装饰，三色紫罗兰环绕着小雕像和小鸟戏水盆，还放置着一台防水幻灯机，每天晚上以房屋为背景放映画面，每个节日都放映不同的影像，从独立日的国旗到圣诞节的雪人。

相比之下，我们的草坪越来越邋遢。当我手上堆满箱子或者工具或者木桩经过草坪时，就会感到深深的自卑。我知道这是我们在社区居民心目中的污点，象征着我们作为镇民的失败。夏初的一个晚上，我抓起我父母送给我们的小型电动割草机，试图修剪草坪，但是那时候草已经长得非常繁茂了，这无异于用鼻毛修剪器剪羊毛。我在草坪的边缘剪出了一个破碎损坏的条纹，宣告失败。八月的时候草长得过高，可以没过狗和小孩了。我们的社区中有很多古怪的人，人们可以容忍他们，但是我可以看得出来，我们的草坪使邻居感到烦扰，因为他们不拿这件事开玩笑。我们的其他糗事——比如谢恩·夏普帮助马克将一对高地牛角拴在我的本田车盖上，看上去就像我的车在炫耀自己的八字胡一样——他们会不断跟我们开玩笑。但是对于草坪，他们却闭口不提，这可不是什么好兆头。

马克完全没有受到这种社会压力的影响，而且总体来说，对草坪不屑一顾。从他的眼光来看，草就是用来放牧的，解决方法也正在于此。我们可能永远没有时间来修剪草坪了，但是如果草坪上的草足够繁茂，而牛又饿了的话，我们倒可以找出时间建一个篱笆。婚礼前的几个星期，我们用电护栏将草坪围起来，将肉牛群转移到这里来，而奶牛群放在了车道那边小一点的牧场中。

整整三天，牛群都在替我们修剪草坪。我们和着鲁伯特呼唤奶牛的声音入睡，那是一连串哀伤低沉的声音，声音中洋溢着欲望。之后是暴躁的嚎叫，音调之高，在公牛中算是男高音了，是一种欲望因电护栏而受挫的声音。早晨我们随着母牛轻柔的吃草声醒来，就在我们的窗户底下。一个雾气朦胧的早上，我们正在吃早饭，伴随着母牛妈妈在雾气中寻找沉睡的小牛的哞哞声。我刷牙的时候，透过楼上盥洗室的窗户看着他们。他们惊扰了在池塘边筑巢的野鸭，但是树燕却十分兴奋，飞行队伍日益壮大。我打开窗户，跟牛群打招呼，他们一齐回应，抬起头看着我，下巴仍旧在咀嚼。他们转移到新鲜牧场的时候，草坪重新成为草坪，草剩下不到一英寸，十分整洁。邻居点头表示赞许，而我也可以将“修剪草坪”从婚礼任务清单中画掉了。

我的朋友艾利西斯在夏末又来看望我一次，在她去希腊之前。我们都上大学的时候，我和她作为旅行作者，一起被分配到罗马待一个夏天。在那里我们坐在万神殿外面吃意大利冰激凌，看着黑头发的男孩骑着小摩托车在我们身旁呼啸而过。

这是县集市的最后一天。油炸桶里的油已经陈旧了，巡回游艺团已经疲惫了，喊声嘶哑。马拖车和小卡车停靠在谷仓旁边，装载着4-H的项目：鹅、兔子、母鸡、小牛、小马、绵羊，还有吊床、睡袋、冷藏箱、马梳、蹄油和电剪刀。这些动物看起来疲惫不堪，孩子看起来疲惫不堪，父母看起来也是疲惫不堪。在谷仓里，青少年们已经用塑料花、彩旗、照片和表演用的缎带装饰他们的马厩，在海报板上用标签笔写着草书，充满感情（“主啊，感谢您，感谢您赐予我们马，感谢您赐予我们耶稣，将我们从地狱中拯救出来”），而有一张是悼念某人的叔叔在俄国溺死，上面特别强调，是在黑海发生的一个意外。我们从谷仓里出来，走进明媚的下午。摩天轮在万里无云的晴空下转动。在隔壁的花厅，反对堕胎的人将粉红色的塑料胎儿摆在桌边。共和党也有一张桌子，我向我们的邻居罗恩挥了挥手，他正在分发红色、白色、蓝色的宣传册。在人潮拥挤的大厅对面，有一个长胡子的男人在卖皮革加工品，他的摊位上挂着钱包和皮带，皮带的扣子上装饰着浮凸的大羚羊，神情惊诧，有一对巨大的角。

我们又回到外面，路过放鸭子的池塘、骑小马区，还看见进行奇特动物表演的男人，他正把自己的蛇装进包裹。艾利西斯和我在一个拖车前排队买玉米热狗和冰沙。他们正在宣传一种塑料杯装的苏打，就像水桶一般大。我还在想世界上什么人会买这样的东西，这时我们前面的三个男人和后面的那个家伙就每人点了一杯。人群拥向看台，他们的手腕因为苏打水桶的重量而向下弯曲，排着队买撞车大赛的票。进入集市要花费十美元，进入撞车大赛的看台又需要五美元，儿童也包括在内。所以，一家四口还没买一个热狗或者一加仑苏打，就已经扔进去六十美元，他们准备好去看一场精彩的碰撞。

在看台上，可以看到露背背心和紧身短背心，文身的瘦削女孩和胖胖的女人，从短裤裤腿伸出来的口袋，还有印着石油公司、汽车公司商标的T恤。很多小孩就像弹球一样在大家庭成员的腿边蹦蹦跳跳。

他们搭起沉重的混凝土模板，在赛马道上作为屏障，形成一个约五十码长的矩形。来自交通部的一辆罐车向泥土地面上喷水，直到形成几英尺深的泥浆。在屏障外面，赛车正在排队。在过去的几个星期里，每天晚上和周末，成群的男人在他们的后院里摆弄这些车，这是几代人的传统，像圣诞节一样神圣。他们加大引擎的马力，卸下挡风玻璃，用铁链锁住门和后车厢，用一加仑的小油箱替代调节油箱。有些车手用管道胶带把泡沫垫片固定在门框上。这些车用棋盘格和条纹装饰，有的喷上打斗的口号（“给你点颜色看看！”），有的很幽默（“我爱啤酒”），还有一些是家人和爱人的名字【“爸爸+萨曼莎”，“嗨，小狐狸”，还有“杰西卡，我们的角度”，这个人错把“天使”（angel）拼成了“角度”（angle），认真地用鲜绿色的大写字母，喷在二十世纪八十年代的老车上】。每一轮比赛中有十二辆车，它们在车道上咆哮，就像摩托化的狮子，机动化的雄激素，美国化的斗牛。

第一轮是四缸小车。每行三辆车，排成四行。我让旁边的一家人帮忙解释一下比赛规则，他们告诉我们，仍然能移动的最后一辆车是赢家，有经验的车手都是用车尾去撞别人的车，而不是车头，这样可以保护引擎，而且如果他们想在最后赢得奖金，就不能撞得太用力。而那些缺乏经验的，或者控制不了自己的，则会把油门踩到底，拼尽所有向对手的侧翼撞去，这个过程中自己的车也被撞坏了。

绿旗挥动了一下，汽车马上向对方撞去，发出尖厉的声音。突然间一片喧哗，声音震耳欲聋，你都无法听到自己的呼喊。当金属撞击金属的声音传来，你与其说是听见，不如说是能在骨子里感觉到那种碰撞。赛车手在车子里来回摇晃，头盔撞在卸下玻璃的门框上。短短几秒之内，就有火焰从一辆车的车盖上喷射出来，汽油燃烧的烟滚滚飘向看台，挥旗的人示意比赛暂停，消防员带着灭火器跑过来。

这一轮持续了十分钟。随着车辆熄火或者无法动弹，比赛渐渐接近尾声。最后只有一辆车可以勉强移动，这个瘫软无力的幸存者被宣布为获胜者。车道上四处是损毁的机器，烟雾和蒸汽从上面升腾而起，液体从里面泄漏出来。两辆四轮卡车来到跑道上，将失败者拖走。卡车司机是高中男生，穿着牛仔裤，戴着棒球帽，没有穿T恤，露出平滑的胸膛。他们在车辆之间来回奔走，显露出熟练的专业技能。他们座位旁边和后面的车厢里坐着漂亮女孩，长头发、小麦色肩膀。后面的车厢座位用软垫装饰，在驾驶厢旁边堆高。女孩们穿着细吊带背心和热裤，戴着大大的耳环和太阳镜，面无笑容，假装没有人在看她们。

接下来是大一些的汽车，然后是大功率高速度的美式暴力跑车，之后的一组就是开着小型货车的妈妈了，但是那时候我们已经忍受不了了。烟雾、噪声、压力，加上集市的喧嚣，我们已经吃不消了，而且我们已经累得筋疲力尽。比赛还要继续进行几个小时，每一轮的获胜者将会互相较量，最终的胜利者将能得到一千美元的支票。艾利西斯和我跨过一条条腿、一双双脚，与专心观看比赛的人群擦身而过，走出看台，回到挂着粉色棉花糖和大号动物玩具的一排摊位。灯光亮起来了，暮色四合，在绚烂的灯光下，一对对初中男孩女孩搂在一起散步，在集市上约会，但还要互相大声叫嚷，来掩饰彼此的亲密接触，好像这样就可以使他们的欲望化于无形。

Part 5
秋天

“世界上根本就没有逃离这一说，只是用一些困难交换另一些困难。我想要逃离的，不是马克，不是农场，也不是婚姻，而是不完美的自我。”

土地是以颜色标示的时钟。夏日渐渐逝去，我们世界的调色板也由鲜绿色变成了暗绿色，然后是赭石色、暗褐色、各种各样的金黄色。天越来越短，日光也笼罩着一层金色。五颜六色的斑点在树上铺开：红色、橘色、黄色。南瓜成为暗淡土地上的灯塔。晚植的向日葵进入花期，它们的花盘距地面有十英尺，蜜蜂忙碌地飞来飞去。秋麒麟草在树篱间花团锦簇，正好与我的结婚戒指颜色相配。我已经收在盒子里一年多了，是我在缅甸的一个黄金市场上买的。当时我们刚刚订婚，我被派到缅甸出差。我当时并不知道马克的戒指尺寸，我猜他的手指比那里一般的缅甸人都要粗，所以我找遍市场上的摊位，寻找尺寸最大的戒指。我在一个挂着红丝绸、弥漫着檀香味的摊位上找到了这对戒指。24K金，暗黄色，简单的圆环，沉甸甸的，亚光，金戒指很难有这般的朴素和庄重。我的戒指太大了，而我猜马克的戒指会太小，所以我觉得回去以后可能得调整一下。我这般告诉商家的时候，她很吃惊。“不要切，”她说，用两根手指敲击着戒指，“晦气。不要破坏爱情。”

九月，沉甸甸的收获季节。拔胡萝卜、拔甜菜，将上百磅重的袋子堆放在块根菜窖中。马克收割成排的黑豆和芸豆，脆生生的豆荚里豆子又干又硬，我把它们连同茎一起采下来放在马车上，马拉着在旁边慢慢走着。豆荚摇摇晃晃地堆在马车上，有六英尺之高，我们将它们拖回家，铺在亭子的水泥地板上，然后开始用连枷将豆子打出来，这是我们用捆草线缠绕着扫帚做成的。

整片田地上的作物收获完毕之后，我们在上面铺上堆肥，让土地吸收足够的营养，为来年耕种作物做好准备。堆肥是来自我们的混合肥料堆，七英尺高、十二英尺宽，沿着场院延伸六十英尺。主要材料是十一吨受到损坏的玉米，这是我们刚刚过来的那个冬天，一个种植谷物的邻居送给我们的。我们在玉米上堆着一层层没有更好用途的有机物：粪肥、田地里拔出的杂草、浸满尿液的褥草、不卫生的牧草、不受猪和鸡欢迎的蔬菜，还有我们不吃的动物的身体部位——皮、肠、胃、脾、胰腺、肺、蹄子，还有角。

如果碳和氮达到平衡，水分适当，物质充足，混合肥料堆可以消化任何曾经有生命的东西。在之前的整个冬天，堆肥上面冒出了一缕缕蒸汽，就像迪斯科舞厅中的烟雾一般。它的味道不太好闻，就像有些发霉的玉米粉薄烙饼放在烤盘上一般。顶层很温热，足以孵化苍蝇卵。表面一英尺之下温度极高，足以烫死杂草的种子，足以烫伤你好奇的手。在农场的第一年我遇见的所有不可思议的事情中，堆肥热分解时的强度和持久度是最让我惊奇的，让我直想拍着大腿说，谁能想得到呢？那种热量来源于各种微生物的作用，有的如此微小，一勺土壤中就有十亿个。它们在堆肥里进食、繁殖、死去，食用大一些的有机体——植物和动物——并释放它们活着的时候储存的能量，这些能量基本上都来自太阳。为了感受这种奇迹，我认为在冬季将手伸进堆肥，被上个夏天储存的阳光灼伤，是非常值得的。

在整个冬天，一直到春天，我都用拖拉机的装载铲头搅动堆肥，将表面和边缘的低温物质翻到仍然灼热的中间部位。如此搅动之后，温度再次上升，但没有原来那么高了。混合，加热，冷却，重复。混合肥料堆的体积越缩越小，夏末的时候已经减少了一半，各种单独的成分已经融为同一种物质，含氧量高，松散，呈黑色，可以铺在田地里。

那个星期，马克几个晚上都在机械车间里，修理我们买来撒堆肥的马拉式撒肥机。我们将堆肥铲到撒肥机上，差不多四分之一满，然后带到田地里试验一下。这是一个灵巧的老机器，基本上就是一辆带有狭长高边木箱的推车。木箱底下有两条铁链，通向后面的三个搅拌器，铁链和搅拌器都用齿轮连在轮子上。我开始挂挡，马向前拉，铁链和搅拌器转动起来，我们的堆肥在行动的马车后面抛出一个高而宽的弧线。马克和我欢呼起来。之后走到垄条中间的时候，搅拌器将一块堆肥向前而不是向后抛去，从我头顶飞过，正好打在希尔弗的屁股上。他吓了一跳，耳朵向后，走得更快了。铁链和搅拌器也转动得更快，声音变得更大。马儿慌慌张张地想要飞奔起来，我用尽了全身力气才把他们拉住。从那之后，希尔弗似乎不信任撒肥机了。每当我挂挡的时候，他的脖子就会绷紧，头猛然高高抬起。

马儿和我可以在不到三分钟的时间内撒完一吨的堆肥，这也差不多是沿着田地的长边从一头走到另一头所需的时间。这份工作最讨厌的部分在于将这一吨堆肥装到撒肥机上。马克帮助我用长柄草耙将堆肥铲上去，每一车都需要二十分钟时间。随着一天的时间流逝，我们愈加疲惫，每装一车需要更长的时间了。到下午的时候，带有装载铲头的拖拉机就显得魅力无穷了。同样的工作，它只要毫不费力的两铲子就可以做好。唯一的问题就是，希尔弗讨厌那辆拖拉机。每当我们经过停在院子里的拖拉机时，希尔弗总是盯着它，好像它是一头潜伏的狼。我担心拖拉机在后面轰鸣，那正好是他的盲区，他会受不了。但是我们实在是太疲惫了，而且天也越来越晚。马克开动了拖拉机，说好如果希尔弗情绪激动，就让拖拉机熄火。我从撒肥机的座位上跳下来，来到马头这里，每次骑马的时候我都会这样做，这样可以给他们信心。

我还记得接下来发生了什么，就好像电影一样。广角镜头中，我站在马头这边，两手握住马笼头，看着希尔弗的耳朵，然后给拖拉机的蓝色铲头一个特写，上面装满堆肥。背景声音是颤动的柴油引擎。之后镜头切换到希尔弗，他有一点躁动，但是还控制得住。然后铲头向撒肥机倾倒堆肥，希尔弗凹起背来，身体僵硬。之后铲头与撒肥机的金属部件又一次碰撞，当啷作响，希尔弗终于爆发了，所有的重量都放在后腿上，前腿从地上高高抬起，头距离地面有八英尺之高，我的手从笼头上落下来。然后我们看着两匹马狂奔而去，撒肥机沿着车道向小路上飞快前行，快速滚动的车轮之间的绳子已经毫无用处，他们就像月亮一样遥不可及。

从那以后，我曾有过不止一次的机会，想象马狂奔而去的时候是什么感觉。我知道这是因为恐惧，但我觉得应该也有一种喜悦，或者如果不是喜悦，那就是兴奋与放纵。逃脱的马总是在本能和所受的训练之间摇摆不定，逃跑即是屈服于本能，这种强烈的冲动驱使它甩开长腿，服从进化的本意，缩小它自己和死亡之间的距离。这也是一匹马逃脱一次之后，就不能再充分信任的原因，逃跑这个选项已经向它敞开了。

当希尔弗的前腿抬起时，我不记得自己当时选择了赶快闪开，只记得那时我突然回过神来，而马儿已经在奔跑了。撒肥机沿着车道当啷作响，就像煤气着了火一样。马儿逃离的不是拖拉机的声音，而是套在身后的大声喧闹、无法逃离的东西。他们的脖子往前伸，松散地含着嚼子，全速向前飞驰。荒谬的是，我竟然跟在他们后面追。我还记得当时我把夹克脱下来，扔到了车道上，好像这样可以为我减轻负担，让我跑得快一点。在短短几秒的时间内，我和马儿的距离就无法超越了，越来越远。他们到达车道的尽头时，已经离我有一百码了。我想让他们在到达道路之前赶紧停下来，但是他们没有停，而是转身继续跑。现在他们与道路平行，在田边的小路上飞奔。我跑下车道，穿过田地，不合逻辑地希望我能够截住他们，赶上他们，然后——然后什么？跳到他们面前？而余光中我看到马克像子弹一样冲过车道。他从拖拉机上跳下来，骑上自行车，在马身后狂奔，像赛车手那样身体前倾，腿像活塞一般迅速上下摆动，沉默而迅速。

我的大脑像过电一般，充满了肾上腺素，思考着种种可能性，从坏的情况到更坏的情况。农田沿着道路向前延伸半英里，之后变成树林，田地和道路之间有一道沟渠。马儿碰到树林以后会停下来吗？或者他们会掉到沟渠里摔死吗？或者他们会转过身来，继续在农场里乱转，直到他们碰到什么东西停下来或者翻倒？哪个也没有发生。接近田地的尽头，一段十英尺的沟渠上有个覆盖着的阴沟，而马儿好像事先计划好了一样，他们慢慢减速，九十度角转过阴沟，回到路上，然后再次转身，沿着道路向西，朝着小镇的方向奔跑。

他们穿过了黄线，所以至少他们在正确的道路上奔跑，而不是直接向着迎面而来的车辆，这是他们受到训练的结果。撒肥机的金属轮子发出巨大的咔嗒声，我能听到他们声音的时间比能看到他们身影的时间更长。我来到路上的时候，他们已经跑过一个小斜坡，消失不见了，而跟在马身后疯狂蹬自行车、就快追上的马克，也不见踪影。妮可兴奋起来，也在路上跑，瘸着患关节炎的腿，尾随着整个队伍。我最后一次看见他们的时候，离小镇只有半英里了，如果他们跑到路的尽头，会发现T字形的路口，那么最坏的情况就会变得更坏了。

我站在马路中央，拦下了路过的第一辆车，开车的是一个留着胡子的中年男人。我当时气喘吁吁，头发倒竖，身上沾着粪肥，他能够停下来，真是够勇敢的。他让我坐在后座，我尽力控制呼吸，告诉他我的马跑掉了，问他能否开车载我到镇上，慢一点走。他问我马逃脱有多久了，我说我觉得大概是十五分钟吧，其实回想起来，这个答案很荒谬，也就不超过三分钟而已。他并没有说什么，我也没有再提供更多的细节。我知道故事的结局已经临近，非常担心。路上的车辆不多，但速度仍然很快。要是撞上了，后果将不堪设想。而且马克骑着自行车，看起来也相当脆弱。我认为马以那样的速度不可能跑太久，其中一匹马有可能会绊倒在地，而且我不敢去想之后会发生什么。我确实记得当时还计算了一下，如果我回到农舍去拿枪，要花多长时间。

坐在那个男人的车上，这一英里路变得相当漫长。

我们刚刚爬上那个小斜坡，就看到马儿在正确的车道上向我们走来，步伐平静，沐浴在午后金色的阳光中，就像好莱坞电影中缠绵的结尾镜头一般。马克坐在撒肥机的座位上，手里握着缰绳，面带微笑。妮可舌头垂下来，跟在后面小跑。两匹马看起来都没有瘸，也没有看到哪里流血。

我坐在撒肥机的箱子里，马克告诉我发生了什么事。他追上了两匹马，骑着自行车跑到他们前面，然后稍微减速，吆喝他们停下。他们本来一直在右车道上奔跑，但是当他们看到马克在前面的时候，开始转向左车道。马克往左移一些，他们又转向右车道。一辆车那时从后面开过来，明白发生了什么事情，然后不可思议地在最左边超过了他们。车开到马的前面，轻踩刹车，马的速度慢下来一些。无论是谁在开车，他们一定是改变了主意，因为他们开始加速，将马克和奔跑的马儿甩在后面。马克努力保持在他们前面偏左一点，然后马儿越来越偏右，直到套在右边的希尔弗踩在了柔软的路肩上。马克看到他们接近一段栏杆的顶端，这里有一根三股粗缆绳穿过的金属柱，感到忧心忡忡。马儿向前跨了两大步，来到了金属柱前面，两匹马各在一边。再有一步，它就会撞到两匹马中间的撒肥机，以那样的速度，撒肥机会翻车或者会更糟，两匹马都会受伤，甚至送命。

这是本来应该发生的事情。但实际发生的事情是，山姆在护栏的一侧跑，希尔弗在另一侧，他们原本在急速狂奔，现在突然止步不前，撒肥机在距离护栏一英尺的地方停下来，两匹马都站着不动，气喘吁吁，直到马克到他们前面来。马克说，当他触及他们的笼头时，他们看起来与其说是惊慌，不如说是惭愧。他拿起缰绳，坐在座位上，让他们从护栏那儿后退，在车道上转过来，开始往家走。

雨又一次降临，到了该为冬天贮藏食物的时候。我的邻居贝丝过来帮忙，我们用懒人的方法将番茄装罐，不用去皮或者去籽，只需要将它们切块，扔到锅里，用小火慢慢煮一整夜，成为浓浓的糊状物。我们将上百磅的番茄装罐，整个的大木头餐桌都被番茄和番茄汁覆盖。夜里我梦见了番茄。

马克和我买了一个立式大冰箱，安放在我们的地下室里，装满了成袋烫洗过的牛皮菜、羽衣甘蓝、花椰菜、幸运收获的晚栽菠菜，还有最近采摘的青豆和毛豆。我们的会员在一季下来已经增加到三十多人，而地里的收成足够每个人随心所欲地进行储存。

冰箱装满了，我也不想再装罐了，于是我们开始在瓦罐里发酵蔬菜。桑多·卡兹（Sandor Katz）是个奇人，他的书《自然发酵》（*Wild Fermentation*）是不可或缺的。根据他的指导，我将五加仑的罐子[①]装上一层大蒜和小茴香，还有几小把葡萄叶，来增加单宁酸的含量，保持泡菜鲜脆的口感。之后放进一整蒲式耳[②]的黄瓜，再倒入盐水，没过所有这些东西。桑多说，这就是全部了。我还有所怀疑，但结果证实他是对的。两个星期之后，泡菜做好了，口感强烈，带有蒜味，鲜美可口，跟下东区的古斯泡菜店里的泡菜一样出色。

然后马铃薯成熟了，令我望而生畏。藤蔓在地面上枯萎，而在底下，它们的块根就像马克的拳头一般大，我们每种一颗，上面就长出十颗来，总共有一万磅。我很担心，一想到如此庞大的重量，就觉得胆战心惊。马克浏览电话簿，给我们在这一片认识的每一个人打电话，无论是会员、朋友还是点头之交。我不知道在收获日那天会有多少人来，但是只要来一个人，就算是对我们很大的帮助了。

约定的星期六到来了，我们在马车上堆满了蒲式耳箱，将山姆和希尔弗套上马铃薯挖掘机。挖掘机是我们在拍卖时买的，还没有进行检验，对是否能正常运转还没有十足的把握。它与前车连接起来，有一个可调节的机首深入培土的垄条底下，这样马拉车的时候，一层厚厚的土和里面的马铃薯就会翻涌上来。挖掘机上有一个一人坐的座位，调节挖掘的深度。机器后面有一个网带，将马铃薯输送回地面，在这个过程中甩掉

① 根据上下文来看，应该不止一个罐子。

② 蒲式耳（bushel），1蒲式耳大约相当于8加仑。

马铃薯上面的泥土。挖掘机开始正常运转之后，会在后面留下厚厚的一行马铃薯，在地表等着人们过来将它们捡起。马克坐在挖掘机上，我坐在前车上驱赶役马。

我们在第一条垄的时候挖得太深，马需要拖曳的重量很大。马儿经过一季的劳作已经变得非常强壮，他们拉得如此用力，希尔弗挽具上的拖曳皮绳突然断了，平衡器掉在了他的后脚边上。马克跑回谷仓去拿备用的挽具，而我赶快过去向希尔弗嘘寒问暖，他很难过，但并没有受伤。我们用农夫的方式在田地里修好了挽具，一段金属丝、几卷电工胶带，然后再次启动。这一次我们挖的深度正合适，马铃薯魔术般地破土而出。马克不禁欢呼起来。我在垄条的尽头停下，回头看铺得厚厚一层的马铃薯，然后看到汽车和卡车到来，大家拖家带口、呼朋引伴地过来帮忙。我们挖完所有的垄条之后，地里有三十个人，有我们的朋友，还有我们没见过的人，哪个年龄段的都有，从小孩到老人，弯下腰往桶里捡马铃薯，在垄间谈笑风生，大喊大笑。一群组织有序的最强壮的人将整箱的马铃薯搬到车上。

我赶着马回家，将他们安顿在马厩里，然后回到田地里，带着一个锅和几品脱黄油。这已经是真正的秋天了，中午艳阳高照，但空气仍然有些冰冷。田地里的玉米已经失去了生命的痕迹，叶子就像棕色的纸旗一样在微风中瑟瑟作响。我们在田里煮带着皮的马铃薯，用餐巾包着热气腾腾地享用。我们用煮马铃薯来温暖我们冰冷的手指，将皮剥掉，在上面放一些黄油和盐。我至今还没有发现有比这更好的方式来赞颂马铃薯朴实、坚韧、持久的本质。

婚礼邀请的回复寄回来了，有我们的新朋友、新邻居，还有从欧洲、加利福尼亚和东海岸赶来的老朋友和家人。马克一旦认识了新朋友，就会发出邀请，所以宾客的名单增长到大约三百人。婚礼就像是一个巨浪从天际涌来，无处逃脱，可能致命。不过，农场的需求仍然高于一切。我们听到天气预报警告霜冻的来临。南瓜必须在霜冻袭来之前收获，否则就会毁掉，剩余的番茄也是如此。瑞伊出人意料地生了一头小牛。我们一天早上在牧场看到了她的大公牛宝宝，四分之三的荷兰血统，身体瘦长，长着黑白斑点。瑞伊的乳房像变魔术一样鼓胀起来，大小是平时的两倍，给她挤奶就像撬锁一样。她每天两次分泌四加仑的乳汁，我和马克每次挤奶都要花上两个小时。

我对婚礼的期望，一个个地被放弃了。房子不粉刷了，破裂的窗户也不修理了，仿砖墙面和嵌板就毫不愧疚地维持仿造的状态吧。草坪还不错，是新啃出来的。中午的时候我们编排菜单，在清单上列出大量任务：从阁楼清理干草，搭建楼梯，拉电灯线，宰牛做烤牛肉，杀鸡，为彩排晚宴做准备，写结婚誓言。

收获季节的食物味道相当正，烹调的过程越简单越好。周日的晚餐就是简单的练习。青菜沙拉，基本上没放任何调料；黄油煮青豆；热炉烤甜菜，切片后放点油和醋，上面放一些小茴香。宾客到来之前的最后一个周日，吃这些东西的时候，我们改姓的话题摆上了桌面。我从来没有想过要更改自己的姓氏。妮娜结婚的时候也保留了她的姓氏，我认识的大多数女人也是这么做的。我喜欢我的名字，喜欢它的头韵和稳健的四步扬抑格。我并不是反对他的姓氏，只是，这是我的名字，是我的代表，就像“叉子”这个词坚定地代表了我手中拿着的这个东西一样。我认为我不应该放弃我的姓氏。我以前觉得马克应该知道这一点，尽管我们还没有讨论过。可他说他不这样觉得，让我感觉很惊讶。他考虑的是孩子的问题，他觉得复合姓氏很别扭，而且还要对不同的姓费力解释，尤其是在我们这样一个社区，夫妻姓氏不同是很不寻常的。另外，他说改姓意味着承诺，在语言学上确立了你们成为一家人的事实。听着他的话，我怒发冲冠，准备为捍卫我的姓氏而斗争。“所以我就改成你的姓吧。”马克耸耸肩说道，这种解决方法就像我们做的那顿饭一样，简单而慷慨。

婚礼前的一个星期，我们的父母到了。他们四个都竭力掩藏自己的震惊，阁楼里仍然有干草，这是舞会将要举办的地方，而我们待办清单上的事情都还没有动手。我们根据他们各自的技能和兴趣为他们分配任务。我的母亲清扫阁楼，我的父亲被派到湖那边的佛蒙特州，买回成桶的啤酒和苹果酒。马克的父亲负责建造楼梯、拉电灯线，马克的妈妈则做一些技巧性的工作，找来牛皮纸当桌布，三百个红色大手帕作为餐巾。马克的姐姐带着红头发的奥林过来了，这个红头发的小孩还在蹒跚学步。他姐姐负责花卉的布置。

没有一件事顺利进行，这是没有预先计划好的结果。阁楼是举办晚宴的地方，却溅满了鸽粪，从陈旧的粉末到新鲜湿润的排泄物。我的母亲擦洗高低不平的木地板时，鸽子就在圆屋顶上咕咕叫，留下新鲜的粪便。马克和我冲到五金店买了铁丝织网回来，用来将鸽子挡在外面。但是野生的鸟只是问题的一半。我们的放养鸡舍离谷仓太近，那些富于冒险精神的鸡发现了阁楼，经常过来走走，在刚刚清洗过的地板上暗中下蛋或者乱抓一气。在所有动物当中，我母亲最讨厌的就是鸡。我们决定挪走鸡笼，既是为了我母亲的精神健康，也是因为宾客在即将搭建的楼梯上可能会被鸡绊倒。

离婚礼还有三天的时候，我趁着母鸡晚上歇息时把她们关进鸡笼，用拖拉机拉着鸡笼，来到旁边五十码以外的那块地上。第二天早晨，母鸡又回到了谷仓和阁楼。更糟糕的是，夜幕降临的时候，她们抛弃了鸡笼，就歇息在老地方，一百只母鸡塞在谷仓院子的树篱间，或者挤在谷仓的房梁上，下面就是宾客吃饭的地方。即使是习惯了混乱状态的我们，也知道这是绝对不能接受的。除了绊倒的风险和造成的混乱之外，她们像那样在外面睡觉是不行的，会被猫头鹰或者浣熊吃掉。我们用临时搭起的网和护栏将她们围在鸡笼里，但她们一次又一次地逃出来。我看见我的母亲戴着工作手套，勇敢地举起网子的一端，确定无疑地知道她有多么爱我。最终我们放弃了网子，直接用手，将母鸡从所有歇息的地方抱下来，用手电筒一一搜寻，一只两只地扔进鸡笼，我们一直到半夜才把整个工作完成。

之后所有的事情一股脑儿发生了。好朋友们和马克的很多堂表兄弟姐妹都到来了。妮娜和她的丈夫大卫从加利福尼亚，我的哥哥和嫂子丹妮从弗吉尼亚的海滩来到了农场。他们穿着干净优雅的衣服，看起来与农场格格不入。我的嫂子是医药代表，穿着原色的时髦套装，还有未被磨损的平底鞋。只有我的朋友希尼和她的丈夫史蒂夫穿得轻松舒适。希尼在爱达荷州的一个农场长大，就在一个四十人小镇的边上。在他们举办婚礼时，我们几个伴娘从花园里拔下洋葱做马铃薯沙拉，开着小货车到她家附近的山谷去采野花，去邻居家拿鸡蛋。史蒂夫会训练马、给马钉马蹄铁，从小就役马干活儿，所以我们让他负责驱赶役马拉车。不知怎的，妮娜被分配了帮忙杀鸡的任务，我现在还有一张照片，照片上她一手拿刀，一手抓着鸡脚。那时候她已经不像前一年那样在我的答录机上不停地问问题了：你解决椅子的问题了吗？你能雇到酒保吗？如果下雨，你有后备方案吗？就像在大学里一样，她因为爱我，将自己的明智判断放在一边，陪我一起往前走，时刻准备着帮我捡起从我加速的列车上掉下来的东西。

我的朋友伊莎贝尔从伦敦赶来，直到最后一分钟时才确定自己可以赶到。我给了她附近的一家提供住宿与早餐的民宿名称，只有那一家还有空房间了。如果你开车路过，不慢下来仔细看的话，会觉得这里还很豪华。一位非常友好但不大靠谱的女士拥有并经营着这个地方。伊莎贝尔来到这里的时候，那位女士忘记了她要待在这里。伊莎贝尔是唯一的客人，她住的房间布满了厚厚的灰尘，结满了蜘蛛网，充满了雪茄的气味。伊莎贝尔说，这位女士有种郝薇香小姐[①]一般令人毛骨悚然的感觉。那天晚上这种感觉变得更加糟糕，她正在洗澡，那位女士显然昏头昏脑的，来到蒸汽弥漫的浴室中寻找她的母亲，然后坐下来使用马桶。伊莎贝尔喜欢冒险，喜欢跌宕起伏的故事，但就算是对于她，这样的事情也很难承受。所以，我们把她安置在我父母在湖边租的小屋的隔壁房间。

就在婚礼的前一天，我们还在将我们最后拆除的建筑的瓦砾拉走，将木材碎片烧掉，用磁铁找钉子。马克的父亲将最后的塑板钉在了新建的阁楼楼梯上。农舍里人来人往，满地泥泞。还有蔬菜需要收获、清洗、剁碎，牛肉和猪肉的侧肉需要

---

① Miss Havisham，狄更斯小说《远大前程》中一个古怪的老处女，终日生活在凄凉的老宅中。

烧烤，桌子——有的是租来的，有的是从教堂借来的——还需要摆放装饰。我的母亲快速行动着，嘴紧闭成一条细细的直线，这是担忧的表情。如果给她的头上配一个漫画对白，那一定是“以后请别再给我丢脸了”。

排练晚宴的那天晚上，我的嗓子开始灼热，我觉得发烧了。我们选择了十月上旬仍然开业的唯一餐馆，那里的主厨，我们的朋友安迪，使用我们的食材为三十人做晚餐：烤童子鸡、红马铃薯，炖秋天的青菜。酒过三巡，我疼痛的嗓子有所缓解。每个人都对我们的食物赞不绝口。在旁边的房间里，我可以听到我的朋友从纽约到来了。我向外窥视，看到三个前男友一起坐在酒吧里点酒喝。我的母亲敬了一杯酒，祝酒词的结尾是“如果这能让我的女儿快乐，那就这样吧”。我仍然发烧，有些眩晕，于是尽早溜出去了，在旅馆狭小闷热的房间独自度过了一个不眠之夜。

我不完全确定自己想要将这件事进行到底。如果我母亲的表情说明的一切都是正确的，我该怎么办呢？我是签下了一个什么合约呢？贫穷、繁重的工作，还有一个男人？尽管他有很多优点，但正常人还是觉得他难以相处。客观来说，这并不是一个好的赌注。还有一些东西，我不知道为什么没人提起。婚姻让你放弃很大一部分以前的你，这种放弃一定会令人伤悲。对于某件事、某个人的选择，就意味着要放弃其他很多东西，而这是一种很沉重的告别。

我们婚礼的那天早晨，天气阴沉湿冷，大雨即将来临。妮娜和大卫开车到南边去取我们将提供给宾客的馅饼，它们取代了蛋糕。那个星期早些时候，我们将猪板油和一大堆南瓜送到南边，猪板油做皮，南瓜做馅。那个烘焙师傅还担任舞会的小提琴手，他完全忘记了这笔订单，一个馅饼也没有做。妮娜到达商店的时候，烘焙师傅甚至不在。这是一件糟糕透顶的事，但在北郡文化中经常发生，就好像在墨西哥遇到常年性的迟到，在孟买会经常看到牛车与汽车相撞的交通事件，都是可以预期、可以接受的。但是妮娜为我急得快发疯了，跟大卫开着他们租来的车，花了将近一天的时间在这一片奔忙，买光了每一个偏远的餐馆、货车商店、路边摊的馅饼。

我现在回头想想，可以看到我们婚礼的那天就像我们的婚姻和农场一样，既精致又凌乱，既庄严又奔放。但是在那个时候，在一片混乱之中，我就知道，爱的核心并不只是我和马克之间小小的男女之爱，而是一种更大的爱，一种更广阔的善良。我回想起来的时候，有一种被捧在手里的感觉，那是我的朋友、家庭、社区，以及让我们的土地丰收的神秘力量。这是一种坠落后被温柔接住的感觉。

每当人们到达的时候，就投入到工作中，剪花、切菜、照看烧烤的牛侧肉，还有摆满猪肉的热熏烤器。在阁楼上，我父母的好朋友将干草捆摆放成装饰，搭建小提琴手的背景，摆放出一条临时过道，用花朵进行点缀。他们在粗糙的房梁上挂满白色的小灯。有人到田里去，剪下十棵怒放的向日葵。马克的姐姐摆弄花很有一套，她将一束束向日葵系在阁楼的柱子上。在所有的桌子上，她都摆放了玻璃罐，里面装满了矢车菊、百日菊和蓝紫色的勿忘我。这个宽敞而布满灰尘的地方，现在看上去宏伟壮观，就像乡村大教堂一般。干净的稻草和马儿好闻的味道从下面飘上来，伴随着他们轻柔嘶叫的声音和沉重的马蹄声。

结婚典礼之前的一个小时，我独自在床上躺着，穿着结婚礼服，一块冰冷的毛巾放在我发烧的额头上。我的朋友妮娜、希尼、伊莎贝尔和布莱恩在我的门前出现，拿着一瓶冰镇波兰伏特加。小提琴手没有按时出现，所以我强迫布莱恩这位法文教授，我认识的唱歌最好听的人，在典礼结束的时候清唱一曲《天赐恩宠》。我们都一饮而尽，致友情，致勇气。

为了躲雨，我和马克在谷仓里举行了结婚典礼。中午刚过，昏暗的光线透过灰尘照了进来。我的姐姐将一束红色百日菊塞到我手里，有人带来了一条狗，是大而松软的拉布拉多犬，在宾客的人潮中游荡。我们互相许诺，无论贫穷还是富有都不会分开，然后将缅甸金戒指戴到了彼此的手上。牧师宣布我们结为夫妇。马克将我抱起来亲吻，阁楼里响起掌声和笑声。布莱恩唱着《天赐恩宠》，我们走回那群朋友当中，这时我们的身份是丈夫和妻子。

在婚礼的照片中，我的皮肤呈典型的农人晒黑的肤色，脸、脖子和前臂是深色的，新长出肌肉的肩膀和低胸部位是白色的。这就糟蹋了我从纽约买回来炫耀的结婚礼服的效果。我姐姐帮我在朵纱挑的，手工缝制，绵绸质地的轻纱，最浅的薰衣草色。我穿着我祖母（二十世纪）二十年代的丝质婚鞋。我疯狂地笑着，拿着一玻璃罐苹果酒。我在最后关头紧急编上的两条辫子，本来想要造成讽刺的效果，现在也松开了，散成一绺一绺的。马克看起来还像平常一样，就是看起来干净了些，穿着新的白色衬衣和灰色裤子，蓝色毛衣系在脖子上。他的笑容很自然，是发自内心的笑容，看上去喜气洋洋的。他站在我的旁边，胳膊搂着我的腰。他比我高出太多了，我们看起来就像不同的物种。

我们召集客人帮我们照看吧台，帮忙倒啤酒、苹果酒和白酒。马克的父亲做了一道鸡肝酱，给纽约来的客人留下了深刻印象。他的母亲将熟透的番茄片摆在了罗勒和我们的农庄奶酪之间。大浅盘中堆满了切片的烤牛肉和烤猪肉，成条的新鲜面包和我们的黄油。一个盘子中装满了烧烤的块根蔬菜，还有青菜和芝麻菜沙拉。所有的食物都是我们种植或者饲养的。妮娜买回来的馅饼摆满了一张桌子，蔚为壮观，有奶油、水果、酥皮等各种口味。我的嗓子有灼烧的感觉，我仍然在发烧，而且喝了太多酒，所以对之后发生的事情记忆模糊。我只记得雨停了，马克将拖拉机套上马车，将宾客带到田地里，参观我们的作物，还有牧场上新生的小猪，鼓励每个人都采摘些蔬菜和花朵回家。我记得双方的小朋友——有些穿着罩衣，有些穿着连衣裙——在鸡笼里跑进跑出，拿着装满鸡蛋的篮子，捉住谷仓里的小猫，强行爱抚。老鼠在谷仓前的猪圈中进行着最后的抵抗，每次有人从门缝往里看，老鼠就会四下逃散，引起人们的尖叫。我记得小提琴手终于来了，该到我们第一场舞的时候四下寻找马克，但是并没有找到他，因为他正穿着好衣服，在楼下给母牛挤奶。

宾客和家人渐渐地离开了，我们终于瘫倒在床上。我们的朋友用彩色纸带装饰了我们的床，还有一些有性暗示的东西。婚礼后的第二天，天气预报发出霜冻的警报，所以在我招待宾客吃告别早餐时，马克集结了一些人去收获南瓜。他们形成了一个编组，将南瓜从一个人抛到另一个人手上，从地里运到马车上。马克被一个南瓜砸中了额头，留下了几道伤痕，所以我们婚礼后的第一个星期，马克看上去有些像杀人魔王查尔斯·曼森（Charles Manson），令人十分不安。那天晚上霜冻如期而至，第二天向日葵、番茄、胡椒、罗勒，还有其他娇嫩的植物都冻死了。而我却有一种解脱感，不用再采摘番茄和豆子了。然后马克病倒了，发烧、嗓子灼痛，我的病也还没好，几天里我们基本没怎么动弹，只是拖着身躯起来干些杂活儿，并给瑞伊那深不见底的乳房挤奶。

我们的婚姻本来可能像明星那样短暂。客人都走了，礼物都被拆封和欣赏完毕，发烧也好了。我什么都没有剩下。我感到非常空虚，而且我很冷。我们还没有安装壁炉，暖气锅炉也不能用了。我以前工作过的旅行指南出版社打电话来，向我提供一份临时工作，是在毛伊岛[①]，我接受了这份差事。我用冰冷的手指拨打电话，预定住处和汽车。我们结婚只有一个月，而现在我要离开两个月。我将农场的所有重量都留给马克一个人来承担，我知道这份重量对我们两个人来说都难以承受。我安慰自己这对他来说也不会很糟糕，霜冻已经来了，而且这份差事赚来的钱足够弥补他可能经受的艰难困苦。马克开玩笑说，我是去夏威夷度单人蜜月了，但是这个笑话很空洞。我想我们都清楚，有可能我真的不会回来了。我想象着我的朋友会叹口气，说这确实是我的风格，他们一直以来都知道会有这一天；我的父母会翻个白眼，原谅我让他们经历了这样一场闹剧，然后讨论该怎么处置结婚礼物。

我对旅行的依恋，核心在于我相信真的存在一种东西，叫作逃离。只需薄薄的一张机票，你就可以改变一切。上一次我来到毛伊岛机场的时候，我还是一个二十岁的小女孩。当我走

① Maui，夏威夷群岛第二大岛。

向行李时，我想我能不能在拿着夏威夷花环接机的人群当中，找到年轻自由的自己在等待着我，抑或是我与一个农夫和一座农场的婚姻，已经将原来的自己扼杀。我想我会找到答案的。旅行能让你将事情看得更加透彻。清除所有分散注意力的背景，你会发现自己正在凝视着冰冷的现实。

在这个世界上，没有一个地方像毛伊岛这样离北郡如此遥远。十一月的北郡在寒冷中苦苦挣扎，而毛伊岛温暖如春，微风拂面，水果低垂在树上。在普卡拉尼（Pukalani）一个普通的地区，我在一个普通人家里租了一个一楼的小公寓，就在路的尽头。公寓里家具齐全，还有烤面包机。所以，当我将衣服悬挂在衣柜里的时候，我觉得自己开始了一种崭新的生活。我想，逃离是多么简单，一点也不复杂。

我着手开始工作，包括探察充满岛屿风情的旅馆房间，品尝当地美食，想出新的表达方式来描述白色的沙滩。这很孤独。夏威夷式的派对上挤满了新婚夫妇，脸色绯红，随着夏威夷吉他伤感的声音一起摇摆。在我看来他们很虚假，穿着鲜艳的衣服，就像电影场景中的临时演员。巡游餐厅时，我坐在酒吧间写东西，几个单身男人瞥见我一个人，想走过来，但看到我手上崭新戒指的光芒，又转身离去了。我最终还是切割了戒指，调整了大小。毛伊岛与我上一次在这里的时候相比，变化很大：多出了很多人，堵车时间变长，没有足够的停车位，但是海洋没有变化。我在日落时分沿着布德文海滩（Baldwin

Beach）散步。我租来了一个冲浪长板，系在车顶，这样就可以时刻准备好鼓起勇气，向在不远处上下浮动、等候下一个海浪来临的人群划去。

一时间，我忽然愣神了，几乎是僵住了。但是，当我从那种状态中缓过来一些的时候，我发现我最先想念的不是马克，不是牲畜，而是泥土和农活儿。我深刻地感觉到自己没有得到滋养，就好像我越来越轻，就好像我随时可能被风吹走一样。

在嬉皮冲浪小镇帕伊亚（Paia）漫步，我走进了一家健康食品商店，在后面找到一张桌子，上面摆着当地种植的新鲜青菜和一小堆水果。上面有一张手写的标牌，有农场的名字和电话号码。我把它抄下来带回公寓，然后拨打电话，根本不知道我想干什么。那个农夫接起了电话，我就开始滔滔不绝地说起来，这一点也不是我的风格。我向他讲述我们的农场、我们的作物，还有我们的役马。我向他打听他的土地、种植季节，哪些作物长得好，哪些长得不好。我能感觉出来他很忙，而我还一直打扰着他。我觉得自己就像一个孤独的流浪者，在激动地跟自己遇见的同胞说话。就在我们挂电话之前，他说他正处于困境之中。他的妻子离开了他，而那一年他们刚刚才一起开始CSA模式。他需要向会员提供食物，突然需要自己独自承担，每天被工作淹没。我能不能过去帮助他收获呢？他说，他无法给我工资，但可以送些食物让我带回家。你可以从中看到他的境遇和马克的相似之处，可能觉得很可笑，也可能觉得一点都不好笑。

第二天一早，我就在他给的地址前面停下车来。雾气从地面升起，一时间我以为来错了地方。这里在我看来更像是花园而不是农场。这是开发出来的一小块地，周围环绕着人家。几英尺开外的地方，一个邻居走向自己的越野旅行车，穿着工作制服，标志着他是一个警卫或者警察。这里有一个鸡舍，里面有白色来亨鸡和斑纹芦花鸡，一个柑橘树丛，还有用旋耕机耕过的四分之一英亩黏土地。这里有一个番石榴树篱，还有几棵装饰性的棕榈树。一切看起来都这么小，真是不可思议。

那个农夫带我快速参观了四块种植蔬菜的迷你农田。我可以看出来，他要处理的问题跟我们的很不一样。短暂的生长季节中杂草疯长，我们面临着巨大压力，而他没有这样的问题。但是他面临的是不断增加的害虫、菌类和各种各样的腐烂，在季末没有冰冻期可以清理这一切。这里实际上没有季节之分，只有湿润一点和干燥一点的区别。他的目标也与我们不同。我们想种多少地就可以种多少地，通过多种一些作物，给一切留出更多的空间，来避免灾难和错误带来的损失。我们有役马充当拉力，让我们可以在长长的垄条、广阔的土地上耕种。他在这个地价昂贵的小岛上只有这么一小片有限的土地，必须从每一寸土地中争取最大的价值。他将防抽薹的莴苣种在密集的小块土地上而不是垄沟里，每隔一个星期连续播种。所有的杂草都由他徒手去除，将身体探进菜地。我如饥似渴地拔出一棵芝麻菜，一小枝辣黄芥末。他递给我从一棵树上摘下来的橘子，我将指甲伸进外皮，品尝麻刺的味道。尽管我们两个的农场有所不同，但这不过是同样的奇迹装在不同的包裹里。我内心的一个角落在悄悄地说，如果你不回去，你也可以做这样的事，简单，小规模，找到一块地，种一些食物。

但这个农夫看起来像是有过好日子。他的短裤吊在身上，好像最近瘦了很多。他的脸上带着一种困扰的表情，咬紧牙关，大口大口地喘气。他说那天上午会有十个会员过来取蔬菜，所以我们最好趁着太阳没那么灼热的时候抓紧干活儿。他拿出来带着冰块的冷却器来给收获的作物降温，还有两个小篮子。他指给我抱子甘蓝在什么地方，告诉我他需要多少。我挎着一个篮子和一把收割刀，开始干活儿。

马克曾经训练过我如何像疯子一样干活儿。在我们的农场上，收割不是一种冥想，而是一种竞赛。我们赶尽杀绝。在马克骑自行车环游全国的时候，曾经在新墨西哥州和一群拉丁裔员工一起干活儿，收获辣椒，从此塑造了基本的工作风格。他们的速度让他十分着迷，而他仔细观察，看看他们是如何做到的。他发现他们两只手共同上阵，没有对左手或右手的偏好；总是往前看一步，这样甚至在抓着辣椒的手还没落下的时候，就知道下一步该抓哪一个了。他们干活儿的时候还经常唱歌，来自他们祖国的活泼、伟大的民歌。所以，马克也变得非常灵巧，学会双手并用，向前看，在田地里唱些活泼的歌。他是我见过的劳动最快的人。他的手眼协调能力非常强，实在不可思议，双手的可及范围非同一般，而且一心一意，心无旁骛。当他在垄条中飞一般地前行时，就像动画的现场版一样，胳膊和作物、肤色和绿色交织在一起，模糊不清。多年来他从其他的师傅那里学到了许多提高速度和效率的方法，全都传授给我了。经过一年时间的晨间收获，我可以弯腰沿着垄条蹲着走，挥舞着锋利的刀子，闪闪发光。一抱一抱的青菜扔进篓子，豆子飞落如雨。

所以，在夏威夷的那天早上，我开始用我唯一知道的方式收割抱子甘蓝。不像马克的速度那么快，但也相当不俗。我的新朋友，这位岛上农夫，已经开始收获另外一种作物了，但是当他看到我时，被我的速度吓了一跳。他挥舞着手臂，叫我停下来，仿佛在足球比赛中宣布犯规一样。这让他心烦意乱，他不得不停下来，回到屋子里抽会儿烟。回来的时候他平静下来了，给我演示他希望怎么来收割。他收获的方式不是死亡竞赛，而是温柔采摘。他会对着叶子思考一会儿，然后几乎是极不情愿地剪下来，然后让它飘进篮子。看见他这样收获让我很难受，为收获十人份的蔬菜就要花掉整个上午的时间。

看着那个家伙的抱子甘蓝飘落进篮子，那一刻，在我的心目中，我才真正步入了婚姻。世界上根本就没有逃离这一说，只是用一些困难交换另一些困难。我想要逃离的，不是马克，不是农场，也不是婚姻，而是不完美的自我。可无论我走到天涯海角，她都会紧紧跟随，直到永远。

我迫不及待地想要回家。回到家后，我将深深地扎根在这片土壤上。

后记

我在冬季最黑暗的一个星期回到家，接管了我以前负责的杂活儿，自从我离开之后，马克一直在做这些事情。“杂活儿”这个词暗示着之味，但我并不是这样感觉的，我一直想念着杂活儿。杂活儿意味着率先感受天气，率先活动筋骨，而我已经熟悉了每一个舞步。马克和我一起完成开始的几个步骤，在黑暗中，几乎不需要说话，被窝的温暖还带在身上。我们在牛犊棚中用奶瓶喂小牛喝奶，搔一搔他们的尾巴根，然后到仓舍去，将奶牛从牧场中唤回来。我喂仓舍里的猫，而马克开动块根研磨机，磨碎甜菜和胡萝卜。奶牛一边咀嚼，我们一边挤奶。我让马克清洗牛奶桶，往鸡盆里倒新鲜的清水，用糠麸谷物重新填满鸡食槽。然后给奶牛倒水，再去阁楼给她们拿来四捆上好的第二次收割的干草。我绕过西边仓库，前往役马牧场的路上，太阳冉冉升起，显得湖对面的翠山（Green Mountains）格外美丽。每天早晨，我停下脚步，望着远处驼峰山（Camels Hump）的单峰陷入沉思。有些时候它被云雾笼罩，有些时候被染成橘色或者红色，还有些时候，当我起得很早时，只能看到它两种维度的存在，黑色的山峰衬着浅黑的天空。我试图从那样的景象中寻找当天的预兆，预测天气，以及可能发生的情况。

马、阉牛和猪都喂好了之后，我回到房间，带着一丝舒适和满足。马克已经洗好了牛奶用具，正在炉灶上做早餐，嗞嗞作响。

我不在的日子里，他勉强撑过来了，只因为得到了会员、朋友和邻居的帮助。我从夏威夷回来的时候，一些事情已经发生了改变。没有我跟他对着干，没有我们第一个种植季节的持续混乱，没有我们迫在眉睫的婚礼的压力，他看起来已经找到了自己稳定的节奏。我也努力加入这种节奏，这次是寻找我们之间的和谐，第一次成为真正的伙伴，而不是对头。

季节延展为年月。我们在秋天霜冻之后进行了盘点，按照夏季盛行的天气贴上标签，这样就可以铭记在心。第二年无情的湿热天气很适合蔬菜生长，但苦了我们，我们的四头高地乳牛就此死去。第三年非常完美。第四年有些干燥，对作物的生长造成了压力，但是恰到好处，让它们格外美味。第五年寒冷潮湿，损失惨重。乌云一次又一次在我们头顶上聚集，就像笑话一般，垄沟里积满了水，四分之三的蔬菜腐烂而死。第六年雨水仍然过多，晚期的枯萎病袭击了番茄和洋葱，有整整三吨！无法弄干，也留不下来。

每年会员的数量都会增加，现在已经有一百名左右了。第三年的时候，我们只依靠自己已经不够了，否则就有过劳或者离婚的危险。詹姆斯、萨拉和佩吉过来为我们干活儿，待了一年，然后回去创办自己的农场。之后来了布莱德、迈特和山姆，之后是苏西和安东尼，再后来是提姆、查德和瑞希，这些年轻的农夫旨在学习技能，以便将来用在自己的农场里。我们的几个邻居，克里斯汀、基姆、芭芭拉和罗尼加入我们，成为长期员工。农场的发展已经远远超出了我们的想象。周五晚上将会员的食物分发完毕，我为那个星期在农场工作的所有人做了一顿丰盛的晚餐，感谢他们的努力，庆祝我们的收成。夏天的时候，农场上的工人超过了二十人，我们把桌子挪到外面去，叫人到谷仓多拿些椅子。

第四年干燥的八月底，我们的女儿简呱呱坠地。我是在农舍中生的她。马克给我带来一束向日葵，像我的脸一样大，正在盛放，美不胜收。我从深沉的分娩中望向它，它似乎也在鼓励地望着我。接生婆用鱼秤为简称重，七磅八盎司[1]，真是不轻。我记得那天夜里醒来，我头脑中觉得整个分娩的漫长考验可能只是一个梦，没有婴儿的存在。但我看到她躺在我们中

① 约3.4千克。

间，温暖而有活力。我并不是感到解脱，而是一种光明和希望，机会渺茫却赢得意外收获的欣喜。过了几天，我带她到谷仓里跟马儿见面，把她举到山姆的大头面前，山姆呼出的气息喷在她的脸上，这是他奉上的祝福。

那年秋天，我们从拉尔斯那儿买下了一部分农场，八十亩地，农舍和谷仓。

希尔弗在那年冬天过世了。他和山姆已经显出老态，农活儿对他们来说已经太重了。我们买了另一组役马，减轻他们的压力。杰伊和杰克十岁出头，是阿米什人饲养的阉马，一半比利时血统、一半萨福克（Saffolk）血统。一个寒冷的周六，我做完杂活儿走回农舍，眼角瞥见希尔弗在牧场上一动不动地站着，右前腿弯曲。这有可能是一个休息的姿势，我几乎要继续往前走了。但我总觉得有什么不对劲，又看了看他，是他的表情不对，他看起来很忧虑。这匹马是牧场之王，从来没有过担忧的表情。我早晨挤完奶后，把他跟山姆和杰克一起赶到牧场上，我二十分钟之前拿干草的时候，他还好好的。我接近他的时候，他抬起鼻孔向外喷气，跟我打招呼，就像往常一样。我抚摸着他宽厚结实的脖颈，手拍拍他的肩膀，沿着腿滑到他的膝盖上。这条腿感觉很松弛，像病了一样。我触摸到他的腿时，他并没有把腿缩回去或者倒退着走。我心里明白，他快不行了。我回去告诉马克，他打电话给兽医。戈德瓦塞尔医生的同事多德医生正在出诊，她说她一个小时之内赶到。

我回到牧场的时候，发现希尔弗已经倒下了，他的大蹄子蜷曲在身下，就像一头休息的小马驹。他受伤那一侧的肩膀在颤抖，但是他非常平静。我给了他一些胡萝卜，他全都吃掉了，让我很惊讶。我挨着他坐下，抚摸着他天鹅绒一般的鼻子，试图向他传达我对他的感激，感谢他教会我很多事情，感谢他如此努力如此心甘情愿地干活儿，感谢他的存在给了我如此大的安慰。那时候我痛哭流涕，眼泪冻结在脸上，鼻涕肆意流淌。山姆向我们走过来，低下头触碰希尔弗的肩隆，然后慢慢走开。我想，动物比我们人类告别的方式要高贵得多。多德医生几分钟以后到达。她看了一眼，就知道腿在膝盖以上折断了。她说，有可能是别的马踢了他，也有可能是不小心踩上了一块冰。她完全没有什么办法。他那时候伸长脖子，头倒在雪地上。如果我们需要一个“时候到了”的标志，那这就是了。马克走回农舍，拿着枪回来，透过朦胧的泪眼，朝希尔弗宽阔的前额上开了一枪。

我们成为夫妻之后的第一个圣诞节，马克送给我一只小狗。这是一只英国牧羊犬，名字叫作杰特，黑白相间，是一只很好很有用的农场狗。从一开始他就像我的影子一样跟着我，取悦我。第二年春天，妮可去世了，我们在旗杆旁边的院子里埋葬了她。她坟头上的草愈加繁茂。每当我路过的时候就会想起她，或者当我看到杰特的口鼻上的一丛白毛，就会想起，这是妮可教训他不要跟别的狗抢食留下的伤疤。

我们后来又买了一组役马，年轻潇洒的比利时马，吉克和艾比，只有四岁，已经被驯服，但未经磨炼，是一个很大的挑战。查德过来为我们工作时带来了他自己的马。夏天的时候，比尔·韦斯特每周带着自己的萨福克役马到我们的农场来，最多的时候农田上有四组役马在干活儿，每一个开车经过的人都以为我们是阿米什人。

山姆在第六年的夏天过世了。希尔弗过世之前，他定期为我们工作，之后我们只让他干一些零活儿，或者另外一匹马跛了的时候会让他代替。与更年轻的马在一起干活儿，他非常努力，但很快就疲惫了，而且恢复得很慢。他生命的最后几个月与我的邻居鲍勃和帕蒂·罗伊在一起。他们有一个谷仓，里面都是役马，有些年轻漂亮，有些是像山姆一样的老家伙，都生活得很舒适。鲍勃有几次套上山姆去拉牧草，但大多数时候他处于退休状态，心满意足地吃草，与罗伊的马群一起休憩。鲍勃说山姆照看着母马和她们的小马驹，不让其他阉马接近，就像马群的头领一样。我觉得很惊讶，因为他在我们马群的序列中一直处于底层，慷慨的希尔弗在世的时候在他之上，之后又是君主般的杰克。听到这个消息我很高兴，就像知道一直处于次要位置的叔叔成了疗养院里最受欢迎的人。一个晴朗的早晨，鲍勃到牧场上去，发现所有的阉马都和母马、小马混在一起。他清点数目，发现少了山姆。鲍勃在一棵榆树下发现了他，已经过世了，于是将他埋葬在牧场上。

我们的婚姻仍然如火如荼，我们的前窗仍然支离破碎，我们的草坪仍然杂乱茂密。

马克经常告诉我，现实永远不是你想的那样，不像你希望的那样完美，也不像你担心的那样恐惧。我们认识的一个男人买下了附近一大片好地，作为度假别墅。有一次晚饭的时候，我听他说："我退休以后，只想做一个简单的农夫。我想要……平静。"我心想，你真正想要的是一个花园，很小很小的一个花园。在我的经验中，平静和简单是务农所不能给予的，利润、稳定、安全，或者轻松，也是务农不能保证的。有时候务农会让你哭泣。但多数时候，我每天早晨醒来，都会感激我发现了它，其实是不小心遇见了它，并嫁给了一个跟我有同样感觉的男人。

我有时候会想，简会如何看待她的童年。我知道这与一般的童年不一样，至少在此时此地。例如，她两岁生日那天我们宰兔子，她站在桶上，看着我的刀。兔子被剥皮开膛的时候，她伸出好奇的手指戳了戳兔子的一个肾。"那是肾。"我告诉她说。"黏黏的。"她说。我遇到在农场长大的人时，会问他们的成长经历。他们的答案总是很极端，要么是将其美化为最理想的成长方式，要么就是做牛做马，没有童年。两种答案基本上各占一半。我爱这座农场，爱它给我带来的生活。我爱它给我带来的富足感，即使我们并不富有。我爱务农。我觉得我们能做的，就是与简分享这种爱，也希望她能够爱上农场。

就算我想要后悔，也没有后悔的余地了。一个寒冷的冬天早晨，我们邀请了我们的朋友梅根来吃早饭。这一天是她的生日，我想为她准备一些特别的东西。我在琢磨我们的块根菜窖里有什么，和不到六个月大的简走下了楼梯。我发现马克在厨房里，拿着一个小牛的奶瓶。我们那个星期一直想让简用奶瓶喝奶，所以一开始我还以为马克在开玩笑，这么大的奶嘴怎么放在简嘴里呢。后来我发现，一头新生的小牛躺在他的脚下。这是一头小公牛，是六月生的，父亲是鲁伯特。这是我们的第三头泽西-高地混血奶牛，他们出生的时候都有蓬乱的红色毛发和翅膀一样的大耳朵，这一头也不例外，但是看起来状况很糟糕。他一定是在电护栏边生出来的，然后滑到或者跌到护栏的另一边，六月够不到他，无法为他舔舐。这样来到世界上，真是遭罪。他在那儿躺了几个小时，又湿又冷。他瘫在厨房的地板上，看起来奄奄一息。

马克和我在这些年中发展出了各自的专长，也就是我们最喜欢、最擅长的工作。马克的专长是直线，他犁出的垄沟就像用尺子比量出来的一样。我的专长是给牲畜治病。我的藏书中有很多关于牲畜饲养的古老书目，还有各个版本的《默克兽医手册》（*Merck Verterinary Manual*），我在冬季的时候专心钻研这些书。所以，尽管我要做早餐，我仍然需要并愿意对小牛负责。

对于这种病例没有参考书目，只有本能和尝试。我探进小牛的嘴，里面是冰凉的。他的情况已经过于严重，无法吮吸奶瓶了。我把手放在他的胸上将他撑起，放在火炉边上，他的头无力地落下，羊水从鼻子里流出来。但是他还有呼吸，这就有希望。六月醇厚温暖的初乳会给他很大帮助，如果我们让他暖和起来，能喝下母乳就好了。我用我们的一条好浴巾搓他的身子，这是那时候手边唯一一种可以用的毛巾了。我将壁炉的火烧旺，跟他说话，为他打气，告诉他有一头白色的高地小牛，是他同父异母的哥哥，是在结冰的水槽边出生的。那是二月的一个夜里，温度跌破冰点，但他还是活了下来。之后我给他盖上一件鸭绒衣和一条被子，让他休息一下，然后回去做早餐，而马克回去继续干杂活儿。现在看来只能是一顿匆忙的早餐了。

简开始吵闹了，我将她系在婴儿座椅上，固定在厨房料理台旁边，在她上面的架子上挂了几个勺子，摇摇晃晃的，她开心地叫起来。我打了两打鸡蛋，平底锅在炉灶上加热。咖啡机坏了，没有咖啡可不行，所以我烧开了水，倒进咖啡粉，这是牛仔风格。梅根到了我家，马克、山姆和马特干完杂活儿也回来了，杰特带着他的小女朋友“淑女”也小跑进来。这两条狗舔着小牛，小牛开始看上去有了生命复苏的迹象。淑女是杰特作为种狗的第一个任务，但是这个任务进行得并不顺利。淑女已经和我们在一起两个星期了，逐渐发情，在过去的四天里，她一直想让杰特与她交配。杰特是一个快活的主人，但并不愿意追求淑女。农舍里流传着很多关于他的笑话，他的天真无邪，他对农舍里的猫的喜好，他的道德正义感，等等。淑女更为成熟，在痴痴地等待着杰特的觉醒。

我往炉灶里添了更多的木柴，屋子里非常温暖舒适。小牛恢复了吮吸反射，我们让他喝下了半加仑的初乳，他恢复了一些活力，能够把头抬起来了。我将简单的生日早餐——咸肉炒蛋和吐司——摆在桌上，享用了一大杯咖啡，里面的咖啡粉渣还需要嚼一嚼。我们都落座的时候，壁炉烧得发红，我们不得不把餐桌移到房间的另一头，远离壁炉的地方。我们都脱下衣服，只剩下里面的一层，大家仍然出了很多汗，但是这样的热量对小牛起到了想要的效果。早餐吃到一半，他突然站了起来，像科学怪人一样穿过房间，走到隔壁房间里去，然后又走出来。我们赶紧把他从壁炉旁边移开，怕他不小心跌进壁炉变成烤乳牛。我吃饭的时候，他跌跌撞撞地走到我的腿边，抱住桌子腿想要吮吸。简坐在儿童座椅上，手里拿着一个拨浪鼓摇来摇去，咯咯笑着，开心地咿咿呀呀叫。我们为梅根唱生日快乐歌，这时杰特突然明白过来怎么回事，两条狗合为一体，绕着桌子转。在这汗水、欢笑、叫声、摇晃、歌声、狗的交欢的混乱中，我觉得我的生命十分充实、丰盛，几乎要满满地溢出来。我在纽约东村公寓充满对家的渴望时，想象中的可不是这个样子。如果我当时能够看到这幅景象，一定会把我吓跑。这给了我一个很好的理由来感谢时光遮挡了一切。

写到这里，应该是我告诉你们我学到什么的时候了。我能告诉你们的就是：一碗豌豆，让疲惫的筋骨得以休憩。这些东西是生活的合理根基，而不只是装饰，千百年来一直予我们以慰藉。为了获得幸福，不要对它们视而不见。烹调食物，与其他人一起分享。如果你在种豆的同时，自己的筋骨能够感到劳累，这对你来说就更好了。

我曾经在什么地方读到，动荡不安的时候，人们会回归土地。世界范围内经济不景气，战事连绵不断，我们目睹着夏季的义工不断增加，都是高中生和大学生，想要学习如何种植，如何锄草，如何挽马，如何储备成箱的番茄。《纽约时报》上刊登了一篇文章，题目就叫《众多暑期实习生前往有机农场》。

从这一点我可以看出，正是这种动荡不安将我推向现在这种生活，推到马克身边。在个人和整体的混乱中，在欢乐青春的悬崖边缘，抓住某种已知的东西。我那时候在想，这种困境一定是接收量太多的症状。向一个小地方迁徙，这里的一切你都可以知道。如果我的世界成为一个农场、一个小镇，我可以勾勒并理解每一个人和他的关系，每一亩地，每一棵植物，每一只动物，每一种思想、情绪、行动的轨迹。我想要去相信，这样一个被界定的生活可以被分类，被组织，就像十九世纪的自然主义者将所有已知的生物分类一样，从界到种。这些范畴和子范畴其实并不简单，但是至少是可以理解的。

当然，事情完全不是那样的。

梅根有一天和她的丈夫艾瑞克来农场，带着我去观鸟，这是马克称为一连串突发热情中最新的一项。梅根和艾瑞克全副武装，穿着暗黄色的套装，戴着米色的檐帽，双筒望远镜挂在胸前，系着看起来很复杂的绳带。艾瑞克带着他的iPod，里面装满了录下的鸟叫声。我听了几分钟这种高亢难懂的鸟语，开始觉得我有某种与鸟有关的学习障碍。我仍然无法辨别鹧鸪和五子雀。艾瑞克已经观鸟几年了，安慰我说现在这是正常的。

我们从农舍出发，我已经学会了一些观鸟的行话。斑鸠叫作“魔豆”（MoDo），比如“没事，只是一只魔豆而已”；像鸟一样的叶丛被称为“残叶”（flotsam）。还有一些观鸟者的格言：如果你认为那是一只渡鸦，那是一只乌鸦。如果你知道那是一只渡鸦，那就是一只渡鸦。让鸟飞向你。如果它像树枝，那它就是树枝。

突然间到处都是鸟儿，我根本不知道它们的存在，尽管就在我自己门外。我们在糖枫树丛中看见一只精力充沛的橄榄绿色鸟儿，这是鸟冠如红宝石一般的戴菊鸟，艾瑞克说这种体型小巧的鸟拥有最响亮的歌喉。我们听到一种拍打乒乓球一般的叫声，艾瑞克认为这可能是一只黄喉虫森莺，但是那只鸟躲开了我们。在那片树苗矮小的育林园中，我们看见一只原野春雀，这种鸟梅根从来没有见过。他站在一棵云杉上，挺胸抬头，轻轻舒展翅膀，骄傲地表演着，就像一个小小男高音那样。我可以一连几个小时欣赏他的表演。回家的路上，艾瑞克停下来，望远镜定格在农舍西边的沼泽牧场上的一点，然后他开始变得异常兴奋。我什么也没看见，他和梅根耐心地指给我，然后我看见不到二十英尺的地方，有一对北美金翅雀，这种鸟有十七个子类别，而这正是马克特别希望看到的那种。如果没有这次的经历，我可能以后路过这种无趣的棕色小鸟时，都会错过它们。子类别的子类别，即使是麻雀的世界也是无限的。

小镇不可知，婚姻不可知，而农场，光是它一汤匙的土壤，就是一个复杂的奥秘。但随着星期延伸为月份，月份延伸为季节，随着我慢慢地变成一个农人，某种东西渐渐浮出水面，这是可以紧紧抓住的东西，可靠，可知。

我追踪雨蛙的足迹已经有七年之久了。它们在农舍后面的池塘歌唱的第一个晚上，便标志着这一个星期土地都会足够干燥，可以下地干活儿了。这一年，冰雪迟迟没有融化，我以为我的预报系统崩溃了，但之后突然迎来了接连几天的微风暖阳，冰封的土地开始解冻。这一天田地上还是白茫茫一片，而第二天就换成了光秃秃的黑色土地，在阳光下冒着蒸汽。

昨天我给杰伊和杰克套上挽具，将他们套在弹齿耙上，前往去年秋天除过草、翻过地的新田。西边的大蒜并没有顺利过冬，四分之一没有发芽，往下挖的时候我发现生根的蒜瓣泛着光泽，即将腐烂。我以前有一个男朋友喜欢赌博，我曾经骑在他的摩托车后座上，穿过荷兰隧道（Holland Tunnel），沿着新泽西海岸驶入大西洋城。我坐在赌桌旁看人发牌的时候，听见一个男人在说业余赌徒和职业赌徒的区别，那就是职业赌徒输的时候不再会有情绪波动，不过是赢的另一面而已。我猜我现在已经算是一个农人了，因为我已经习惯了这样的损失，习惯了所有的死亡和腐烂，不过是生命的另一面而已。你失去的是你的第一匹大马和他对你的所有意义，但同时他的骨骼和皮肤分解为堆肥，准备好撒向田地，滋养生命。

我迫不及待地到户外去，迫不及待地走到田里。杰伊和杰克因为春天的到来和他们的第一批玉米口粮兴奋不已，拖着沉重的弹齿耙走过柔软起伏的土地。他们想走得更快些，用力扯着嚼子，我几乎是在地上滑行，脚趾挤在靴子前端。田地上布满了半埋起来的松动的树根，缠绕在弹齿耙上。每走几码我就吆喝马儿停下来，将耙齿抬起，清除这些树根，在我身后留下了一堆堆土壤、树根和石头。马儿每次停下来都很不耐烦，杰伊烦躁不安地往后退，离平衡器太近，一脚踩上了拖曳绳索。我只得把平衡器解下来再系上去，在这个过程中小心不被踩到或踢到，并注意他们向后贴的耳朵。我们继续往前走，我一下子被缰绳的绳圈绊住了，摔倒在地。这时候，我们在土壤中的轨迹并不是我想达到的笔直的五线谱，而完全是抽象的涂鸦，一会儿向左歪，一会儿又往右，中间夹杂着镰刀形状的转弯，波浪起伏的土堆，还有刚才我摔倒砸出的人形浅坑。我休息了一会儿，从这番景象中找找乐趣，平静下来，然后继续开始。走到一半的时候，弹齿耙拔起一条重量级的树根，就像一条准备攻击的蛇一样扬起，正打在我的胫骨上。我的眼泪涌了上来，八分之一是因为疼痛，八分之七是因为挫败。这也是务农的一部分，恰恰是满足的另一面。

挤奶时间，两匹马已经汗流浃背，气喘吁吁，才想起他们本来可以慢下脚步，毕竟那个时候下田干活儿还早了些。那块低地被我们耕得泥泞不堪，马的肚子上也沾满了泥。但再过几天，春天交响曲的伟大高潮又将奏起，待办事项马上就会超越已办事项。至少我们清除了偃麦草，拔出了那些可恶的树根。

未知超越已知，就像待办事项超越已办事项。这些田地就是一个世界。土地提供了什么答案呢？只有一个信念——答案就在这里。底下的土壤就是一个岩床，如果你挖得够深，就会碰到它。那是我与确定感最为接近的方式，这对我来说已经足够。

致谢

万分感谢我的朋友，我的前任老板，还有Sterling Lord Literistic公司的经纪人菲利普·布罗菲（Flip Brophy），她雇用我做接线生的时候从来没有想到过这本书的出版。感谢莎伦·斯基提尼（Sharon Skittini）和朱迪·赫布兰姆（Judy Heiblum），她们帮我通读本书。感谢斯克里布纳（Scribner）出版社的南恩·格雷姆（Nan Graham）、凯拉·沃森（Kara Waston）和保罗·惠特莱彻（Paul Whitlatch）的技能与支持。

如果没有朋友和家庭的帮助，我不可能写成这本书。尤其感谢鲁特夫妇（David & Margie Reuther），他们对这本书的开展功不可没，而且帮助我完结本书。妮娜（Nina Nowak）和皮特（Peter Lindberg）是本书的第一批读者，也是我坚定的支持者。感谢霍林斯沃思夫妇（Ronnie & Don Hollingsworth）、芭芭拉（Babara Kunzi）和贝丝（Beth Schiller），你们一直对我们如此友好，对简如此关爱。感谢爱瑟镇志愿消防队，本书大多是在那里写成的。感谢拉尔斯夫妇（Lars & Marit Kulleseid），给予我们在这片沃土上耕作的机会。感谢我的父母，托尼和琳达·金柏尔（Tony & Linda Kimball），给予我一生的支持，在本书最后的漫长阶段照料我和简。感谢我的姐姐，凯利·金柏尔（Kelly Kimball），感谢你为我所做的一切。马克和简，为你们奉上所有的爱意和谢意，感谢你们的耐心等待。

爱瑟农场菜谱精选

冬季

马铃薯韭葱汤

这道汤就是冬季厨房的经典小黑裙，几乎任何场合都适用的万能汤。这不能算是菜谱，最多是一种想法或者方法，你可以根据用餐的人数和手边的材料来调整食材的量。

韭葱和马铃薯，大约相同的量

（在这里统一标准：每人一个小马铃薯，一棵小韭葱）

黄油

高汤（每人一杯，浓汤减量，稀汤加量）

盐和胡椒调味

奶油或者牛奶（任选）

彻底清洗韭葱，切成薄片。在锅中放入大量黄油，用中火化开，嫩煎韭葱，直到变得柔软，芳香四溢。嫩煎韭葱的同时，将马铃薯削皮，切成薄片。将马铃薯和高汤放入韭葱锅，直到马铃薯变软，大约需要20分钟。用大量盐和胡椒调味。用搅拌器打成浓汤。（如果你没有搅拌器，先别管汤了，马上去买一个。）品尝一下，对调味料进行调整。如果愿意的话，可以在上桌之前放些奶油或牛奶稀释。

在这种做法的基础上，还可以有无穷无尽的变化。你可以摒弃高汤，用水代替，在上桌之前可以再倒进一些黄油增加浓度，或者在上面放上一点酸奶油。可以加上切碎的抱子甘蓝或者菠菜，跟马铃薯放在一起，可以增添一抹绿色，或者在打成浓汤之后加些冻甜玉米，再溅上一些奶油和/或白酒，改成玉米菜汤。记得每次添加东西之后，都要对调味品的量进行调整。

春季

大黄番茄酱

如果说我们的气候有什么缺点，那就是完全没有可能种植柑橘类水果。大黄是北郡当地酸味的来源，春季最早的一批食材。这种酱汁与烤肉十分搭配。

4杯大黄茎，切成1英寸的小块

1汤匙苹果醋

½杯糖

¼杯葡萄干，蔓越莓干，或者黑加仑干

大约1英寸鲜姜，磨碎

一撮盐

将所有的食材放进炖锅，加上一点水，防止干锅。用文火慢慢炖。大黄变软，渗出水分之后，转成中火。炖10分钟，或者炖到想要的浓度。

夏季

牛奶豌豆薄荷

这是我在六月最喜欢的简单午餐，一切都取决于豌豆的新鲜度，与煮熟的马铃薯一起上桌。

2杯牛奶

2汤匙黄油

2杯剥皮绿色豌豆

盐和胡椒调味

一些切好的薄荷叶

将牛奶和黄油用中火在炖锅里加热，直到变烫，但不要煮沸。加上豌豆、盐、胡椒，小火慢炖，直到豌豆变软，变成鲜绿色，但不要成糊状。关火，加上薄荷叶，加上盐和胡椒调味。

秋季

罗尼·霍林斯沃思（Ronnie Hollingsworth）的美味南瓜馅饼

在诸多种类的南瓜中，冬天的南瓜更有风味，口感更好。你用哪种都可以，但我还是最喜欢冬南瓜。做两块饼皮比做一块费不了多少工夫，你可以冻上一块，下次做馅饼或者果馅饼的时候可以用上。

两块9英寸的饼皮需要：

2½杯通用面粉

1茶匙盐

1杯冷板油，或者½杯冷猪油加上½杯冷黄油，或者1杯冷黄油[①]

⅓杯冰冷的水（多点少点都行，视需要而定）

将烤箱预热到400华氏度[②]。

面粉和盐放在一起。将起酥油（用来使糕饼松脆的油脂）

---

① 如果你有上等的当地猪油，我建议你只用猪油。板油是从猪肾周围的脂肪中提取的，质地硬一些，与普通猪油相比没什么味道。这是做馅饼皮最好的材料，但并不容易得到。饲养良好的猪身上的普通猪油也可以做出美味的馅饼。

② 约204摄氏度。

切或磨成小块，用奶油切刀或两把刀将起酥油块和入面粉，不要和得太厉害。将水洒在面粉上搅拌，直到做成一块生面团。将它分成两等份。（如果你只做一个馅饼，就将另一半滚成面球，裹起来冻上。）将面团碾开，放进9英寸的馅饼盘。冷却30分钟，然后用锡纸覆盖，加上干豆，开始烘烤20分钟。揭开锡纸，再烘烤5~10分钟，直到馅饼皮刚刚变成金黄色。

做馅需要的材料有：

2½磅冬南瓜

1½杯高脂浓奶油

3只鸡蛋，打好

¾杯糖

1茶匙肉桂

1茶匙姜末

½茶匙盐

½茶匙现磨肉蔻

⅛茶匙蒜末

将冬南瓜切成两半清洗，放在涂着黄油的盘子中，在400华氏度高温下烘烤，切口朝下，直到变软，大概1小时。冷却过后，挖出南瓜里面的肉，加上剩下的调料，用搅拌机搅拌均匀。

如果馅饼皮已经凉了，放回烤箱中加热。然后加上南瓜馅，以375华氏度[①]烘烤大约40分钟。

① 约191摄氏度。

图书在版编目（CIP）数据

耕种　食物　爱情 /（美）克里斯汀·金博尔著；
姜佳颖译 . —北京：北京联合出版公司，2018.4
ISBN 978-7-5596-1724-8

Ⅰ . ①耕… Ⅱ . ①克… ②姜… Ⅲ . ①散文集—美国
—现代 Ⅳ . ① I712.65

中国版本图书馆 CIP 数据核字（2018）第 029145 号

著作权合同登记 图字：01-2018-0960号
THE DIRTY LIFE: A Memoir of Farming, Food, and Love By Kristin Kimball
Copyright © 2010 by Kristin Kimball
All rights reserved.
Published in agreement with Sterling Lord Literistic, through The Grayhawk Agency Ltd.
Simplified Chinese translation copyright © 2018 by Beijing Xiron Books Co., Ltd.

耕种　食物　爱情

作　　者：（美）克里斯汀·金博尔
译　　者：姜佳颖
责任编辑：昝亚会　夏应鹏

北京联合出版公司出版
（北京市西城区德外大街 83 号楼 9 层　100088）
三河市冀华印务有限公司印刷　新华书店经销
字数 175 千字　880 毫米 ×1230 毫米　1/32　印张 9
2018 年 4 月第 1 版　2018 年 4 月第 1 次印刷
ISBN 978-7-5596-1724-8
定价：45.00 元

未经许可，不得以任何方式复制或抄袭本书部分或全部内容
版权所有，侵权必究
如发现图书质量问题，可联系调换。质量投诉电话：010-82069336